LE CŒUR À NU

Elaine Kagan

LE CŒUR À NU

Traduction de Francine Siety

Roman

Titre original : *No Good-byes*

© Elaine Kagan, 2000
© Presses de la Cité, 2002, pour la traduction française
ISBN 2-258-05577-6

Pour Eve

1

— C'est arrivé en Italie, dit la jeune fille.

Un autobus change de vitesse sur Glendon. Eleanor distingue son embrayage à travers le bourdonnement habituel de la rue, le cliquetis de l'air conditionné et le vitrage fixe, le long du mur ouest de son bureau ; un courant d'air frais cingle ses genoux.

Elle examine ses ongles, déplace son postérieur sur le siège de cuir noir pivotant et écrit *boules de coton* sur son bloc-notes, à côté de *fromage blanc*. Elle dessine ensuite une boîte dans une boîte, puis un couvercle – ouvert et incliné vers l'arrière – pour montrer qu'elle est vide. Si l'on représente quelque chose dans une boîte, on ne voit plus ses contours. C'est comme ça ! Eleanor se mord les lèvres et trace une lune. Pas dans la boîte, mais dans un coin ; comme si elle flottait.

— Vous êtes allée à Rome ?

Eleanor ne répond pas.

— Eh bien, ça s'est passé à Rome.

Précipitamment, la jeune fille ajoute :

— Mais je n'y pense pas souvent, vous savez. Ça ne

m'obsède pas. C'est arrivé il y a longtemps. (Elle hésite.) Je n'avais que douze ans… Je ne suis même pas sûre de me rappeler les détails.

Elle avait donc douze ans.

Silence. La jeune fille se concentre sur le mur derrière Eleanor ; sur ses diplômes encadrés ou sur la photographie en noir et blanc, avec l'autographe de Colette, cadeau de Jimmy.

— Continuez, dit Eleanor.

— Elle me tenait par le bras. Enfin, pas exactement. Nous étions bras dessus, bras dessous. (Léger haussement de sourcils.) Pas comme mère et fille, mais plutôt comme deux copines dans un film.

La jeune fille se tourne du côté opposé à Eleanor.

— Comme dans une comédie musicale.

Une comédie musicale… La lumière éclaire ses cheveux, raides et châtains, avec des mèches dorées. Des mèches qui semblent peintes par Dieu. Elles ont dû coûter les yeux de la tête, songe Eleanor, mais quand le prix ne compte pas…

— *Ma sœur est du tonnerre*, dit la jeune fille en direction du vitrage fixe. (Puis, en retenant sa respiration :) C'est bizarre, je ne me rappelle plus du tout *Ma sœur est du tonnerre*. Un film avec des chansons, non ? Une comédie musicale, il me semble.

S'il y avait un clown dans la boîte ce serait l'un de ces jouets dont on tourne la manivelle ; le couvercle se soulève alors, et un clown surgit. Tout autour du mûrier, le singe poursuivait la belette, et il y avait ce tintement strident avant que la poupée ne surgisse. C'était horrible. Qui avait pu lui offrir cela ? Eleanor se revoit en train de tourner la manivelle. Une boîte rouge, avec une odeur étrange. L'aluminium a une odeur ? Elle essaye de se rappeler la personne assise à côté d'elle. Jamais sa mère ne lui aurait offert un jouet aussi effrayant... Eleanor relie quatre points par une seule ligne, mais c'est trop compliqué : il faut être un artiste pour dessiner un clown dans une boîte.

— En Technicolor, ajoute la jeune fille. Tout ce qu'il y a de plus Technicolor. Et un appartement avec des fenêtres en haut des murs ; une sorte de sous-sol new-yorkais très chic. On apercevait les chevilles des gens quand ils marchaient dans la rue. Un décor, évidemment. Des chaussures à talons et des taxis qui klaxonnaient. Oui, une comédie musicale ; je crois me souvenir des airs...

Sa voix s'éteint et elle reprend :

— C'est elle qui a dû me montrer ce film. Maman...

Les longues jambes en short se soulèvent et les fines chevilles se croisent. Ses énormes baskets marshmallow n'atteignent pas l'extrémité du divan.

— On passait souvent des films à la maison quand j'étais petite. Le dimanche, toutes les nouveautés pour les invités. Papa aimait présenter à maman son travail en cours, mais elle préférait les vieux films. « Regarde bien, Chassi, regarde bien ! »

Eleanor lève les yeux. L'imitation de la voix de sa mère par sa patiente est parfaite. La sonorité ensoleillée du Texas et le visage mémorable de Sally Brash emplissent la pièce.

— Ce n'était pas dans une salle de projection luxueuse comme aujourd'hui, précise Chassi de sa voix habituelle, mais dans le second salon. L'écran se déroulait du plafond avec un vrombissement, et le vieux Max, le projectionniste, se tenait derrière le faisceau lumineux, dans le petit trou carré du mur. « Vas-y, Max ! »

Chassi a prononcé les trois derniers mots comme si quelqu'un se tenait derrière elle.

— Il venait du studio et on n'apercevait que sa silhouette, puis on entendait le bruit du projecteur dans le noir. (Elle soupire, la bouche ouverte – un bruissement plus faible que celui de l'air conditionné.) Il n'existait pas de cassettes à l'époque. Rien que des films ! C'était si différent. Fascinant...

La jeune fille passe la main dans ses cheveux blondis à prix d'or et étire son bras au-dessus de sa tête. Un bras délicat, de petits doigts fins, un coude minuscule, à peine plus rose que le reste. Pas un pli, ni une ride, juste un bras juvénile, d'une pâleur d'ivoire.

— J'aurais aimé jouer dans l'un de ces films, mais qui tournerait une comédie musicale aujourd'hui ? (Elle pouffe de rire.) Aucun être sensé ne s'y risquerait ! A part Woody Allen, mais il est unique en son genre. Il peut tout se permettre.

Eleanor dessine une autre lune, avec une étoile à côté. Deux étoiles. Chassi, quel nom bizarre, tout de même !

— Ma mère n'a jamais joué dans une comédie musicale. Uniquement des drames. En noir et blanc, même quand ils étaient en couleurs, si vous voyez ce que je veux dire. Très...

Elle s'interrompt, tourne la tête et enveloppe Eleanor de son délicieux regard vert, sa joue pâle contre le cuir noir du divan.

— Avez-vous vu *Sans tambour ni trompette* ? (Une inspiration lente et profonde.) Un film incroyable et bouleversant ! Elle est si calme qu'elle donne l'impression (léger haussement de sourcils) que c'est sa vraie nature. Pourtant, ça n'a rien à voir avec elle.

Petit rire étouffé de Chassi, qui cherche Eleanor des yeux.

— Vous connaissez sûrement ce film ; elle a obtenu un Oscar. Vous allez au cinéma ?

— Votre mère avait la main sur votre bras, dit Eleanor.

Battement de paupières de Chassi. Ses cils blonds

montent et descendent ; en réalité, ses yeux ne sont pas verts, mais ambrés. Ils possèdent la luminosité de l'ambre ancien. Plus grands que ceux de sa mère. Non, pas plus grands, mais d'une forme différente – en amande. Des amandes d'ambre, comme si son père était chinois. Pourtant, Saul Jennings n'est sûrement pas chinois ; Eleanor a vu maintes fois sa photographie dans le journal. Un homme de grande taille, imposant, avec des lunettes à monture sombre, une abondante chevelure ondulée, un pardessus élégant et un sourire vaguement sardonique de gangster, mais rien d'un Chinois.

— Elle avait la main sur votre bras, répète Eleanor.

Les cils blonds et très allongés de Chassi oscillent à nouveau, puis elle hoche la tête et se détourne, sa jolie nuque posée sur le divan de cuir noir d'Eleanor, qui vaut d'ailleurs une fortune. Un meuble des années trente ou cinquante, Eleanor ne se rappelle plus très bien, mais conçu par un postmoderne renommé, et qui, selon le décorateur, meublerait la pièce à lui tout seul. Ce divan a dû coûter aussi cher que le balayage de soleil dans les beaux cheveux de Chassi.

Bon Dieu, comment l'incroyable Sally Brash a-t-elle pu appeler sa fille unique Chassi ? Eleanor se gratte la jambe sous sa longue jupe de jersey et réduit au silence ses bracelets. Elle dessine un triangle à côté de la lune. Ce triangle pourrait être un chapeau sur la tête du clown. Il n'en faut pas plus pour faire un chapeau de clown, et nul besoin d'être une artiste pour dessiner un triangle !

— Ma mère aimait se serrer contre moi, dit Chassi en retroussant les commissures de ses lèvres. En fait, c'était pour me flairer. (Grand et délicieux sourire.) Vous savez, on avait inventé un jeu : elle se blottissait contre moi, et je lui disais : « Maman, je sais ce que tu es en train de faire. »

Chassi passe sa main sur son nez et renifle sans rien dire.

13

Après l'avoir observée, Eleanor regarde à nouveau son dessin. C'est ça, le triangle pourrait être un chapeau sur la tête du clown. Il suffit d'ajouter un pompon au sommet du triangle, un cercle sous le chapeau pour le visage et des points pour les yeux. Voyez-vous ça ? Qui a dit qu'elle n'était pas une artiste ? Sa mère, certainement.

— Ça n'avait pas l'air d'un taxi, mais d'une quelconque voiture italienne.

Eleanor cesse de dessiner.

— Ni jaune ni blanche, et il n'y avait rien d'écrit dessus. A part le petit truc sur le toit, on aurait dit une de ces voitures italiennes rapides. Bien sûr, je ne l'ai vue qu'après, catapultée contre un arbre.

Eleanor remarque que la jeune fille sur le divan retient son souffle.

— Elle avait la main sur votre bras.

— Oui.

L'air conditionné s'arrête et l'on n'entend plus que la pendule sur le bureau d'Eleanor. Comment une si petite pendule peut-elle être si bruyante ? Une erreur de sa part. Il faudrait en acheter une autre à l'heure du déjeuner. Il existe mille endroits où en trouver à Westwood. Mais déjeune-t-elle aujourd'hui ?

— Et puis ? demande-t-elle à Chassi.

— Je me suis dégagée... Je veux dire que nous avons décroisé nos bras.

La pendule est plus bruyante que ce satané air conditionné.

— Continuez, dit Eleanor.

Chassi s'assied, sans regarder Eleanor ni se tourner. Elle se contente de s'asseoir. Son jeune dos parfait, délicatement galbé, la saillie de ses omoplates sous les bretelles de son débardeur rose, son bronzage, des effluves de lotion dans l'air. Sa mère aimait la flairer. Quoi de plus naturel ?

Son corps doit avoir la même odeur que celui de Caroline, la fille d'Eleanor, car elle utilise sûrement une lotion identique. Tous les jeunes de cette génération veulent être à la page ; et les filles de stars, de psychiatres ou de plombiers feuillettent les mêmes magazines sur papier glacé.

Chassi et Caroline ont le même âge. Eleanor l'a su dès le début, quand on l'a jointe du studio.

« Nous avons un sacré problème ici, Eleanor. Pourrais-tu nous aider ? »

C'était Matt Fishburn, l'ancien partenaire de Jimmy au softball. Elle avait partagé un grand nombre de pizzas et de bières avec lui et sa femme, Moon, après les matches.

« Je la considérerai comme ma patiente si elle vient me consulter. En tant que médecin, je me fiche qu'elle reprenne ou non son travail.

— J'ai pigé, Eleanor.

— Tu dois comprendre que ton film ne m'intéresse pas. Tout ce qui comptera pour moi c'est qu'elle aille bien.

— Justement, elle ne va pas bien du tout. Une vraie furie. Personne ne s'y attendait… Elle crie, elle lance ce qui lui tombe sous la main. Cette fille charmante devient une véritable Judy Garland. »

Elle avait même bloqué la porte de sa caravane, refusant de sortir et ne laissant entrer personne.

« — Qui est cette personne qui te pose problème ? »

Maintenant, le problème de Matt, la jeune actrice numéro un du box-office hollywoodien, est tranquillement allongé, en short et débardeur, sur le divan d'Eleanor.

Vingt-cinq ans. Chassi et Caroline ont toutes deux vingt-cinq ans. En d'autres circonstances, elles auraient pu faire les mêmes études, découcher et sortir ensemble, devenir des amies intimes.

— Continuez, Chassi.

A l'occasion de Noël, bien des années auparavant,

Caroline avait brodé pour Eleanor un coussin avec CONTI-NUEZ écrit sur le dessus, en lettres jaunes et violettes. En en donnant un bon coup dans la poitrine de sa fille, elle avait dit en riant qu'elle ne pouvait tout de même pas l'emporter au cabinet. Caroline, blessée, n'avait pas ri : il fallait toujours mâcher ses mots avec elle. « Pourquoi ne pas l'emporter, El ? avait rétorqué Jimmy, derrière les décorations de Noël. Si tu le mets sous les yeux de tes patients, tu économiseras ta voix. »

Eleanor revisse le capuchon de son stylo. Noël… Caroline ne sera pas auprès d'elle à Noël. Si elle ne veut plus lui parler, comment pourrait-elle revenir à la maison ?

— J'ai traversé la rue, dit Chassi.

Eleanor se mord les lèvres. Tic-tac, tic-tac. Sa propre respiration dans sa poitrine. Léger vacillement du dos gracieux de Chassi. La lumière caresse la même ossature que celle du célèbre visage de Sally Brash. Une ressemblance évidente, mais la fille est plus petite que la mère – à moins que la star n'ait paru plus grande que nature à l'écran. Alan Ladd ne devait-il pas se mettre debout sur une boîte ?

— Continuez, Chassi.

— … elle était derrière moi…

Eleanor attend, les yeux fixés sur la jeune fille.

Chassi remonte brusquement ses genoux, les bras autour de ses rotules nues. Ses énormes baskets égrènent des fragments de boue sur le luxueux canapé d'Eleanor.

— Comment une personne peut-elle avoir tant de sang ? (Silence.) Via Emilia, c'était le nom de la rue.

Eleanor observe sa patiente.

— Nous avions dîné au même endroit que la veille. J'aimais bien leurs artichauts avec de la chapelure… Je suis végétarienne.

Une inspiration de Chassi et le tic-tac gênant.

— Pas ma mère, sûrement pas elle ! (Rire.) Ma mère était la reine du steak, la duchesse de l'entrecôte. Elle a même tourné un film publicitaire sur la viande. Une voix off, comme l'a fait Robert Mitchum, pour un truc comme le syndicat des producteurs américains.

Pas moyen d'atteindre la pendule, réalise Eleanor. Elle devrait glisser de son fauteuil et ramper jusqu'au bord de son bureau. Tout à fait inconvenant pour un médecin !

— Je n'ai jamais aimé la viande, dit doucement Chassi. Elle devait toujours l'enrober de sauce pour que j'en mange. Je veux dire, même quand j'étais petite, avant que je ne devienne végétarienne, elle enrobait tout de sauce tomate ; plutôt elle *leur* disait de le faire, mais je n'ai jamais aimé ça… la viande. (Elle inspire, expire du coin de la bouche et fait voleter la soie blonde de ses cheveux contre sa joue.) Je ne me doutais pas que le sang avait une odeur…

Eleanor, crispée, ferme les yeux et croit voir du sang.

— Ça coulait sous elle. Exactement comme dans les films.

Elles attendent toutes deux.

— Elle avait dit qu'elle refuserait de tourner, quel que soit le film, et que nous partirions ensemble, elle et moi, toutes seules. C'était mon cadeau d'entrée dans le secondaire. Un vrai cadeau d'adulte ! J'ai toujours été la plus jeune de ma classe, mais maman me trouvait la plus adulte.

Elle se remémore la scène. Il est évident qu'elle la revoit ; on perçoit presque le bleu et l'or de l'Italie sur son visage.

— Elle avait accepté d'aller où je voudrais. J'avais choisi l'Italie à cause de mon exposé à l'école. Il fallait tirer au sort un pays et je suis tombée sur l'Italie. J'aurais préféré l'Irlande à l'Italie.

La jeune fille, immobile, a devant les yeux une certaine via Emilia, au-delà de la via Veneto, près du célèbre Excelsior à Rome.

17

— Continuez.

— Anita Blackman a eu l'Irlande.

Eleanor se mord les lèvres. Quelle loterie ! Cette brave Anita Blackman est-elle jamais allée en Irlande ? A-t-elle encore sa mère aujourd'hui ? Le profil parfait de Chassi et la lumière sur son œil ambré.

Silence.

— Vous savez, nous l'avons ramenée à la maison. Papa est arrivé ; je suppose qu'on l'avait prévenu… Je ne sais pas, mais tout à coup il est arrivé…

Elle s'interrompt et reprend :

— Papa et moi en première classe, maman dans la soute, quelque part avec les bagages. Je m'imaginais qu'un petit chien se trouvait peut-être en bas, avec elle. Un petit chien que quelqu'un ramenait à Los Angeles, parce que, vous savez, je pense qu'il n'existait pas de compartiment spécial.

Elle se tourne et fait face à Eleanor.

— Ils ne savent jamais d'avance s'ils auront un corps à transporter, non ? Alors, ils casent tout ensemble : les chiens, les gens, les sacs Vuitton… Je me figurais tout cela… Bien sûr, dans mon imagination maman était vivante. Pas dans un cercueil, pas en bouillie, et… (Elle laisse sa phrase en suspens.) Je la voyais debout, en train de rire et de jouer avec le chien. Elle buvait de l'eau dans un verre à pied, avec toutes ses bagues, et elle jetait une balle de tennis au chien.

Eleanor déglutit, le visage sans expression.

Chassi croise les jambes à l'indienne.

— Ma mère aurait aimé qu'il y ait un petit chien en bas, avec elle. (Elle baisse la tête.) Ma mère adorait les chiens. C'est l'heure que je parte ?

— Non.

Chassi ouvre ses mains, paumes en l'air, et pose chacune

d'elles sur ses genoux, ses chaussures marshmallow glissées à l'intérieur de ses cuisses. Eleanor reconnaît la position du lotus. Caroline croisait les jambes de la même manière, au milieu de la cuisine, pendant qu'elle passait derrière elle, en silence, avec la cafetière. Caroline, debout sur la tête dans la salle de séjour, ou figée, au pied de l'escalier, dans ce qu'elle appelait la « position du guerrier ».

— Vous faites du yoga ? demande Chassi.

Eleanor ne répond pas.

— En principe ça détend, ou ça permet de se concentrer. Je ne sais pas encore, je viens de commencer, ajoute Chassi en haussant les épaules.

— Ensuite, que s'est-il passé ?

Chassi se redresse un peu plus, accentue sa posture et garde les mains ouvertes sur ses genoux.

— A Rome, vous voulez dire ?

Eleanor l'observe. Chassi baisse le menton.

— La voiture l'a heurtée.

Aucune d'elles ne bouge, puis la jeune fille tourne les yeux vers Eleanor.

— Elle a fait un vol plané comme un cascadeur ; je ne peux pas vous dire la hauteur exacte, mais c'était dans les journaux.

Si elle s'attend à une réaction, elle doit s'en passer. Eleanor soutient son regard.

— Continuez.

— Continuez ? Vous voulez parler des obsèques ? C'est oui ou non ?

Premier signe de colère et accès de méfiance, accompagnés d'un léger rougissement des joues et du nez.

— Bon, écoutez-moi, dit Chassi en changeant de position. Vous n'êtes pas ma première psy. (Elle pince les lèvres et se met à loucher comme un psychanalyste de bandes dessinées.) « Parlons de votre culpabilité par rapport à votre mère ; vous croyez l'avoir tuée, non ? »

Son regard se fixe sur Eleanor.

— Eh bien non ! Ma mère est morte depuis longtemps, et je sais que je ne l'ai pas tuée. Je le sais bien !

Elle décroise les jambes et les étend sur le divan, en appui sur une hanche, face à Eleanor. Son coude s'enfonce dans le cuir et sa main soutient sa tête au niveau de la pommette.

— Est-ce que ça aurait un rapport, d'après vous, avec ma *crise* ? C'était leur mot… « Mon Dieu, elle a piqué une *crise*, Marty, nous n'avons pas pu la faire sortir de la caravane ; il a fallu tout arrêter ! »

Elle a pris une intonation différente : celle du pouvoir et de l'argent, celle d'un homme replet, avec un anneau à l'auriculaire et un veston à larges revers.

— Il n'y a plus que deux scènes avec moi, et le film est assuré ; ça ne leur coûtera pas trop cher. D'ailleurs je vais bien maintenant.

Son regard, suppliant comme à l'écran, se pose sur Eleanor.

— Vous voyez que je vais bien, non ?

— Parlez-moi des obsèques.

Les cheveux blonds de Chassi tombent sur ses yeux ; elle les soulève, les glisse derrière son oreille.

— Grandioses, dit-elle. Des caméras cliquetaient derrière les barrières. Je les entendais. On essayait de me tenir à l'écart, mais je les entendais tout de même…

Elle attend comme si elle pensait qu'Eleanor pouvait se contenter de cela, puis elle soupire. Son regard se pose quelque part entre la psy et elle, sur le pâle tapis indien.

— Il faisait chaud. (Elle rectifie une mèche de cheveux rebelle.) Les porteurs du cercueil ont failli le lâcher en gravissant cette foutue colline. (Brève inspiration.) Mes talons – il disait que j'étais trop jeune, mais elle m'avait permis de les acheter... de tout petits talons – s'enfonçaient dans le gazon. Papa tenait à peine sur ses jambes, il avait la main moite. (Le débardeur rose se soulève et s'abaisse au rythme de la respiration de Chassi.) Les gardénias brunissaient. Les fleuristes avaient dû prévenir papa, mais il insistait. Alors, ils marchaient à côté du cercueil et les aspergeaient d'eau. (Elle pousse un soupir.) Ma mère était entourée de gardénias, comme si elle se trouvait toujours dans le monde de Louis B. Mayer.

La jeune fille passe rapidement une main sur sa joue et garde les yeux baissés.

— Les chaussures à talons sont toujours dans une boîte du placard, avec de petits débris de boue et de gazon collés aux semelles, comme de la mousse dans une expérience de sciences naturelles. C'est si absurde...

Un silence. Elle baisse la tête et enfouit sa joue au creux de son coude. Installée sur le divan d'Eleanor comme sur une couche moelleuse, elle murmure soudain avec l'intonation de sa mère :

— Sally Brash, l'enfant chérie de l'est du Texas, trois fois lauréate d'un Oscar, épouse du nabab Saul Jennings, mère de la petite Chassi, a été enterrée aujourd'hui dans la Cité des anges. (Et elle ajoute dans un souffle, après une profonde inspiration :) Fondu enchaîné...

Ionie sait qu'elle est en retard. Elle sait que Rudy le sait aussi, même si elle fait semblant de servir des clients depuis dix heures et demie. Même si tout le monde l'a « couverte », Rudy sait. Elle ajuste sa chemise Cuppa Joe sous son tablier. Non seulement cette chemise est violette, ce qui jure affreusement avec ses cheveux roux, mais elle paraît encore plus ridicule à cause de l'inscription *Cuppa*

Joe et de la tasse avec un nuage de vapeur, en pointillé rouge. Du rouge et du violet ! Qui peut s'accommoder de pareilles couleurs ?

Ionie revoit sa mère, une main sur la hanche, l'autre tenant une cigarette :

« Chérie, ça ne te va pas du tout.

— Je sais, maman.

— Tu n'as qu'à leur dire qu'une rousse ne peut pas porter ça. »

Ionie sourit sous cape. « Plutôt être becquetée à mort par des canards que porter cette tenue ! » pourrait-elle déclarer à Rudy, avec l'accent de sa mère.

Elle ferme le couvercle des trois *latte*, dont un « avec très peu de mousse », a dit la dame, comme si trop de mousse risquait de la tuer. Ionie les glisse dans un sac et tend le ticket à Rudy, qui l'observe. « Allez, dis quelque chose », lui crie-t-elle du regard. Il tape sur la caisse enregistreuse et adresse son sourire crapuleux à la dame.

Elle n'a que vingt minutes de retard, après tout, et il n'y aurait pas de quoi en faire une maladie si elle n'était pas partie avant l'heure la semaine précédente pour une audition à la Fox. C'est infernal de se garer là-bas, et il l'a surprise au moment où elle poussait la porte. « Tu ne pars pas un peu tôt, Ionie ? » a-t-il lancé, en martelant son prénom comme si être sous-directeur de Cuppa Joe constituait un objectif dans la vie.

Ionie éponge du café renversé sur le long comptoir blanc et jette un coup d'œil autour d'elle. Chassi Jennings est assise à l'une des hautes tables rondes du coin ; elle a déplacé le tabouret de manière à tourner le dos à la salle – comme la dernière fois. Elle ne porte pas de lunettes noires et elles ont échangé deux fois des regards. Elle est là depuis midi et Ionie s'étonne qu'elle ne soit pas assaillie par une nuée d'imbéciles désireux d'obtenir un autographe. Mais qui se douterait que ce dos étroit et ces cheveux blonds appartiennent à la personne interviewée par Barbara Walters la veille au soir ?

Ionie se redresse et replie son chiffon. Toute sa vie, elle a entendu parler de Chassi Jennings. Chassi, la fille de Sally Brash, non seulement la plus grande star du Texas, mais originaire de la même ville qu'elle. La mère de Ionie peut raconter l'histoire de Sally Brash et de sa fille aussi bien que si elle avait rédigé leur biographie. Des tas d'acteurs traînent à Cuppa Joe, mais aucun d'eux n'est encore aussi célèbre que Chassi Jennings. Des drogués, plongés dans *Variety* ou dans un scénario, comme s'ils apprenaient un rôle ; mais Ionie sait qu'ils n'apprennent rien. Ils se contentent d'observer la salle.

Jamais un véritable acteur n'irait apprendre ses rôles au café au lieu de rester chez lui ! On doit lire son texte à haute voix. « Chantez-le, hurlez-le, répétez-le jusqu'à ce qu'il fasse partie de vous-mêmes et que vous deveniez bleus ! » leur conseille Joan à son cours d'art dramatique. Ionie peut réciter un texte au rythme d'une comptine comme « Humpty Dumpty » ou le chanter sur l'air de « How about you ? ».

Elle jette des sachets de sucre déchirés et des cuillers en plastique dans la corbeille en traversant la salle. Les gens sont de véritables goujats. Par exemple, ce type à l'audition, le matin même, un goujat de producteur habillé en Armani. Pas un regard direct, mais cette manière de la reluquer quand elle se tenait si près de lui qu'il pouvait la toucher sans froisser son costume ! Un goujat de la pire espèce.

Chassi Jennings reste immobile sur son tabouret. Elle ne lit pas, n'écrit pas, elle a les yeux fixés sur un mur distant d'une cinquantaine de centimètres. Paradoxalement, elle est sans doute la seule personne de l'assistance susceptible d'avoir un rôle à apprendre. Toutefois… Le bruit court, d'après *Hard Copy*, que Chassi aurait fait une sorte de crise de nerfs au cours d'un tournage et qu'il aurait fallu interrompre celui-ci.

Autre coïncidence, il suffit de sortir de Cuppa Joe et de tourner à gauche pour lire, sur le fronton du Bruin, « Chassi Jennings et Franco Ciovinni dans *No Secrets* », en énormes lettres noires ; alors qu'elle est à deux pas, derrière son gobelet en carton d'espresso froid, les yeux rivés au mur. Ionie froisse quelques nappes usagées et essuie une table. Sûr qu'elle est jolie ! Menue, avec des cheveux couleur miel et une de ces silhouettes ! La silhouette de sa mère ; et la carrière de sa mère. Tout lui a été servi sur un plateau d'argent.

Ionie rentre quelques boucles rousses sous sa visière Cuppa Joe et s'étire de tout son mètre soixante-quinze.

C'est franchement injuste, Chassi Jennings a un talent indéniable. Elle l'a vue dans *No Secrets*. Deux fois. Oui, sans blague ! En partie parce qu'il fallait bien tuer le temps pendant deux heures à Westwood avant de remplacer Sherry à son poste ; mais aussi parce qu'elle voulait la revoir, surtout dans la scène du placard. Il émane d'elle quelque chose de particulier, mais quoi ? Elle balaye des miettes de scone sur le sol, se retourne, surprend Chassi Jennings en train de la regarder. Elle lui rend son regard et mademoiselle la star baisse les yeux. Ne t'en fais pas, pense Ionie en traversant Cuppa Joe, son chiffon à la main, je ne vais pas t'importuner. Loin de moi cette intention !

Finalement, Eleanor ne déjeune pas ce jour-là. Après un intervalle de vingt minutes entre deux patients, viendra le tour de « Lacet de soulier ». Elle examine l'assortiment de yaourts de son mini-réfrigérateur. C'est horrible de penser à cet homme de cette manière, mais elle n'a jamais pu échapper à la description hyperréaliste de sa première séance : des rangées de chaussures alignées dans son placard, laborieusement disposées dans la même direction, et tous les lacets noués.

« Des chaussures de cuir aux Nike ! soufflait-il, immobile, les dents serrées, les mains tendues en avant, l'air contrit sous le regard intrigué d'Eleanor. Je dois les dénouer et les renouer *parfaitement* chaque fois que je sors. Comprenez-vous ce que je vous dis, docteur Costello ? Chaque fois que je sors. »

Aux myrtilles, pas à la pêche et encore moins au cappuccino. Qu'est-ce qui lui a pris d'acheter un yaourt au cappuccino ? Eleanor reste accroupie dans l'air froid. Bref passage à vide. Elle l'a acheté pour Jimmy. Elle saisit le yaourt aux myrtilles et referme doucement la porte du réfrigérateur. Son genou droit fait un bruit sourd quand elle se relève.

« Ça ne m'étonne pas que ce pauvre garçon arrive toujours en retard. Chérie, il n'a pas besoin de toi ; il lui suffit de se débarrasser de quelques paires de chaussures.

— Plus jamais je ne te parlerai de mes patients, avait-elle répliqué en se libérant de l'étreinte de Jimmy. Tu auras beau faire, plus jamais ! »

C'est à cette époque qu'il commença à leur donner des surnoms.

« Quoi ? Qu'est-ce que vous racontez tous les deux ? »

Caroline venait d'entrer dans la cuisine, comme toujours à leur recherche.

« Rien, Caroline.

— Nous parlions de lacets de souliers. »

Jimmy avait fait une grimace à Eleanor, par-dessus la tête de Caroline.

« Jimmy !

— J'ai une meilleure idée. Dis-lui de ne porter que des mocassins. Plus de lacets, plus de problèmes. Dis donc, El, tu veux une bière ? »

Jimmy face au réfrigérateur ouvert. Jimmy avec sa bière.

Eleanor soulève le couvercle du pot en carton, attrape une cuillère en plastique et s'assied sur son siège. Elle tourne la crème couleur lavande en dérapant contre la paroi. Les morts ne mangent pas de yaourt au cappuccino, Eleanor, c'est comme ça. Elle se répète les paroles de sa belle-mère, une semaine plus tôt, au téléphone : « Ma chère, j'ai une nouvelle théorie. Quand quelque chose me perturbe, je me dis : "Sis, tu n'y peux rien." »

Votre belle-mère s'appelle-t-elle encore votre belle-mère quand votre mari est mort ?

C'est le sang de Jimmy qu'Eleanor a cru voir quand la jeune fille décrivait sa mère gisant dans la rue. Une vision de Jimmy sur son lit d'hôpital et ce profond silence quand toutes les machines se sont arrêtées brusquement ; le sinistre sifflement s'étranglant en un effroyable bourdonnement morne et plat. Elle porte la cuillère à sa bouche. « Hé, Eleanor, ma chérie, rappelle-toi que tu n'y peux rien », semblait lui dire Jimmy avec son accent de Brooklyn.

Caroline n'a jamais admis qu'Eleanor décide de « débrancher », selon le jargon employé à l'hôpital dans cette circonstance. Une simple prise à trois fiches que l'on branche ou débranche, comme une lampe de salon, alors qu'il s'agit de l'homme à qui vous êtes mariée depuis vingt-huit ans. Caroline n'a jamais admis que les médecins ne tournent pas finalement vers *elle* leur regard désemparé. Après tout, c'était son père. N'avait-elle pas fait graver *Mon Papa* sur la chaîne en or – une chaîne trop massive, trop clinquante, avec de trop grandes lettres – qu'elle lui avait offert à treize ans et qu'il gardait toujours autour du cou ?

« Un peu voyante, non ? avait demandé Eleanor.

— Non, mon chou, elle me convient parfaitement. »

« Il ne pourra plus jamais respirer par ses propres moyens ; il ne pourra plus rien faire », dirent les médecins, leurs mains soignées jointes derrière leur dos. Jimmy ne pouvant plus rien faire ! Le fameux *infielder*[1] des United-Jewish-Italians ! L'homme capable de danser la rumba mieux que Tito Puente, de préparer un impeccable milk-shake au café, de soulever un poids de cent kilos sans ciller ! Son Jimmy Costello de Brooklyn ! Elle fixait le mur vert pâle de l'autre côté des médecins et serrait de toutes ses forces la main inerte de Jimmy. Caroline lui en veut d'avoir pris la décision finale, mais elle lui en veut surtout d'être *la* survivante. La détérioration de leurs rapports leur colle à la peau comme la mince doublure de soie d'une vieille gabardine.

« Papa souhaitait un enterrement viking.

— Il plaisantait, Caroline.

— Pas tout à fait. »

Les lèvres pincées, Eleanor la frapperait presque.

« Ton père n'était pas un Viking.

— Aucune importance. Tu pourrais faire ça pour lui. Il le saurait, d'une manière ou d'une autre.

— Non. »

Le visage fermé de sa fille de l'autre côté de la table.

« Tu as toujours besoin de me contredire, n'est-ce pas ? Tu crois tout savoir sur lui. Tu t'imagines qu'il n'y a que toi. »

Son visage durant la descente du cercueil ; ses mâchoires bloquées, trois mois après les obsèques.

« Séparons-nous, maman ; ce n'est plus supportable. Je ne veux plus te voir. Ne m'appelle pas. O.K. ? »

---

1. Joueur de base-ball se trouvant dans la partie du terrain située entre les quatre bases.

Eleanor, incapable de répondre, restait figée sur place, tandis que Caroline sortait de la maison.

« Ne m'appelle pas, maman », avait-elle répété en refermant la porte, la chaîne en or serrée dans son poing fermé.

Eleanor pose le couvercle sur le carton de yaourt vide, se lève et marche vers les fenêtres. Le brouhaha étouffé de Westwood lui parvient ; elle appuie sa joue contre la vitre. Encore de la pluie. Des parapluies s'ouvrent et une agitation inhabituelle règne dehors. Le feu change de couleur, et une nuée de gens traverse. Elle connaît la via Emilia. Elle est allée à Rome. Une fois avec Jimmy, une fois seule, avant... « Avant que je t'aie conquise, mon chou ? » aurait-il dit. Eleanor ferme les yeux. Elle savait que l'enfant était avec sa mère au moment de l'accident. L'a-t-elle lu dans le journal ? Elle rouvre les yeux et observe le flot des voitures, le va-et-vient des essuie-glaces. Est-elle jamais partie en voyage, seule avec Caroline ? Non. Qu'ont-elles fait ensemble, sans Jimmy ?

Eleanor colle son front contre la vitre. Elles l'ont enterré. C'est tout.

Elle se retourne. La lumière jaune de la salle d'attente clignote. « Lacet de soulier » est arrivé. Elle se promet de ne pas regarder s'il porte des mocassins, de ne plus jamais acheter de yaourt au cappuccino et de ne pas penser à Jimmy. Elle traverse la pièce.

Chassi Jennings souffre d'avoir perdu sa mère, Caroline Costello souhaiterait que sa mère soit morte. Eleanor brandit le carton de yaourt vide derrière son dos et décrit un grand arc de cercle. Elle n'a pas vu sa fille ni eu de ses nouvelles depuis onze mois. Elle lui a parlé, mais sans obtenir de réponse. De simples conversations à sens unique, par répondeur interposé. Le doux tintement de lointains carillons éoliens, et « Allô, ici Caroline, laissez-moi un message ». Elle se hâte de parler : « Bonjour, c'est moi, maman. Oui, c'est ta mère. J'espère que tu vas bien. Au revoir. » Pathétiques, les quelques mots de Caroline, balbutiés comme par une enfant de deux ans : « Ne m'appelle pas, maman », et aveuglants comme une enseigne au néon dans la tête d'Eleanor. Le pot de yaourt en carton atterrit de justesse dans la corbeille à papier.

— Deux points pour Brooklyn, mon chou, murmure Eleanor dans la pièce vide, avant d'aller ouvrir la porte.

2

— Ils s'inquiètent à ton sujet, dit Saul Jennings à sa fille.

— Ils s'inquiètent au sujet de leur film, papa, rectifie Chassi.

Jennings lève son lourd verre de cristal et porte un toast silencieux en hochant légèrement la tête.

— Quoi de plus naturel ? (Il avale une gorgée d'alcool.) Les affaires sont les affaires.

— Oui, je sais.

Jennings traverse l'épais tapis persan et s'assied dans la plus grande des deux magnifiques bergères de cuir caramel tournées vers la cheminée. La plus petite était autrefois celle de son épouse. Chassi s'installe sur le canapé, à l'opposé des sièges. Son père passe la main sur le bras clouté du fauteuil, prend une autre gorgée de whisky et regarde sa fille.

— Que penses-tu de ton docteur ?

— La psy ? J'en sais rien.

— Pourquoi ?

— Elle ne parle pas.

— Oh ?

— Bon, elle parle ; mais elle pose des questions et elle ne répond pas.

— Hum.

Chassi se figure un cordon de velours rouge, tendu entre les deux bras de la bergère de sa mère pour empêcher les gens de s'y asseoir. Toute la maison est comme ça : un véritable musée Sally Brash, auquel il ne manque que l'enseigne. Le cordon de velours imaginaire barre la bergère, festonne sur les bouteilles et les flacons de la table de toilette, fait une boucle sur les poignées chinoises des portes de placards, ondule autour des robinets dorés de la profonde baignoire à pieds griffus, glisse dans les manches du peignoir rose à monogramme et derrière la porte du cabanon, près de la piscine. Comme si sa mère allait et venait à l'étage au-dessus, faisant claquer ses hauts talons sur le plancher, laissant sur son passage des éclats de rire et des effluves de gardénia.

— Comment ? dit Chassi à son père.

Il pourrait y avoir un kiosque à l'entrée, au bout de l'allée, où les gens achèteraient leur billet. Mais où gareraient-ils leur voiture ?

— Je suppose que ton docteur ne parle pas parce qu'elle veut que tu parles, toi.

— Je m'en doute, papa, mais c'est tout de même déconcertant.

— Evidemment.

Chassi imagine son père sur le divan du Dr Costello ; elle étouffe un rire.

— A quoi ressemble-t-elle ?

— J'en sais rien. Tu veux dire, si tu avais un rôle à lui donner ?

L'ombre d'un sourire de Saul Jennings, derrière le cristal.

— Oui, c'est ça !

31

— Anne Bancroft, avec les mêmes traits, la même ardeur, il y a une petite dizaine d'années. Moins mince. Avec des cheveux grisonnants.

— Cette sacrée Bancroft, je l'ai toujours appréciée ! (Il repose son verre.) Tu lui as parlé de ta crise de larmes ?

— Pas encore.

— Je croyais que tu allais la voir pour ça.

Chassi soutient le regard de son père.

— Je vais à son rythme.

— Tu as raison, dit Jennings en vidant son verre et en faisant cliqueter les glaçons. Je suis sûr que ça va s'arranger. Un peu de sommeil et de divertissement... Tu viens dîner avec nous ? Je retrouve les Fiskin et les Bernheim au Dan Tana's.

— Non, pas ce soir, papa. (Chassi se lève et traverse la pièce.) Dis-leur bonjour de ma part.

— Sur quoi te questionne-t-elle, Chassi ?

Chassi s'immobilise et regarde son père.

— Sur Rome, papa.

Elle lui a fait croire à une crise de larmes, comme à tout le monde. Une simple crise de larmes. Après tout, n'a-t-elle pas le droit d'être épuisée après deux mois entiers avec des tournages de nuit ?

Chassi ouvre le robinet d'eau chaude de sa douche. Elle ferait bien de déménager, de se trouver un endroit à elle ; il est grand temps. Elle n'a aucune raison de vivre dans un musée dédié à sa mère ; un remake de *Sunset Boulevard*, avec son père, dans une mauvaise imitation de Gloria Swanson plongée dans ses souvenirs cinématographiques. Mais personne ne s'en aperçoit, car elle n'invite jamais personne. Qui inviterait-elle ?

Elle ne sait pas comment informer son père de ses

intentions ; elle ne supporterait pas qu'il joue la comédie en prétendant que son départ ne lui pose aucun problème. Elle ne l'a pas quitté depuis leur retour de Rome, depuis le lendemain des obsèques de sa mère, quand les journaux professionnels annoncèrent, sur cinq colonnes à la une : « Un raz de marée sur la société Pacific. Dans un discours émouvant qui bouleverse l'industrie du cinéma, Saul Jennings a déclaré aujourd'hui qu'il renonçait à son poste de président-directeur général de Pacific International Pictures, après un règne de vingt-deux ans. »

A la suite de sa démission, ses avocats firent de lui un producteur indépendant. Installé dans des bureaux ultra-chic d'une tour de Century City, il ne remit plus jamais les pieds dans les studios. Depuis quatorze ans que sa mère était morte, Chassi savait toujours où trouver son père – à son bureau, en train de dîner dehors avec des amis, ou assis dans sa bergère.

Chassi se savonne les seins. On ne vit plus avec son père à vingt-cinq ans ! Elle expose son dos à l'eau brûlante. Jamais elle n'a mené une vie normale.

« Qu'est-ce qu'ils font, ton papa et ta maman ?

— Maman est une star et papa dirige le grand studio où elle travaille. »

Chassi attrape le shampoing. Le studio… « Papa va être en retard au studio, poussin. » Ses pieds se balancent dans les airs pendant que son père la soulève et l'embrasse ; il la repose sur l'allée et monte en voiture. Depuis sa naissance, elle a passé son temps à franchir les portes du studio. Elle y fêtait son premier anniversaire dans une arrière-salle – un événement spectaculaire, avec des clowns et de vrais poneys, dont elle a tout oublié. A quatre ans seulement, elle y tenait son premier rôle, sur la scène seize : figuration dans la dernière comédie musicale de Howard Hall. Son premier homme, elle l'eut au studio : une copulation essoufflée et étourdissante, debout dans le noir, contre la porte du vestiaire, avec Garris, le chauffeur de Marjorie Grissom. Le responsable des affiches du département artistique l'aida à calligraphier l'arrière-plan de son projet de sciences avec un pinceau et un bâton, le chef-costumier s'assura que le styliste guidait la couturière dans la confection de tous ses costumes d'Halloween, et le chef du service des transports lui apprit non seulement à actionner un levier de vitesse sans secouer la voiture, mais à pratiquer l'art exquis de la fellation.

Chassi a grandi au studio ; elle l'aime et il l'aime. Prise de vertige, elle met sa tête sous l'eau pour rincer le shampoing ; elle devrait sortir de la douche avant de tomber.

— Ils ont une heure de retard, annonce à Ionie la petite brune assise à son guichet.

Ionie pose son sac de sport, son sac à main et sa bouteille d'eau.

— Une heure ? Je me suis décarcassée pour venir.

— Ils ne sont pas encore arrivés, dit une blonde assise par terre. Ils déjeunent...

Elles sont sept, alignées dans le hall attenant au bureau de la production, sept femmes. Trois aux abords de la trentaine, comme elle, quatre plus âgées – quarante ou quarante-cinq ans environ. Ionie s'affale sur le plancher. Une ligne pour sept femmes ; car c'est un rôle d'une seule ligne : « Docteur Mills, que faites-vous ? » Le personnage s'appelle la Femme numéro 2. Les doigts de Ionie ont laissé des traces sur la mince feuille de papier, tant de fois relue. Un fax arrivé au bureau d'Al. Elle n'a ni fax, ni portable, ni bip. Elle ne « surfe » pas sur Internet, elle ne boit pas de Martini, elle ne va pas au bar du Marmont. D'ailleurs, que fiche-t-elle à Hollywood ? Elle se répète mentalement sa ligne, effondrée contre le mur, et avale une grande gorgée d'eau.

« Une ligne, c'est tout ? » a demandé Al.

Ionie examinait le chiffon de papier.

« J'ai l'impression.

— Tu y vas pour une seule ligne ?

— Oui.

— Bon Dieu, ils n'ont qu'à te donner le rôle !

— Ça ne se passe pas comme ça, Al.

— Pourquoi pas ? (Il lut par-dessus son épaule :) "Docteur Mills, que faites-vous ?" Qui est le Dr Mills ?

— J'sais pas, dit Ionie en le regardant dans les yeux.

— C'est le personnage principal ? »

Elle a eu envie de le frapper ou de le pincer.

« J'en sais rien, Al.

— Que fait ce brave Dr Mills ?

— Aucune idée.

— Pas possible ! »

Elle a soupiré.

« Aucune idée, j'te dis.

— Tu n'as pas le reste du texte ?

— Non, Al.

— Peux-tu savoir comment dire "Docteur Mills, que faites-vous ?" si tu ignores ce que fait le Dr Mills ? »

Elle s'était sentie sur le point de pleurer. Ses larmes fusaient dans sa poitrine comme un geyser. Elle allait le frapper, et puis fondre en larmes.

— Vous avez vu le scénario complet ? demande-t-elle à la blonde qui fait partie des candidates de son âge.

— Pas moi, mais elle ! répond la blonde au rouge à lèvres trop rose.

Elle indique d'un signe de tête l'une des femmes de quarante ans, assise sur un siège et entièrement vêtue de blanc. Trop ronde pour porter tout ce blanc ! Est-elle habillée ainsi parce que la Femme numéro 2 est infir-mière ? Laborantine ? Nonne ?

Ionie lui sourit.

— Vous avez le scénario complet ?

— Hum.

Pas même « Hum, vous aimeriez y jeter un coup d'œil ? », ni « Oui, le voici », ni « Que voulez-vous savoir ? ». La femme se détourne et Ionie voit ses lèvres remuer en silence au rythme de « Docteur Mills, que faites-vous ? ».

— Savez-vous, par hasard, ce que fait le Dr Mills ? chuchote Ionie à la blonde.

Un regard vide et un mouvement des lèvres rose vif.

— Pardon ?

— Non, ce n'est rien.

C'est désespérant. Ces années d'efforts – Shakespeare, Meissner et les claquettes, la diction et Linkletter, Stras-berg, le chant, le mime, le jazz, la danse classique – tout ça pour quoi ? Pour être la Femme numéro 2, une apparition en blanc. Pour dire : « Docteur Mills, que faites-vous ? » Qui peut s'intéresser le moins du monde au Dr Mills ? Mais que faire si elle ne peut pas devenir actrice ? Toute sa vie, elle en a rêvé. Il n'existe pas d'autre issue pour elle. Elle fond en larmes maintenant, alors que ça n'avait pas d'importance devant Al ou dans sa voiture quand elle a failli se tuer pour arriver à l'heure. Elle pleure devant six autres femmes qui s'intéressent certainement au Dr Mills, qui l'aiment et le respectent. Qui ne demandent qu'à tomber dans ses bras, et peut-être toutes ensemble…

— Ionie St John ? demande quelqu'un.

Ionie lève les yeux. Une jeune femme tient un clipboard, celui qu'elle a signé en arrivant.

— Votre agent nous a prévenus que vous aviez un rendez-vous de l'autre côté de la ville et qu'il serait souhai-table de vous faire passer la première. Prête ?

Bénie soit Nicki d'avoir dit qu'elle avait une seconde audition. En effet, elle a rendez-vous à Cuppa Joe avec une machine à cappuccinos.

— Oui, répond Ionie en se levant.

Après avoir essuyé ses joues du bout des doigts, elle suit la jeune femme à travers le hall.

Elle articule « Docteur Mills, que faites-vous ? » en présence de trois personnes assises sur un divan, deux hommes et une femme, corpulents et beigeâtres. Ils se taisent et elle sort du studio en moins de temps qu'il n'en faut pour le dire. Plus tard dans l'après-midi, elle profite d'une pause entre deux *latte* pour appeler Nicki, quand elle a la certitude que Rudy est aux toilettes.

Jamais elle ne saura ce que fait le Dr Mills. N'ayant pas obtenu le rôle, elle est bien décidée à ne pas regarder ce show télévisé.

Ses vertiges, apparus brusquement, n'ont cessé d'empirer. Chassi supposa d'abord qu'elle avait faim. Une hypoglycémie dont elle viendrait à bout avec un jus d'orange ou un vrai Coca-Cola. Mais ensuite elle eut des vertiges après un sandwich et, une autre fois, après une grande assiettée de raviolis aux épinards et à la ricotta de Tia, et une tourte aux pommes. Mine de rien, elle quitta la salle à manger en fredonnant et elle promena sa main sur le dossier des chaises pour se retenir. Le regard de Tia s'attarda sur elle :

— Chassi, tu as mal à la tête ?

— Non, ça va.

La fois suivante, elle eut ce problème sur le plateau, alors qu'elle embrassait Lyle Marvin de si près que le brun de ses yeux se fondait dans le rose de son visage, comme si elle s'était trop approchée d'un Seurat. Elle se retint à lui longtemps après que Ziggy eut crié « Coupez ! ». Pendue à son bras, elle avait l'impression de tanguer. Tout le monde pensait que c'était à cause du baiser ; même ce crétin de Lyle. Le narcissisme masculin !

Une actrice a l'art de dissimuler, donc personne n'en saura rien.

Son vertige est si fort que sa main glisse sur la paroi vitrée de la douche, jusqu'au gant de toilette, et elle se retrouve à moitié dedans, à moitié dehors. L'eau fouette le sol carrelé et trempe le tapis de bain. Elle se relève, humide et tremblante, en s'agrippant de toutes ses forces au porte-serviettes. « Ce n'est rien. Ça se passe dans ma tête et ça finira bien par s'arrêter. »

Mais il y a aussi ses cauchemars. Ces derniers la fatiguent parce qu'elle ne peut pas se rendormir. Et puis, elle se concentre difficilement. Les textes qu'elle apprend le soir lui échappent le lendemain, comme s'ils étaient insaisissables. Pourtant, elle a toujours eu de la mémoire. Ça ne lui posait aucun problème avant. Avant quoi ? Il ne s'est rien passé. Rien. Elle ne trouve aucune raison valable. Une actrice a l'art de dissimuler, donc personne n'en saura rien…

— Ça va, Chassi ? demande Eleanor.

Chassi agite ses pieds sur le divan.

— Un peu fatiguée, c'est tout.

— Je vois.

Que voit-elle ? Attention, ma fille.

Silence.

— Vous dormez ?

— Bien sûr.

— Alors, pourquoi êtes-vous fatiguée ?

Chassi passe la main sur son visage et détourne légèrement la tête.

— Il m'arrive de me réveiller.

— Vous rêvez ?

— Je ne sais pas.

— Vos rêves vous réveillent ?

Attention, pas de gaffe !

— Vous vous en souvenez ?

— Non.

C'est vrai : ses rêves ne sont plus que des ombres quand elle se réveille. Des ombres terrifiantes.

— Vos rêves vous effrayent ?

— Non.

Mon Dieu, pourquoi a-t-elle répondu si vite ? Elle aurait dû dire : « Quels rêves ? » Maintenant la psy sait qu'elle rêve, alors qu'elle a prétendu le contraire. Elle sait ! « Sois astucieuse, Chassi. Si la psy pense que tu as un problème, elle ne te laissera pas te remettre au travail ; et tu as besoin de travailler, tu as besoin d'aller bien pour qu'on te laisse travailler. Sois astucieuse, plus astucieuse qu'elle ! Regarde ses diplômes, elle a étudié à Cornell, Ithaca. Ils ne sont pas si malins à Ithaca. Où a-t-elle fait sa médecine ? » Chassi lève légèrement le menton et regarde en arrière, par-dessus la tête d'Eleanor.

— Dites-moi ce qui s'est passé dans la caravane.

— Pardon, mais…

— Racontez-moi.

— Je ne sais pas. Rien…

— Y a-t-il une chose que vous aimeriez me dire ?

— Pas spécialement.

— Une chose que vous souhaiteriez me demander ?

Chassi ébauche un rire.

— Non, je ne vois pas. Hum, quel est le sens de la vie ?

Elle adresse son sourire le plus angélique à Eleanor ; elle

sait à quoi il ressemble, car elle l'a perfectionné devant la glace et vu à l'écran.

— Je plaisantais, ajoute-t-elle gentiment.

— Nous pouvons parler de la vie.

— Non merci, je plaisantais.

Elle est diplômée de John Hopkins à Baltimore. Pas mal !

— Je vous ai demandé si vous vouliez me raconter ce qui s'est passé dans votre caravane ce jour-là. Le jour où vous vous êtes enfermée.

Mon Dieu, que faire ?

— Vous savez, j'étais vraiment surmenée, épuisée. Nous avions travaillé de nuit pendant deux mois. (Elle fixe Eleanor.) Vous savez ce que ça signifie ?

C'est ça, prends-la à témoin ! Les non-initiés adorent entendre parler des problèmes quotidiens de tournage, ça les flatte.

— Oui, je sais.

Voilà, elle marche !

— C'était juste après la rotation.

Voyons comment elle va réagir.

— Donc, vous aviez recommencé à tourner de jour. Je vois. Vous deviez vous sentir très fatiguée. On a du mal à régler son horloge interne, n'est-ce pas ?

— Hum, hum.

Contente-toi de répondre brièvement et empêche-la de te prendre dans ses filets.

— Et puis ?

— Pardon ?

Un vertige. Léger, imperceptible même. Assieds-toi, pas trop vite. C'est ça. Assieds-toi et tourne-toi vers elle. Tu n'aurais pas dû regarder comme ça en arrière, par-dessus sa tête.

Chassi laisse ses jambes pendre du divan. Détends-toi. Allons, il suffit de te détendre.

— A part la fatigue, que ressentez-vous ?

— Rien.

Le Dr Costello soutient son regard. Elle est vraiment jolie, cette psy. Pas une beauté comme maman, mais jolie. Une quarantaine d'années, peut-être cinquante ; difficile à dire. Il lui faudrait une bonne coupe de cheveux : elle semblerait beaucoup plus jeune s'ils étaient coupés au carré. Des yeux magnifiques. Mais pourquoi porte-t-elle des vêtements si amples ? Ces longues jupes, ces boots tellement dans le style des années soixante-dix…

— En colère ?

— Non.

— Vous n'étiez pas en colère ?

— Mais non !

— On m'a dit que vous aviez lancé une brosse à cheveux sur quelqu'un.

— Pas *sur* quelqu'un.

Impassible, le docteur attend que Chassi continue. « Continuez » est son expression favorite.

— Je l'ai simplement lancée. Une petite impatience d'actrice, si vous voulez. (Elle sourit à nouveau à la psy.) Je peux descendre ?

— Comment ?

— Je voudrais descendre de ce divan et marcher. Je voudrais rentrer chez moi.

— J'aimerais autant que vous restiez.

— Et que je m'allonge ?

Cette expression à double sens amène un sourire fugitif sur les lèvres de la psy.

— Oui.

— Pourquoi ?

— Pour ne pas être distraite.

— Je ne serai pas distraite.

— Ça n'a plus d'importance.

— Vraiment ?

— Maintenant, c'est l'heure. A jeudi, Chassi.

— Très bien.

« Le patient s'allonge sur le canapé du psychiatre, le suspect "s'allonge" devant l'inspecteur… répétait souvent Eleanor à Caroline.

— Et alors ?

— Une des expressions est correcte, l'autre est argotique….

— Je m'en fiche.

— C'est ton point de vue. »

Petit haussement d'épaules, port de tête provocant… Eleanor sur le point de balayer d'un revers de main le sourire narquois de sa fille.

« Que je parle d'une façon ou d'une autre, le monde tournera toujours de la même manière.

— Bon, Caroline, n'en parlons plus.

— Volontiers ! »

Eleanor fait pivoter deux fois son fauteuil. Une grande blessée, cette Chassi… Elle aurait besoin de points de suture pour rassembler les morceaux de son cœur déchiré. Une attelle, un plâtre, une minerve. Un pansement stérile pour chacune des blessures infligées par la vie. Eleanor sourit. Pas de psychologie bon marché, ma belle ! Tu n'es pas là pour ça !

Elle s'étire, se lève, puis elle appuie sur la touche étoile de son téléphone et compose le 63 pour le brancher sur sa boîte vocale. Elle prend ensuite son carnet de rendez-vous et son sac. Il se passe tant de choses avec cette Chassi. Elle bâille. Va-t-elle dîner ou prendre son bain d'abord ? Et si

42

elle dînait dans son bain ? Quel concept ! Elle éteint et son bureau s'estompe dans un brouillard indigo venu des fenêtres. « Quel concept ! » est une expression empruntée au vocabulaire de Caroline…

Après une profonde inspiration, elle marche jusqu'à la porte. Combien de compresses de gaze faut-il pour ne plus saigner quand votre mère meurt sous vos yeux ?

Chassi est assise sur l'un des hauts tabourets au fond de Cuppa Joe, les yeux rivés au gobelet en carton de son espresso.

Un peu de café la remonterait. Et pourquoi pas un muffin ? A-t-elle sucré son café ? Qui aurait cru que ce serait son plus grand rôle ? Pour la meilleure performance dans un rôle dramatique, l'Oscar est décerné à Chassi Jennings dans *Trompez la psy*. Elle goûte son café et repose sa tasse avec une grimace : il est froid.

3

— Tu es une excellente actrice, dit Al à Ionie.

— Alors, pourquoi on ne me donne pas de rôles ?

— Ça prend du temps, mon bébé.

— Ne m'appelle pas comme ça. Le temps presse. Je suis déjà trop vieille pour jouer les ingénues, et bientôt je ne pourrai même plus jouer les mères ; je devrai me contenter des rôles de grand-mère, de grande-tante et de mégère.

— Pourquoi tu ne veux pas que je t'appelle « bébé » ?

— Mon père m'appelle « bébé ».

— Alors que dirais-tu de « mégère » ?

Elle roule sur elle-même, lui fait face et pose sa jambe nue sur la sienne. Ils batifolent depuis une heure sur le lit.

— Trouve quelque chose de sexy.

— *Penthouse* ? (Il la regarde du coin de l'œil.) C'est un magazine.

Elle sourit, niche son visage contre sa nuque et place une main sur sa poitrine.

— Je sais, Al.

— *Playboy*, si tu préfères.

— Al !

Le désir, la sueur, sa peau bronzée. Elle promène les doigts sur son sexe.

Elle aime son odeur, le contact de sa peau, ses cheveux gris. Il la soulève à peine, baisse la tête et passe la langue autour de son mamelon, aspire son sein dans sa bouche et le suce doucement.

— Al ?

Depuis bientôt une heure Ionie est prête. Elle le veut. Mais elle aime aussi attendre. Maintenant, ça suffit !

— Hum, dit-il.

Il la hisse sur lui. Elle plie les genoux, glisse une jambe au-dessus de son corps, le chevauche. Il introduit son sexe en elle. Un peu, puis de plus en plus. Ils s'observent et elle s'agite en souriant.

— A cheval comme au Texas, dit Al.

— Les magazines féminins nous déconseillent cette position.

— Pourquoi ?

— Quand un homme nous regarde par en dessous, nous ne sommes pas à notre avantage.

Ionie étale ses doigts sur son menton.

— Tu me plais comme ça, dit Al avec un grand sourire. Un peu mégère…

Il la regarde en silence, prend ses mains dans les siennes. Elle s'arc-boute et poursuit son va-et-vient. Ses cheveux balayent son visage, elle sent son propre souffle.

— Attends, dit-elle.

— Quoi ?

— Je veux savoir comment tu vas m'appeler. Quelque chose d'érotique, hein !

Al pousse son sexe en elle, avec force.

— Attends, Al, attends ! Je vais jouir.

— C'était prévu.

— Mais je préfère t'attendre. Dis-moi comment tu vas m'appeler.

— La troisième fois, tu pourras m'attendre.

— Ha !

— Tu ne me crois pas ?

— Al, attends !

Il la pénètre profondément, elle s'agrippe à ses mains et ne lui dit plus d'attendre ; elle en serait incapable. Sous son regard, cette lame de fond en elle. Tremblement, chaleur, extase. Elle se cabre. Un son vibrant et grave lui échappe. Elle relève le menton, la tête en arrière, puis en avant. Elle aussi le regarde : elle ne détourne jamais les yeux quand elle jouit.

Doucement, elle se laisse retomber sur sa poitrine – une chair rose effondrée, le sommet de son crâne sous son menton. Il dégage les mèches de son visage et embrasse son front moite.

— Premier coup, murmure-t-il en l'attirant contre lui. Ionie, ma chérie, je vais t'appeler ma bouchée à la noix de coco.

Il est ébéniste et ignore tout du théâtre. Mais le bois, les clous et le papier de verre, il connaît.

Elle rit. Il a les yeux bleus, les cheveux gris et exactement la même taille qu'elle. Un mètre soixante-quinze, quoi qu'il ait pu lui dire par la suite ! Elle apercevait ses muscles sous sa chemise et elle respirait son odeur, qui lui rappelait les citrons verts.

« Je viens de Teaneck, New Jersey, lui annonça-t-il en la scrutant de ses yeux bleus. Et toi ?

— De Tyler, Texas. »

La musique était assourdissante, l'air enfumé. Il pencha la tête vers elle.

« Tu plaisantes ?

— Les Texans ne plaisantent pas.

— Ah oui ? Je n'ai jamais connu de Texan.

— Et à quoi ressemble Teaneck ?

— Une ville de banlieue typique. »

Il était sérieux et elle trouvait son petit froncement de sourcils, entre ses yeux bleus, adorable.

« Depuis combien de temps as-tu les cheveux gris ?

— Depuis toujours. En réalité, j'ai cent trois ans. »

Elle se pencha vers lui.

« Comment t'appelles-tu ?

— Al.

— Le grand Al. »

Petit sourire timide.

« Si tu veux. »

Le cœur de Ionie bondit dans sa poitrine.

« Et moi Ionie. »

Il la dévisagea et, avec un accent texan caricatural, il répondit :

« Salut, m'dame. »

Ça s'était passé six mois et demi plus tôt. Pour fêter leurs six premiers mois ensemble, il lui offrit une carte du New Jersey de l'AAA[1], et elle un badge de shérif texan, acheté dans un bazar.

— Où habitez-vous ? demande Eleanor à Chassi.

— Holmby Hills.

Le ciel s'obscurcit ; l'orage remonte depuis la plage. Elles gardent les yeux fixés sur les vitres de plus en plus sombres.

— Je vis chez mon père, reprend Chassi.

---

1. American Automobile Association.

— Je vois.

— Vous désapprouvez ?

Eleanor ne répond pas.

— Je sais que je suis trop vieille pour vivre chez mon père. (Chassi cligne des yeux et soupire.) Nous habitons une grande maison… Je ne sais pas…

Elle hausse les épaules.

Une grande maison. Eleanor possède aussi une grande maison ; grande et vide, à mi-hauteur sur une montagne. Les coyotes et les cerfs y paradent au crépuscule, les araignées et les écureuils attirent des rats à l'heure du thé.

« Aucun rapport avec Brooklyn, dit Jimmy le jour de leur emménagement, en sifflant une bière dans le jardin de briques. Je vais nous construire une véranda. » Leur bébé, né en Californie, parlait avec l'accent de son père : « Papa, des bébés cerfs sur la montagne, regarde, papa ! »

— Je vis dans ma chambre, dit Chassi.

Un rire étouffé, et elle tourne la tête pour observer Eleanor.

— Je veux dire que j'occupe encore ma chambre de bébé. Bizarre, non ? (Elle observe Eleanor.) Elle a tout de même changé…

La chambre de Caroline n'avait pas changé quand elle débarqua un mardi soir, juste avant les côtelettes de porc, pour annoncer à brûle-pourpoint à ses parents qu'elle abandonnait ses études au milieu du deuxième trimestre de troisième année. Elle n'avait pas changé quand elle repartit – en ne laissant qu'un petit mot griffonné et un peu de linge sale – pour suivre à San Francisco un garçon qu'ils ne connaissaient pas. Elle n'avait toujours pas changé quand elle rentra, traumatisée, mais décidée à ne divulguer aucun détail ; quand elle partit, en quête de quelque conte de fées New-Age – farfelu, du point de vue d'Eleanor –, et revint sur ses instances, après la mort de Jimmy. C'est alors qu'elle voulut tout chambouler dans la maison. Eleanor refusa. La disparition de Jimmy constituait un changement suffisant. Il ne fallait pas lui en demander plus.

— Je ne suis pas souvent à la maison. En général, je tourne des films. Je reviens simplement pour dormir. (Chassi fronce les sourcils.) J'aimerais me remettre au travail, vous savez.

— Très bien.

Elle s'assied, les yeux écarquillés.

— Je peux ?

— Oui, vous pouvez.

Grondement de tonnerre. Elles se regardent.

— Génial ! dit Chassi.

— Parlez-moi de votre chambre.

— Ma chambre ? Elle est…

Deux yeux en amande fixent Eleanor.

— Si vous saviez comme je suis contente de me remettre au travail ! (Elle dissimule son sourire avec les doigts de sa main droite.) En fait, ma chambre c'est deux pièces. Une chambre à coucher d'un côté, un salon de l'autre. Toutes les chambres de la maison ressemblent à ça, sauf la leur ; elle comprend deux salons : celui de mon père et celui de ma mère.

Ses épaules s'affaissent et elle se rallonge sur le canapé d'Eleanor.

— Ma chambre est toute bleue.

La chambre de Caroline était « éclectique », selon l'expression de son occupante. Eleanor, quant à elle, l'aurait qualifiée d'« effroyable ». Une bizarre lampe en lave, des meubles repeints sommairement, un tapis au crochet effiloché, récupéré dans la vieille maison de Sis à Brooklyn, un rideau de perles de verre rouges cliquetant vulgairement sur le seuil chaque fois qu'on allait du lit à la salle de bains, des bouquets de fleurs séchées pendus au plafond par des rubans, une chaise longue branlante.

« Tu ne vas pas mettre ça dans ta chambre ?

— Ça me plaît.

— D'où ça vient ?

— De Brentwood.

— Caroline, tu n'as pas trouvé cette horrible chaise à Brentwood !

— Mais si ; quelqu'un l'avait jetée aux ordures. »

Sa fille et ses fonds de poubelles !

« Je ne veux pas de ce truc dégoûtant dans ma maison.

— Ça n'a rien de dégoûtant et c'est ma chambre.

— C'est sa chambre, dit Jimmy ; El, n'en fais pas une montagne ! »

Caroline n'emporta ni sa précieuse chaise ni aucun de ses trésors. Elle vit probablement dans un lieu vide et blanc, où pendent des cristaux, où brûlent de l'encens et des bougies, avec un fil de téléphone traversant la pièce. Elle a aussi un répondeur qui permet à sa mère de lui laisser des messages auxquels elle ne répond jamais.

— Je me tiens surtout dans mes deux pièces ou dans la cuisine ; pas la cuisine, la petite salle à manger où il y a une banquette sous la fenêtre...

Silence.

— Je ne vais presque jamais dans la cuisine ; je ne cuisine pas.

La pluie commence à tomber. Elle cingle les vitres avec force.

— Continuez, dit Eleanor.

— Quoi ? Je ne sais pas cuisiner... On ne m'a jamais appris. Tia a toujours fait la cuisine...

Silence. Seul, le bruit de la pluie.

— Votre mère cuisinait ?

— Ma mère, dit Chassi en riant, faisait des grillades au

barbecue. « Si ça ne va pas au barbecue, aucun intérêt pour moi ! » susurre-t-elle avec l'intonation maternelle.

— Vous faites des grillades au barbecue, Chassi ?

La jeune fille prend une inspiration. Ses yeux s'embuent de larmes, constate Eleanor depuis son siège.

— Chassi ?

Rien.

— Vous pensez à votre mère ?

— Non.

— A quoi pensez-vous ?

— A rien. (Elle se débat contre elle-même.) Je veux me remettre au travail. C'est à ça que je pense, rien qu'à ça !

Des barbecues, des millions de barbecues. Sa mère, la star dont le visage figurait en permanence sur la couverture de trois magazines, se tenait debout, en short et dos nu, avec de grandes lunettes de soleil et un chapeau de paille déchiré, devant le barbecue de pierre creusé à l'extrémité de la pelouse. Au-delà de la piscine et avant les courts de tennis, au milieu du vaste jardin, Sally Brash était pieds nus dans l'herbe, en train d'arroser de sauce des côtelettes de porc sur des braises, avec une casserole et un pinceau. Près d'elle, Chassi, dans un maillot de bain une pièce trop petit. Elle avait un ventre rebondi, pas encore de seins – et pensait qu'elle n'en aurait probablement jamais. Elle trouvait ses jambes trop maigres, ses genoux cagneux et ses cheveux raides. Jamais elle ne serait aussi belle que sa mère. A neuf ans elle ne se faisait aucune illusion.

« Le truc c'est la bière, chuchota sa mère. Un ingrédient magique, mais il ne faut le dire à personne. »

Les yeux de Chassi s'illuminèrent.

« A personne, tu m'entends ? »

Une délicieuse béatitude submergea Chassi. Rien ne

l'enchantait plus que de partager un secret avec sa mère, d'être sa confidente.

« Bien sûr, maman.

— Sally, ne reste pas sous ce soleil brûlant ! cria Saul depuis le cabanon. »

Sans répondre, sa mère adressa un clin d'œil à Chassi. Elle avala une gorgée de Budweiser et en versa un peu dans la casserole.

« Il faut les arroser soigneusement pour qu'elles deviennent moelleuses. Personne ne m'en empêchera ! »

Une douce fumée, l'herbe tondue et, quand Sally se penchait, une odeur de Coppertone.

« Maintenant, goûte, mon chou. (Elle tendit la casserole à Chassi.) Trempe ton doigt ! »

Chassi plongea son doigt dans la sauce chaude et le porta à ses lèvres.

« C'est bon ? demanda en souriant sa mère, dont les cheveux sont rouge-orangé comme la sauce du barbecue. Tu verras, mon chou, je t'apprendrai. Je serai toujours là pour t'apprendre. »

La sauce du barbecue, le Coppertone et les gardénias. Mais c'était un mensonge.

Chassi entend ses semelles crisser dans le hall de marbre de l'immeuble d'Eleanor. Elle se dirige vers la gauche, franchit les portes vitrées pivotantes, puis avance sous la pluie de février.

Une côtelette d'agneau, une seule côtelette. Quelqu'un n'avait pas fait un sketch à ce propos ? Eleanor se verse un autre verre de Nozzole et entame sa deuxième côtelette. Elle ne les a pas cuites au four, mais préparées sur le gril – dans le jardin derrière la maison – malgré la pluie. Debout dans le noir sous un parapluie, elle observe la graisse et les gouttes de pluie qui éclaboussent les braises. C'est comme ça qu'elle les aime : frottées de sel et marinées dans la moutarde de Dijon. Dorées à l'extérieur et saignantes à l'intérieur. La mère de Chassi l'aurait félicitée.

Eleanor s'assied, seule dans la salle à manger, au bout de la longue table. Des cristaux, de la vaisselle en porcelaine, une nappe de lin, une bouteille entière de Nozzole, un disque d'Ella Fitzgerald, des gerberas orange dans un vase bleu cobalt... Elle s'est même arrêtée en revenant à Sweet Lady Jane's pour s'acheter une part de gâteau illicite. Si Jimmy vivait toujours, ils seraient mariés depuis... Pourquoi ajouter pour soustraire ensuite ? Elle ne devrait plus y penser. Plus de cercles rouges sur le calendrier ; c'est ce que lui dit sa belle-mère.

« Il nous a quittées depuis deux ans. Une jeune femme comme toi devrait sortir. »

Elle étouffa un rire.

« Tu es jeune et tu le sais, insista Sis.

— Je n'ai personne avec qui sortir.

— Parce que tu te renfermes. Sois ouverte, il viendra. »

Qui viendra ? Le prince charmant ? Eleanor ajoute une noix de beurre sur sa pomme de terre cuite au four et lorgne la crème aigre. Au diable ! Trois hommes voulaient sortir avec elle ces six derniers mois, et elle est sortie avec les trois. Beurk ! Beurk ! Beurk ! Rien ne lui paraît plus difficile que d'être « ouverte » au prince charmant. Elle éclate de rire bruyamment, fait tourner le vin dans son verre. Elle se sent un peu... éméchée. Ce mot, les jeunes l'emploient-ils encore ?

Sa fille n'a pas appelé. Leur fille unique, leur tendre Caroline. Elle pourrait se souvenir de toutes ces cartes qu'elle leur coloriait avec ses Crayola : *Joyeux anniversaire, papa et maman. Je vous aime très fort, votre Caroline.* Du papier découpé en forme de cœurs, toujours quelques fautes d'orthographe et une pluie de paillettes tombant des mains d'Eleanor sur le tapis. Caroline adorait couper et coller ; ses cœurs s'ornaient de rubans et de dentelles. Eleanor finit sa deuxième côtelette d'agneau et avale une grande gorgée de vin.

Elle pouvait dîner chez Matt et Moon, mais elle a décliné leur invitation. Matt risquerait de l'interroger sur Chassi : la lui ayant adressée, il brûlera d'envie de la questionner. Comment refuser de lui répondre, entre la poire et le fromage ? Mais ce n'est pas la raison essentielle. Elle ne veut pas tenir le rôle de la femme seule. La fameuse équipe « judéo-italienne », ainsi que les épouses de ces messieurs : Matt et Moonie, Bob et Maria, David et Judy, Jimmy et... Oh, pardon, Jimmy est mort, voyons ! Pas de Jimmy, seulement Eleanor. Sept sièges au lieu de huit. Non merci, pas question !

« Sûre ? lui demanda Moonie.

— Absolument.

— Eleanor...

— Quoi ?

— Tu nous manques. Pourquoi ne viens-tu pas ?

— C'est notre anniversaire de mariage. »

Moonie, silencieuse au bout du fil.

« Un argument imparable, non ? Je préfère vraiment être seule.

— Greta Garbo.

— Un modèle comme un autre !

— Ça ira quand même ?

— Bien sûr. »

Soupir bien audible de Moonie.

« Moon, dis-toi tout simplement que ça me permettra de faire une sale tête et de ne pas devoir conduire pour rentrer chez moi. »

Elle termine les trois côtelettes d'agneau et ronge les os ; elle dévore la pomme de terre, peau incluse ; elle vide la bouteille de vin jusqu'à la lie. Elle fait la vaisselle, souffle les bougies et monte dans sa chambre. Elle ne se rince même pas le visage, ne se brosse pas les dents, ne dit pas sa prière. Quand elle se réveille dans son grand lit, à quatre heures du matin, elle jouit deux fois de sa propre main. Jimmy serait satisfait. En regardant l'aube se lever, elle croit l'entendre murmurer : « Au moins deux fois, chérie ! »

4

Il ne manquait plus que ça après une pareille semaine ! Un *latte* dans une grande tasse de porcelaine, « à consommer sur place », précise la commande, et un bagel légèrement toasté, avec du fromage blanc.

Ionie se mord la lèvre et traverse Cuppa Joe avec le plateau. Chassi Jennings est assise sur son tabouret habituel, dans sa position habituelle, le dos tourné à la salle. Elle l'a tout de suite remarquée en arrivant pour prendre la relève. Pas de lunettes de soleil. Un jean, un tee-shirt noir, une queue de cheval avec quelques mèches blondes rebelles, des bottes noires. Ni scénario ni journal, mais un magazine.

Ionie pose le *latte* à la droite des pages de papier glacé et l'assiette du bagel à côté du *latte*. Chassi baisse la tête, les mains légèrement levées.

— Voilà.

Chassi Jennings n'est pas maquillée.

— Merci, dit-elle.

C'est un *Vogue* français. Entre onze dollars cinquante au kiosque à journaux de Fairfax et dix-sept au Beverly Hills

Hotel ! Ionie le sait parce qu'elle n'a jamais pu s'en offrir un ; elle se contente de feuilleter le magazine et de le remettre sur son présentoir.

— Mademoiselle ?

Ionie revient sur ses pas.

— Oui ?

— Du sucre, s'il vous plaît.

Les sachets de sucre se trouvent – avec les sucrettes, le lait écrémé et demi-écrémé, les chocolats, les sticks et tout ce qui peut se mélanger au café – sur trois comptoirs distincts, autour de la salle. Cette jeune personne n'a qu'à descendre de son tabouret et faire environ quatre pas.

— Bien sûr, dit Ionie.

Pas de sucre de canne, mais deux sucres ordinaires et un stick mélangeur. Ionie pose l'ensemble près de la tasse.

— Merci.

— *Calendra !*

Une soudaine bouffée du parfum de sa mère a surpris Ionie. Chassi lève les yeux, et Ionie rougit.

— Oh, je n'aurais pas dû le dire tout haut !

— C'est bien *Calendra*.

Un sourire absolument charmant de Chassi...

— Désolée, marmonne Ionie.

Elle ne va tout de même pas rester plantée là.

— C'est votre parfum ?

Ionie pivote sur elle-même d'un quart de tour.

— Non... Celui de ma mère. Moi je...

Elle s'interrompt. Qu'est-ce qui lui prend ? Elle discute de parfums avec une star de cinéma. Comme si Chassi Jennings s'intéressait à son parfum !

— Elle est blonde ?

— Qui ? Ma mère ?

— Oui.

— D'un blond vénitien, je dirais.

— *Calendra* va bien aux blondes.

Ionie est debout, la tête vide. Chassi lui adresse un sourire plus vague que le premier. Maintenant, elle semble ailleurs.

— Ma mère était rousse.

Evidemment, sa mère était rousse. Tout le monde le sait. Personne sur terre n'ignore que Sally Brash possédait une chevelure flamboyante. Ionie, toujours immobile, aperçoit du coin de l'œil une mèche de ses propres cheveux roux.

Ça a duré quelques secondes à peine. Ionie avance d'un pas et Chassi la remercie, après avoir pris le sachet de sucre ! Cette intervention de la star lui rappelle son audition du mardi précédent, pour une apparition en vedette américaine. Elle a cartonné. Depuis le début, tout marchait comme sur des roulettes. Même pas besoin de partir après son travail en se cachant de Rudy. Il s'agissait de *Queen of Angels*, un feuilleton sur un hôpital, ses patients, son personnel, qu'elle connaît bien. Elle le regarde chaque mercredi soir à dix heures, assise en tailleur sur le canapé, face à la télévision. Un rôle en or : une jeune mère célibataire, atteinte de leucémie… Bigre ! Une rangée de visages de pierre, à qui elle arracha des larmes. Les producteurs, en général imperturbables, craquèrent. Ils l'escortèrent littéralement jusqu'à la porte en lui jetant des fleurs et ils appelèrent Nicki pour lui demander si elle était disponible. Ionie St John disponible ? Comme si elle avait autre chose à faire que préparer du lait mousseux ! Et ils retinrent sa candidature…

Mais il restait un petit hic.

« De quoi s'agit-il ? demanda-t-elle, paniquée, à Nicki.

— Ils voudraient Daisy Monk. »

Daisy Monk, qui a deux feuilletons à son actif et qui joue

off-Broadway, alors que les autres concurrentes font la queue derrière la porte. Daisy Monk, un nom !

« Hum », marmonna Ionie, les doigts crispés sur le dossier de sa chaise.

Nicki la rassura : une clause permettait à Monk d'interrompre sa pièce, mais des problèmes techniques se posaient.

« T'inquiète pas, mon chou », conclut-elle.

Le mercredi, ils retinrent sa candidature.

« Tu te rends compte ? » murmura Ionie dans les bras d'Al.

Le jeudi, ils proposèrent qu'elle voie la costumière. Ce n'était pas légal, lui expliqua Nicki, ils devaient attendre que le contrat soit signé. Mais ils étaient quasiment sûrs que Daisy Monk ne pourrait pas se libérer.

« Bien sûr, j'y vais ! » s'écria Ionie.

Le jeudi, avant Cuppa Joe, elle passa donc voir la costumière, une petite Chinoise, agenouillée à ses pieds, la bouche pleine d'épingles.

Le vendredi, ils lui envoyèrent le scénario – des pages roses avec des ajouts en bleu : ils restaient persuadés de l'indisponibilité de Daisy Monk. Ionie apprit son rôle pendant le week-end ; le dimanche, Al aussi pouvait le réciter par cœur. Le dimanche soir, un chauffeur frappa chez elle, porteur d'un nouveau scénario remanié, en rose, bleu, vert, jaune, avec un découpage des scènes et un planning. Elle disposait de tout ce dont un acteur a besoin pour tenir vraiment un rôle. Nicki confirma par téléphone que Daisy Monk ne pourrait pas se libérer. Al s'endormit couvert de pages couleur pastel, et elle apprit la nouvelle version pendant qu'il ronflait. Le lundi, on lui déposa le texte définitif, et le mardi… Daisy Monk put se libérer.

« Qu'est-ce que tu racontes, Nicki ? demandait Ionie, les

yeux noyés de larmes, en serrant entre ses mains un Kleenex froissé et le téléphone.

— Ils se sont arrangés avec la doublure.

— Comment ?

— Ils continuent la pièce avec la doublure pour que Daisy Monk reprenne sa liberté. »

Ionie en eut le souffle coupé.

« Ionie, dit Nicki, ça sera pour la prochaine fois. »

La prochaine fois. Mais quand ? Ionie laissa échapper un son proche du sanglot.

« Allons, mon chou, ça a failli marcher. Je te laisse. A bientôt. »

Nicki raccrocha. Ionie se retrouva seule dans la pièce, avec la tonalité du téléphone.

Sa rencontre avec mademoiselle la star lisant un *Vogue* à dix-sept dollars la fait se remémorer tout cela.

— Rappelle-toi que ton père a connu sa mère, dit Kitty Ray.

— Sois sérieuse !

— Ionie...

— Maman, tu m'as raconté mille fois cette histoire.

— Eh bien, tu pourrais l'évoquer. Ça te donnerait quelque chose à lui dire.

— Je ne crois pas.

Kitty Ray prend une profonde inspiration.

— Explique-moi pourquoi !

— Ça serait gênant.

— Gênant ? Ton père n'a rien fait de gênant.

Ionie tourne autour du canapé avec le téléphone.

— Je ne voulais pas dire ça.

— Dans ce cas, exprime-toi clairement. Je ne suis sans doute pas assez maligne pour te comprendre.

— M'man, arrête. Je ne supporte pas quand tu réagis comme ça. Ça serait gênant d'aller la trouver pour lui dire : « Vous savez, mon père a connu votre mère au lycée. »

— Gênant en quoi ?

— Que veux-tu que je lui raconte ensuite ? Ça n'est pas comme si nous possédions des relations communes, menions des vies comparables.

— Tu trouveras bien quelque chose.

— Maman…

— Ionie !

Ionie s'effondre sur son canapé, le téléphone coincé entre son oreille et son épaule, puis elle enfile ses chaussettes.

— Je croyais que c'était ton désir le plus cher, ajoute Kitty Ray. (Ionie ne répond pas. Elle entend sa mère tirer sur sa cigarette.) Il a connu aussi son oncle Joey. Tué au Viêt-nam, ce pauvre Joey !

— Maman, tu fumes.

— Mais non !

— Tu mens.

Silence sur la ligne. A quoi bon insister ? se demande Ionie. Sa mère serait capable de fumer au fond de sa tombe.

Elle récupère sa chaussure sous le canapé.

— Je ne lui parlerai sûrement pas de son pauvre oncle, mort à la guerre. Où est papa ?

— Au garage. Je voulais te donner un moyen d'amorcer la conversation. On ne sait jamais où ça mène.

— Oh, maman !

— Oh, Ionie ! Si elle te trouve sympathique, elle peut te donner un rôle dans l'un de ses films.

— Je devrais peut-être lui réciter un monologue au parking.

— Et pourquoi pas ? réplique Kitty Ray en exhalant une bouffée de fumée.

Ionie s'efforce de garder son calme.

— Parce que ça ne se passe pas comme ça ici.

— Eh bien, pardon.

— Pas besoin d'en faire une histoire !

Silence. Ionie se mord la lèvre.

— Si tu me disais qui est ce Al ? demande Kitty.

— Vous avez un copain ? demande Eleanor.

Mon Dieu, ça commence.

— Chassi ?

— Je n'ai jamais eu de copain.

Eleanor ne répond rien.

— C'est-à-dire que j'ai déjà fait l'amour, mais je n'ai jamais eu ce qu'on appelle un copain.

Elles gardent le silence. Chassi observe les particules de poussière en mouvement dans le rayon de soleil qui atteint ses jambes. Elle ne ressent aucun vertige. Peut-être qu'elle n'en aura plus. Guérie par l'incroyable Dr Costello, qui ignore tout d'elle. Serait-ce plutôt parce qu'elle lui a permis de se remettre au travail ? Elle a terminé les deux dernières scènes du film et ils ont bouclé. Quel soulagement ! La présence de Lyle Marvin sur le tournage explique probablement ses vertiges ; il lui donnait la nausée. Son prochain film ne commence qu'en août. Jusque-là, elle est libre comme l'air. Après les essayages, elle pourrait partir quelque part pour travailler sur le scénario. Dans un endroit chaud et désert. Pas à Palm Springs ni à Hawaï. Où trouver un tel endroit ?

— Cela vous perturbe ?

— Rien ne me perturbe ! Je vais bien.

— Je pense que nous devrions explorer ce qui vous trouble.

— Je vais bien.

Pourquoi pas le Mexique ?

— Chassi ?

Le cliquetis des bracelets d'Eleanor derrière elle. Chassi sourit en silence : elle aime ce bruit.

— Ça va, je vous assure.

— On ne se comporte pas d'une manière si inhabituelle, à moins de difficultés.

Qu'est-ce qu'elle invente encore ? Chassi croyait lui avoir déjà expliqué l'incident de la caravane. Non, elle ne se sentait ni en colère ni perturbée ; elle n'avait rien. Et maintenant la psy attribue sa crise au fait qu'elle n'a pas de copain ! Elle aurait dû s'en créer un...

— Que pensez-vous de ce que je viens de dire, Chassi ?

La jeune fille promène son regard sur la bibliothèque dans un coin de la pièce. Avec quel genre de copain pourrait-elle sortir ? Pas un type du show-business ; trop ennuyeux. Un médecin ? Un avocat ? Oh non ! Un chef indien. Pourquoi ne s'inspirerait-elle pas d'un personnage de film ? Le nigaud que jouait Lyle dans celui qu'elle vient de terminer ou Lyle lui-même, avec une coiffe de plumes sur la tête, une hachette et un cheval...

— Chassi ?

Sur le plus haut rayon s'étalent de petites sculptures en terre assez frustes. On dirait l'œuvre d'un enfant. Pas très bonnes ! Sur le second rayon se dresse une photographie encadrée qu'elle distingue mal. Cette fille, la serveuse du café, a probablement un copain, un appartement, une vie normale... Elle dîne dehors avec des amis et va au cinéma le samedi – tout ce qui est faisable avec un copain. Elle devrait la questionner : « Pardon, mademoiselle, avez-vous un copain ? A quoi ressemble-t-il ? Il faut que j'en parle sur le divan. »

— Chassi ?

Bon Dieu, pourquoi continue-t-elle à venir ? Rien ne l'y oblige. Le film est terminé, les problèmes d'assurance sont réglés. Alors, pourquoi ?

— Vous savez, plus rien ne m'oblige à venir ici.

— C'est exact.

— Dans ce cas, je vais peut-être arrêter.

Elle a parlé dans un élan, mais ce n'est pas ce qu'elle voulait dire. Ces séances ont du bon.

— Ça s'est passé comme ça, votre précédente thérapie ?

— Comment ?

— Vous l'avez interrompue avant la fin ?

Chassi cherche à se concentrer : même si elle ne dit pas la vérité, elle aimerait au moins avoir les idées claires. Mais son esprit est vide, elle ne se souvient de rien, et le tic-tac de la pendule l'obsède.

— Vous possédez une pendule terriblement bruyante.

Eleanor éclate de rire derrière Chassi, qui se retourne Elle n'a jamais entendu rire la psy.

— Désolée, dit Eleanor, riant toujours.

Chassi s'est assise.

— Comment ? demande-t-elle, en riant elle aussi.

— Il faut que je la remplace, parvient à articuler Eleanor.

— Vous feriez bien. On croirait entendre Big Ben !

Le fou rire les reprend, un fou rire communicatif, qu'elles ne parviennent pas à maîtriser et qui les empêche de parler. Un fabuleux vrombissement dans la poitrine.

— Je me demandais combien de temps nous ririons, dit enfin Chassi, mais il aurait fallu que je regarde votre pendule.

Le Dr Costello sourit.

— La séance est terminée.

Chassi riait avec sa mère, et aussi *de* sa mère. Parfois difficile de faire la différence. Qu'elle le veuille ou non, sa mère était comme ça. Une femme de « tempérament », sa mère ! Les gens utilisaient ce mot pour parler d'elle, mais il en existait d'autres : une femme chaude, une sacrée nana, une bombe sexuelle, une belle pépée…

Elle place un autre coussin derrière son dos, s'assied bien droite sur la banquette de la fenêtre et regarde la pelouse. Sa mère avait du charme, du sex-appeal… Les arroseurs automatiques projettent l'eau en arches gracieuses sur la propriété. Ils fonctionnent alors qu'il pleut. Quel gaspillage ! Le scénario de *Sans tambour ni trompette* glisse de ses genoux et elle le rattrape. A la fin des essayages, elle partira dans un endroit chaud et poussiéreux pour apprendre son rôle. Impossible de se concentrer ici !

5

— Pas moyen d'arriver à cinq heures, chuchote Ionie dans le téléphone à pièces, près des toilettes. Pacific est à l'autre bout de la ville. Six heures, ça ne leur irait pas ?

— Le rendez-vous avec les producteurs est fixé à six heures.

— Tu ne peux pas m'adresser directement aux producteurs ?

— Ionie, comment veux-tu que May Weber t'adresse aux producteurs sans te faire passer une audition ?

— Bon !

Elle s'assure d'un regard que Rudy ne rôde pas dans le couloir et porte le combiné à son autre oreille.

— Alors ? s'énerve Nicki au bout du fil.

Il ne manquait plus que ça ! Son agent s'irrite et son boulot minable la coince !

— Je ne peux pas arriver à cinq heures, sauf sur une civière, après un carambolage de huit voitures sur la 101 !

— Tant pis pour toi.

— Oh, Nicki…

— Je fais le maximum, Ionie ; mais si tu ne peux pas venir…

— Je sais.

— C'est important pour toi que May Weber t'auditionne.

Ionie se mord les lèvres.

— Il s'agit du film de la semaine, Ionie. Ils veulent une rousse et une inconnue. Pas une Daisy Monk ; ils ont spécifié : une *inconnue*.

— Je ne vois pas de solution. A moins d'abandonner mon job et mon appartement pour m'installer avec toi.

Silence.

— Tu y songes ?

Petit rire étouffé de Ionie.

— Tu n'es pas mon genre, mon chou, ajoute Nicki.

— Pas de chance ! soupire Ionie au téléphone.

— A cinq heures et demie, ça irait ? Je vais les appeler et les supplier d'accepter.

— Oh, Nicki, six heures moins le quart, et je te promets d'y être.

— Voyons, Ionie !

— Six heures moins le quart, Nicki. Je te ferai honneur !

— Rappelle-moi dans cinq minutes.

Elle arrive à six heures moins le quart, car elle a flirté outrageusement avec Tony qui travaille à l'entrée principale. Par chance, elle le connaissait quand il sortait avec une fille de son cours de théâtre. Il la laisse se garer dans la zone rouge et courir au bungalow 10 ! Elle y passe son audition avec May Weber, de marbre, qui ne dit pas un mot. Au moment où elle va partir, celle-ci lui demande si elle peut rester pour un essai avec les producteurs.

Jusqu'alors, sa théorie établissait que toutes les directrices de casting prennent aussitôt en grippe une fille un peu jolie. Elle les considérait comme des actrices manquées que Dieu a créées grosses, laides et méchantes. Mais elle va réviser son point de vue à la lumière de l'intérêt flatteur manifesté par May Weber à l'issue de sa prestation et de sa proposition géniale… Bien sûr qu'elle peut rester ! « Merci, May, merci ! Permettez-moi de baiser l'ourlet de votre jupe ! »

Elle parcourt son rôle devant le bungalow, adossée à un palmier. Une rousse plus jeune en fait autant, assise sur les marches, et une plus âgée remue les lèvres en silence, calée sur un siège face à l'assistante de May Weber. Elle a l'habitude de passer des auditions en concurrence avec d'autres filles qui lui ressemblent comme deux gouttes d'eau. Si seulement tous les scénaristes hollywoodiens pouvaient écrire « rousse » sur leur page blanche au lieu de « blonde » ou « brune » ! Un jour, elle se retrouva avec deux autres rousses, en concurrence avec un grand Noir ; l'assistante leur expliqua que c'était parce que les producteurs envisageaient *une autre solution*. « Ça sera l'autre solution, je parie », dit-elle à l'une des filles.

On l'appelle en dernier, cette fois-ci. Les deux autres lui souhaitent bonne chance. Si chacune veut le rôle, à quoi cela sert-il ? Elle songe un instant que « bonne chance » équivaut peut-être à « au revoir » pour les acteurs.

C'est sa première audition pour un film télévisé, mais la sixième fois que Nicki la contacte en huit mois. Elle n'a rien obtenu, et puis il y a eu cette histoire avec Daisy Monk. Il s'agit maintenant d'un rôle important et ses chances de le décrocher restent minces : son curriculum est pratiquement nul. Mais si ça ne marche pas, Nicki risque de se désintéresser d'elle et de ne plus rien lui proposer. Elle finira par disjoncter et ouvrir le feu au beau milieu de Cuppa Joe…

Cinq personnes sont assises en demi-cercle autour d'une table. Elle ne retient aucun nom et ne saurait dire qui est le producteur ou le réalisateur. Elle se contente de lire sa scène avec May Weber, qui marmonne entre ses dents et ne lève pas une seule fois les yeux de son texte. Jamais elle n'entrera dans les bonnes grâces de ces directrices de casting grosses et laides !

Silence. Ionie attend.

May Weber fait disparaître les pages du texte. L'un des cinq comparses en regarde un autre et considère Ionie d'un air absent.

— Merci, dit-il.

Personne ne parle, personne ne griffonne la moindre note. Pas le moindre « Pourriez-vous reprendre et vous effondrer au milieu ? », pas l'ombre d'un « Pourriez-vous reprendre d'une manière plus provocante ? », aucun « Pourriez-vous reprendre, debout sur la tête ? »…

Ionie quitte le studio profondément déprimée. Qu'est-elle venue faire à Los Angeles ? Il existe des millions d'actrices qui la valent bien, sans compter les blondes, les brunes et même les grands Noirs…

L'air de la nuit ébouriffe ses cheveux à travers les vitres ouvertes. Elle respire les vapeurs d'essence de sa Datsun, l'odeur de son shampoing et de sa propre transpiration. Elle a vingt-huit ans. Vingt-neuf en septembre.

« C'est le moment ou jamais, ma chérie. (Kitty Ray la scrute à travers un nuage de son odieuse fumée.) Tu es jolie, mais il faut voir la réalité en face.

— Je sais, maman, tu m'as répété des milliers de fois que je ne suis plus de la première fraîcheur. »

Sa mère a-t-elle raison ? A-t-elle déjà laissé passer sa chance ? A quel âge devient-on trop vieille ? Assez vieille pour renoncer à ses rêves ?

Elle abandonne ses vêtements en une pile humide, au pied de son lit, et fait le tour de son appartement, nue. Le robinet de la cuisine fuit et le four chauffe mal. Elle trébuche au moins une fois par jour sur deux carrés de lino-léum fissurés. La porte de la douche coince parce que la bande du bas s'est détachée, et aucun produit ne vient à bout des taches de rouille sur le carrelage. Les placards, minuscules, l'obligent à glisser sa hanche et son épaule au milieu de ses affaires pour sortir une jupe. La peinture est si épaisse sur les moulures des fenêtres qu'elle y imprime des marques avec ses ongles : elle a déjà gravé « Moi, I. St J. » à trois endroits différents près de son lit. La chasse d'eau se déclenche toute seule. Elle entend les voisins. Il n'existe qu'une prise électrique dans le séjour, pas de câble, pas de salle à manger, pas de jardin. « Allez donc dans l'Ouest, mignonne, et devenez actrice ; vous y trou-verez la fortune et la gloire. » Mais est-on encore assez jeune à vingt-neuf ans ?

Nue, devant la fenêtre de sa cuisine, elle croise ses bras pâles sur ses seins. Que faire si elle ne devient pas actrice ? Elle en rêve depuis ses premières chaussures de claquettes et depuis qu'elle a goûté aux applaudissements du public – un soir, dans l'arrière-cour, chez sa tante Dorothy. Elle chanta et dansa toute la partition de *Chorus Line* pour les voisins. Les grillons, les cigales, les applaudissements... Elle adora ça. Elle s'inclina plusieurs fois en rougissant, debout sur un carton installé dans l'herbe par son oncle Gene, sous le fil tendu pour le linge de tante Dorothy. Elle était déjà actrice alors, une fois pour toutes.

Elle scrute le ciel : pas une étoile. Des étoiles brillent probablement aux fenêtres de Chassi Jennings, qui doit habiter un étage élevé. Oh ! être une star, elle-même fille de star. Pouvoir acheter un magazine à dix-sept dollars...

Elle finira par repartir à Tyler, par vendre des cosmé-tiques à Wal-Mart ou faire des permanentes au salon de coiffure. Elle devra renoncer à ce rêve, peut-être hors de sa portée… Elle deviendra une vieille femme aigrie… Le téléphone sonne.

— Ne laisse pas tomber ton job, dit Nicki.

Ionie se recroqueville sur le canapé.

— Bon Dieu, ça n'a pas marché, hein ? Pourtant, je croyais avoir été bonne.

— Tu as été bonne, mon chou, et ça a marché, mais tu n'obtiens que le troisième rôle. Malgré mon numéro, ils n'ont pas voulu lâcher plus que trente-cinq mille dollars. Combien de boissons dois-tu servir pour gagner trente-cinq mille dollars ?

Ionie fond en larmes.

— Oh, Nicki, enfin !

Le rôle est parfait : une rousse, dans un camp de caravanes quelque part dans le Sud. Son mari la bat comme plâtre, ses trois bébés sont hystériques, sa mère perd la boule par un beau matin d'été et fait sauter la tête de son gendre avec un fusil. Eileen Patton, une actrice accomplie qui ne travaille à la télévision que quand ça en vaut la peine, joue la mère. Marc Raymond – qui figure dans une série policière branchée et passe pour la dernière coqueluche du public – incarne le mari indigne. L'argent ne compte pas beaucoup aux yeux de Ionie, l'essentiel est qu'elle ait décroché ce rôle.

— Maman, le rôle c'est *moi* !

— Tu oublies que tu n'es pas mariée, que personne ne t'a jamais battue et que j'ai donné toutes les armes de ton père au cousin Bill, réplique Kitty Ray.

— C'était une façon de parler, précise Ionie. Je connais la mentalité décadente du Sud et je peux prendre l'accent sans craindre de déraper.

— Tu n'as jamais mis les pieds dans un camp de caravanes et que veux-tu dire par « mentalité décadente » ? Je ne t'ai pas élevée comme une débauchée.

71

— C'est une question d'imagination.

— Il ne faut jamais se moquer de son prochain, Ionie.

— Je ne me moque de personne ! Tu n'es pas plus enthousiaste ?

— Bien sûr que si, mais je ne voudrais pas que tu deviennes comme ces Yankees prétentieux qui se payent notre tête à nous autres, gens du Sud. Annonce la nouvelle à ton père ! Lyman, viens ici tout de suite, Ionie a quelque chose à te dire !...

— Allô, papa, il paraît que maman a donné tous tes fusils.

— C'est ce qu'elle croit. Allez, petite, parle-moi de ton job.

Eleanor finit par regarder *No Secrets*, mais elle ne le dit pas à Chassi. La mère était différente de la fille. Plus grande. Beaucoup de punch, dirait Sis. Une lueur de malice brillait dans ses yeux mordorés. La fille n'est pas malicieuse, mais douce, sensible, fragile... Non, pas fragile, plutôt réservée, sur ses gardes. Quoi encore ?

Chassi croise les chevilles, pose ses mains sur son ventre, ferme les yeux. Eleanor l'observe : elle semble à l'aise.

— Pourquoi n'êtes-vous pas partie étudier ?

Petit rire étouffé.

— Je ne sais jamais par quoi vous allez commencer. (Chassi soupire et passe les mains sur son visage.) Vous voulez dire, pourquoi je ne me suis pas inscrite à l'université ? Ben, à l'époque, j'avais déjà tourné trois films. Tout à coup, ça m'a paru... irréalisable. Une idée d'une autre époque. D'avant. (Elle enroule une mèche autour de ses doigts.) Oui, d'avant... Après ce qui s'était passé, je ne voyais aucune raison d'aller à la faculté.

Eleanor observe le profil de la jeune fille, à contre-jour. Le soleil inonde son bureau ; le premier soleil après des semaines de pluie.

— Je ne m'imaginais pas à l'université. (Silence.) Et peu lui importait que j'y aille ou non.

— A qui ?

— A papa. Au fond, il avait besoin de moi. (Chassi croise à nouveau ses chevilles.) Alors, je suis restée.

Silence.

— Il souhaitait que vous fassiez du cinéma ?

— Mon père ? Bien sûr. Je veux dire, pourquoi pas ? Il s'agit un peu d'une affaire de famille.

Eleanor concentre son regard sur ses mains. Son alliance et la lourde gourmette en or de Jimmy brillent à la lumière du soleil. Caroline apprenant avec lui à sonner la cloche de la crèche. Les petites chaussures de tennis rouges dressées sur le tabouret.

— Vous vous entendez bien ?

— Certainement.

Il existe une complicité entre père et fille. La petite fille « à son papa ». Jimmy et Caroline sortant de la maison sans elle. Jimmy prenant le parti de Caroline, le soir où elle surgit du néant pour leur annoncer qu'elle ne voulait plus étudier.

— Vous passez beaucoup de temps avec lui ?

— Pas mal. Moins que quand j'étais plus jeune.

Eleanor observe Chassi. Où est Caroline ? De quoi se souvient-elle ?

— Que faisiez-vous ?

— Oh, vous savez, il m'emmenait avec lui. Chasen's, Palm Beach, Broadway… (Une inspiration.) Partout où il allait, il m'emmenait. Après, naturellement…

Eleanor se redresse et plie une jambe. Une expression émue passe sur les lèvres de Chassi.

— Continuez, dit Eleanor.

N'obtenant pas de réaction, elle ajoute :

— Comment est-il ?

— Maintenant ? Je ne sais pas... Comme un père, je suppose.

— Et avant ?

La tête de Chassi s'incline vers Eleanor.

— Il était... complet, c'est le mot qui me vient à l'esprit.

Le soleil s'est déplacé et éclaire la jeune fille de plein fouet.

— Ils formaient un couple, ils se complétaient... (Léger froncement de sourcil.) Elle était un peu fofolle, vous savez, et lui sérieux. Elle était exaltée. Je ne sais comment dire, mais ma mère s'appuyait sur lui... Comme les pièces d'un puzzle. (Après une hésitation :) Maintenant, il n'est plus qu'une moitié...

Eleanor en a le souffle coupé. Elle porte ses mains à son visage, ses bracelets tintent et Chassi se retourne. Figées sur place, dans la lumière éblouissante, elles ne prononcent plus un mot.

N'est-on pas seule chez soi si l'autre ne se trouve pas dans la même pièce ? Assise devant le poste de télévision silencieux, Eleanor tient la télécommande dans une main. Elle écoute. Un craquement dans la maison, une voiture qui prend le tournant. Le bruit donne l'impression d'être « complet », non ? La notion de la présence de quelqu'un d'autre.

Sa vie restait indissociable de celle de Jimmy, et, depuis sa mort, elle se sent ridiculement en manque. Qu'espère-t-elle ? Il ne va sûrement pas revenir et apparaître sur le seuil en chemise de travail bleue, une manche relevée et une bière à la main. Eleanor se déplace sur le canapé, plaque ses pieds sur la table basse et se racle la gorge. Jimmy et Eleanor, Eleanor et Jimmy, puis la naissance de Caroline. Un trio : « El, nous formons un trio. » Elle n'a jamais voulu d'un trio, contrairement à lui. Et maintenant, elle regrette ce trio. « Ne m'appelle pas, maman. » Eleanor allume la télévision et fait défiler les chaînes jusqu'à ce qu'il n'apparaisse plus que des lignes brouillées.

Ce soir-là, elle était rentrée juste avant le dîner. Les côtelettes de porc grillaient dans la poêle : Jimmy les cuisait avec des patates douces et des pommes, son plat favori. Assise à la table de cuisine, elle retira ses boots et, un pied sous elle, fit les mots croisés du *New York Times* au stylo en buvant un verre de vin rouge. Le confort, la sécurité, une douce musique de jazz à la radio, la délicieuse odeur des pommes cuites, une anecdote racontée par Jimmy, puis une clef dans la serrure. Il retira la poêle du feu, traversa la cuisine à grandes enjambées, escorté par Eleanor, qui entendit le « Salut ! » de Caroline retentir dans le hall. Un « Salut » lancé gaiement, comme si la vie était belle. Simple et belle.

Elle abandonnait ses études au milieu du deuxième trimestre de troisième année ; quand il ne lui restait plus qu'une année à faire après !

« Je n'y retournerai pas ! »

Une lueur de défi dans le regard, l'air furieuse et vindicative, Caroline foudroyait sa mère du regard. Jimmy, tel l'arbitre, leur criait de se « mettre en place », ce qu'elles firent, comme deux poids coq attendant le prochain round.

« Je ne peux pas répondre à votre attente », conclut Caroline au bout d'une heure.

Au début, il tenta de tenir la balance égale entre elles, mais il s'épuisa vite. Il renonça à poser des questions, à souligner des évidences, à exposer son point de vue et ses arguments parfaitement raisonnables. Jimmy détestait les disputes et se lassait rapidement, surtout quand il s'agissait de sa fille unique. Il l'observait, derrière les cordes, effondré contre le four.

« Je ne peux pas répondre à votre attente, répéta Caroline.

— Je ne te demande pas de prendre la littérature comme matière principale, répliqua Eleanor.

— Je ne veux *aucune* matière principale, tu m'entends ? Je suis allée à l'université pour toi et non pour moi.

— Que voulais-tu faire ? Passer ta vie dans ta chambre à regarder la télévision ?

— C'est toujours toi qui décides, jamais moi.

— Et je te veux du mal ?

— Tu veux que je sois… quelqu'un

— Quelqu'un ? Je veux que tu sois quelqu'un ? Oui, effectivement. »

Si ingrate, si égoïste, si infantile !

« Je ne suis pas ton jouet », dit Caroline, le menton relevé d'un air de défi.

Le cœur d'Eleanor s'emballait dans sa poitrine, elle voulait la taper, la secouer jusqu'à ce qu'elle comprenne.

« Caroline, réfléchis. Il te reste un an. Une fois que tu auras ton diplôme, tu décideras en connaissance de cause.

— Ça n'a aucun sens.

— Mais si !

— Pas pour moi, je te l'ai déjà dit.

— Tu auras passé deux ans et demi à Berkeley pour rien !

— Ce que j'ai appris me restera. Tu vois, seul le diplôme compte pour toi. »

Du calme, du calme ! Eleanor avala une gorgée de vin.

« Caroline, tu as vingt et un ans…

— Tu voudrais que tout le monde te ressemble. Papa a

fait des choses extraordinaires sans diplôme. La vie de papa n'a rien de commun avec la tienne.

— Nous en avons déjà discuté ensemble, Caroline, observa Jimmy, les sourcils froncés. A mon retour du Viêtnam, j'ai trouvé du travail… C'était tout à fait différent.

— Je n'en peux plus. Vous ne vous rendez pas compte que je vais crever là-bas !

— Pas de tragédie ! » s'écria Eleanor.

L'éclair d'un regard, les boucles brunes de Caroline se tournèrent vers sa mère.

« Tu ne te donnes qu'à tes patients, à tes chers débiles… Tu t'en rends compte ? Dois-je prendre un rendez-vous avec toi pour que tu m'entendes ? »

Les doigts sur la bouche, Eleanor reçut ce coup terrible.

Maintenant aussi, elle tient ses doigts sur sa bouche. De l'autre main elle appuie sur une touche de la télécommande. La télévision s'éteint. Elle se souvient de cette soirée et de l'insistance de Jimmy, les semaines suivantes, pour qu'elle fasse la paix avec sa fille. « Elle t'a blessée, El, mais tu es une adulte ! »

Assise, seule dans l'obscurité et dans l'odieux silence, elle se rappelle qu'elle n'a pas voulu se comporter en adulte.

6

Chassi tourna son premier film l'été d'avant son quatorzième anniversaire. Un thriller dans lequel s'affrontaient un bon et un méchant ; elle était la fille du brave gars. Elle n'apparaissait pas beaucoup à l'écran, mais dans une scène effrayante, où le sale type recherchait le brave gars et ne trouvait que sa fille. La caméra la clouait littéralement sur place et le public quittait la salle avec ses traits gravés dans l'esprit. On n'avait pas à se demander si elle deviendrait actrice, elle l'était déjà. La seule différence entre elle et les autres jeunes comédiennes de talent tenait à ses parents, Saul Jennings et Sally Brash. Les portes s'ouvraient d'elles-mêmes sur son passage, sans qu'elle ait besoin d'y frapper.

Elle étale d'un doigt l'eye-liner vert olive au-dessus de ses cils et examine son visage dans la glace. Naturellement, elle reste avec son père. Il n'a jamais été question qu'elle le quitte ! Elle est devenue sa confidente, et lui son appui. Ils comptent l'un sur l'autre. Il a besoin d'elle et elle fait tout ce qu'il lui demande.

Sa voix grave retentit dans le hall.

— Chassi, es-tu prête ?

— J'arrive, papa.

Elle se lève, prend ses diamants et son sac de soirée sur sa coiffeuse, et retrouve son père en haut de l'escalier.

Sally Brash tourna *Sans tambour ni trompette* en 1981. Elle avait trente-six ans et Chassi tout juste neuf. Un film de guerre pour en finir avec les films de guerre, pas un mélo grandiloquent, se terminant par un baiser en gros plan, sur fond de bannière étoilée.

En l'occurrence, un soldat enthousiaste et naïf, parti en chantant « Dieu bénisse l'Amérique », revient blessé et traumatisé, et s'oppose violemment à la guerre après sa liaison avec une infirmière qui brûle un drapeau. Aucun studio ne voulait s'y risquer. John Nicholas Thalosinos, le réalisateur – un jeune Grec provocant et sexy, sans relations ni argent –, un inconnu, devint l'un des premiers producteurs indépendants. Avec son scénario et beaucoup de passion, il obtint la participation de Sally Brash. Cette nouvelle sidéra Hollywood...

Sally tourna ce film sans avantages financiers immédiats et contre l'avis de tous. Elle agit ainsi parce que, en 1968, Joey, son jeune frère, soldat de première classe dans la 197ᵉ brigade d'infanterie – un garçon de vingt-deux ans avec des taches de rousseur, l'œil gauche paresseux, un sourire jovial et la chevelure flamboyante de sa sœur –, sauta sur une mine, près des rivages boueux du puant Song Tra Bong.

Sally Brash remporta un Oscar pour la première fois de sa vie, après une longue carrière bien remplie. Ce fut un événement mémorable, non seulement en raison de sa robe, de ses bijoux et de sa coiffure, mais également de la manière dont elle reçut son trophée. Silencieuse et recueillie, elle serra la statue dans ses bras en se contentant de prononcer le prénom de son frère. John Thalosinos fut récompensé pour son scénario et sa mise en scène, ainsi que le directeur de la photographie, le directeur de la production, le compositeur de la musique et l'ingénieur du son. Un film à budget réduit, refusé par les autres studios, triomphait à Hollywood.

Nominé pour onze Oscars, il en obtint sept. « Sept sur onze, pas si mal, mon chéri ? » fit observer Sally Brash à son mari. Saul Jennings avait financé ce succès de sa poche et non en tant que directeur de Pacific International Pictures. *Sans tambour ni trompette* était un cadeau à sa femme.

Saul Jennings a décidé de refaire le film exactement tel quel. Il ne veut pas transformer le Nord et le Sud Viêt-nam en terrain de jeux pour gangs des rues de Los Angeles, ni remplacer les huttes de paille et les rizières par un milieu urbain. Il ne souhaite pas moderniser, mais recommencer. « N'a-t-on pas réalisé trois versions d'*Une étoile est née* ? insiste-t-il. Vous allez voir, je vais en faire autant. »

Pas question, pour les jeunes-turcs qui règnent sur Hollywood, de produire un film avec un vétéran comme lui. Il est pour le moins passé de mode, se disent-ils entre eux, le lundi soir, au bar du Morton. Evidemment, ils se feront un devoir de le rencontrer, ils ne peuvent pas lui refuser un rendez-vous, admettent-ils, non sans regretter de perdre un peu de leur précieux temps. Mais ce n'est pas par respect pour lui, car un nul, dont le film génère plus d'un million de dollars de bénéfice brut, inspire aujourd'hui plus de respect à Hollywood qu'un homme qui connut jadis son heure de gloire. L'estime et la considération ne comptent plus ; tout tourne autour de l'argent. Il y a fort à parier que la seule raison pour laquelle les habitués du Morton, le lundi soir, acceptent de rencontrer Jennings est qu'ils pourront se lever et s'applaudir eux-mêmes si l'Académie des films artistiques et scientifiques lui décerne un prix. Malheureusement pour eux, leur appétit de puissance les amène à oublier un point essentiel. Quoi qu'il arrive, Saul Jennings possède un moyen d'obtenir le feu vert pour son film : la jeune star d'Hollywood la plus cotée au box-office siège dans sa demeure de Holmby Hills, de l'autre côté du hall.

— Bonjour, mam'zelle Chassi, dit le gardien à la porte d'entrée principale. Vous venez pour les essayages aujourd'hui ?

— Scotty, ça va ? Je vous croyais à la retraite.

— Seulement au printemps prochain, mam'zelle ; il faut former les jeunes ! Ça me fait bien plaisir de vous revoir si grande.

Chassi se sent rougir.

— Merci, Scotty.

Elle le connaît depuis l'âge de trois ans. Un gardien plus jeune tente de se faufiler auprès d'elle, mais Scotty ne lui cède pas la place.

— Votre mère serait fière de vous, mam'zelle.

Scotty soulève le bord de sa casquette et se racle la gorge.

— Il y a une place réservée pour vous devant l'atelier de la costumière.

La barrière se soulève et Chassi entre dans l'enceinte des studios.

Ionie déjeune dans la caravane. Bien sûr, pas une caravane complète, la moitié : une « demi-star », comme on dit. Son repas, qu'elle a commandé, l'attendait au moment de la pause : une salade mixte, sans assaisonnement, et un Coca-Cola light, sans citron, posés sur la table devant le canapé, de l'autre côté de la télévision. Le petit réfrigérateur encastré est plein de bouteilles d'Evian. Il y a aussi une corbeille de fruits de la société de production, une autre de Nicki et de l'agence, un vase de cristal rempli de lys de la part du metteur en scène et une rose rouge d'Al. Il lui a fallu une vingtaine de minutes pour s'habituer à tout ce luxe. Le matin du premier jour, quand on est venu prendre sa commande, elle a failli tomber à la renverse. Un avant-goût de ce qu'on appelle Hollywood ! Malgré ses bonnes intentions, elle a eu du mal à ne pas se sentir excitée : pour la première fois de sa vie, son rêve semblait se matérialiser.

— Tu vas abandonner ton job ? lui demande Al.

— Cuppa Joe, le paradis des *latte* ? Tu plaisantes ?

— Mais non.

— Ce n'est pas le moment, Al. Pas encore ! Peut-être que je n'obtiendrai plus un seul rôle pendant des mois, des années et éventuellement *plus jamais*. Soyons réalistes : je dois gagner ma vie, même en servant des cafés. A moins que tu ne puisses m'offrir ce que je désire : un appartement de grand standing à Westwood, un ranch à Malibu… (Un regard navré d'Al l'interrompt.) C'était pour rire !

— Moi, je ne demande pas mieux, observe son amoureux en souriant.

Les trente-cinq mille dollars, moins un énorme prélèvement pour les impôts et une commission de dix pour cent versée à l'agence de Nicki, ne permettront pas à Ionie d'aller bien loin – d'autant plus qu'elle s'est endettée avec sa carte de crédit.

Adossée à la cabine téléphonique, elle attend que Al, à qui elle a bipé le numéro du téléphone public, la rappelle. Al est-il l'homme de sa vie ? Elle ne s'est pas penchée sur cette question jusque-là. Priorité à sa carrière ! D'accord, elle démarre, mais on ne peut pas encore appeler ça une carrière. C'est trop tôt ! Elle connaît Al depuis moins d'un

an. Comment saurait-elle s'il incarne l'homme idéal ?
Ionie ajuste son kimono autour de sa taille, serre sa ceinture. Souhaite-t-elle passer toute sa vie à ne regarder que
ces yeux bleus ? Elle en a l'habitude, elle ressent même un
faible pour eux, mais fait-elle le bon choix ? Si seulement
les gens apparaissaient avec une petite étiquette blanche
autour du cou – comme les prix attachés aux manches des
vêtements – indiquant : *Amant, Mari éventuel, Ennemi,
Ami...* ! En les voyant, on saurait aussitôt à quoi s'en tenir.

Chassi Jennings passe en voiture, le regard fixe, un
coude replié sur la vitre ouverte de sa voiture. Lunettes de
soleil, cheveux dénoués sur les épaules. Elle possède une
BMW 535i noire, toute neuve, agrémentée d'une fine ligne
bordeaux en haut de la porte et de jantes alliage. Son père
serait fier d'elle : combien d'autres filles savent qu'il s'agit
de jantes alliage ? Elle se retourne et saisit le téléphone qui
sonne.

L'uniforme est blanc et empesé. L'ouate rembourre les
manches et le corsage, dessinant deux seins, comme si sa
mère le portait. Ni bras, ni tête, ni sourire, mais la
silhouette de Sally Brash suspendue à un portemanteau,
tandis que la housse de plastique bleu pâle forme un tas sur
le sol.

Chassi boit une grande gorgée d'eau à la bouteille.

— Votre mère voulait que je le garde, même s'il n'y avait
aucune raison particulière, dit Ruth Marley, la styliste.
(Elle lève la tête vers le portemanteau.) Un simple
uniforme d'infirmière dans lequel je n'ai pas mis tout mon
cœur et qui ne m'a pas obligée à me surpasser. (Elle fronce
les sourcils.) Mais elle insistait pour que je le conserve.

Elle remonte ses lunettes sur son nez et soupire.

— Votre mère pouvait se montrer très autoritaire, vous

vous en doutez. (Elle hausse les épaules.) Nous allons en faire une copie, évidemment. Vous n'avez pas du tout les mêmes mensurations qu'elle. (Elle tend la main.) Mon mètre ruban, Bud !

Deux pas sur les gradins recouverts de moquette grise, des doigts agiles entourent Chassi d'un mètre ruban jaune, la poussent d'un côté, puis de l'autre. Ruth Marley dicte des chiffres à Bud, agenouillé, qui les griffonne sur son bloc-notes. Buste quatre-vingt-quatre, taille soixante-cinq. Chassi garde les yeux fixés sur le miroir, face à elle ; Ruth Marley, Bud et elle tournoient dans la glace.

Elle voyait sa mère dans cet uniforme quand elle jouait à la poupée devant les marches de la caravane. Elle la lançait en l'air, la rattrapait, puis la laissait s'écraser au sol, et sa tête de caoutchouc rebondissait sur le bitume. « Oh, non, mon pauvre, pauvre bébé ! » roucoulait-elle en imitant Sally. Elle nichait la poupée dans ses bras et s'asseyait en tailleur sur l'asphalte chaud. « Fais attention, ma chérie ! » En levant les yeux pour écouter sa mère, elle ne distinguait que la blancheur de son uniforme. Du blanc sur le fond bleu du ciel, avec une cerise tout en haut.

Chassi fixe son regard sur un seul point du miroir, comme quand elle apprenait à tourner sur elle-même à son cours de danse.

— Quarante-huit centimètres, sous le genou ! déclame Ruth Marley dans une brise de dentifrice, blanc comme l'uniforme et les gardénias du parfum de sa mère.

Leur odeur, sa chevelure rousse, la blancheur de sa robe quand elles remontaient bras dessus, bras dessous la via Emilia. « Je ne suis pas trop vieille pour cette robe, ma chérie ? » La silhouette voluptueuse de sa mère faisant une pirouette devant le miroir de l'hôtel. Le tourbillon de sa jupe de soie blanche. « Viens, mon chou, nous allons te commander un artichaut ! »

Chassi tend la main, la voit s'élever dans la courbe du miroir pour saisir les doigts de sa mère dont elle a lâché le bras. Le jaune du soleil romain, le jaune du mètre ruban, le jaune du crayon planté dans le chignon, au sommet du crâne de Ruth Marley.

— Maman, attends !

— Ça va, mademoiselle Jennings ?

Allons, Chassi, concentre-toi. Ne regarde plus ni l'uniforme ni la robe qui s'envole dans les airs. Du sang écarlate sur le blanc, du sang en volutes sur le parachute, l'entraînant vers le bas, l'imprégnant de rouge. Deux jambes bronzées forment un angle bizarre sous le flot rouge envahissant. Des points rouges, comme à la fin d'un film. Un rideau sombre qui tombe, comme au théâtre. Chassi glisse lentement sur la droite et s'effondre, inconsciente, sur l'épaule et le dos de Bud, décontenancé, qui pousse un cri perçant quand il casse son crayon dans sa chute.

Eleanor rêve de Jimmy, mais ça ne lui ressemble pas ; il s'agit d'un petit bonhomme en pardessus, avec le visage de Jimmy. Elle ouvre les yeux, les referme rapidement, mais il est déjà trop tard. Le rêve s'éclipse derrière ses cils comme un ballon qui s'envole, une fumée qui se dissipe dans un flacon magique en forme de larme. Evanoui, son rêve ! Rien que l'aube... Les contours des meubles se dessinent dans la lumière grise. Elle niche sa tête au creux de l'oreiller, lisse soigneusement sa couette, plie et déplie ses orteils contre le drap du dessus, bâille, s'étire, dégage ses cheveux.

Il pleut encore ! Des torrents de pluie ruissellent de la montagne, charriant de la boue. Une vraie mousson. Elle l'entend. Il ne pleut jamais à Los Angeles, jusqu'au moment où la pluie se met à tomber plusieurs semaines de suite. Février, mars : une pluie incessante.

Il faudra appeler les pépiniéristes. Se lever, mettre son poncho, ses bottes, prendre la torche et la pelle. Vérifier que la boue se déplace selon le plan de Jimmy, bloquée par la barrière de sacs de sable ; elle doit se scinder derrière la maison et l'enserrer comme le font des tentures autour d'une fenêtre. Il ne faut pas qu'elle s'amasse, car elle risquerait de prendre d'assaut les marches du jardin, de se glisser sous les portes-fenêtres du bureau et de s'infiltrer à l'étage inférieur. Eleanor s'allonge à plat ventre sur les draps. Elle imagine la boue recouvrant le bois de feuillus dorés, teignant le tapis chinois turquoise de la salle à manger d'un brun écœurant. Elle enfonce son visage dans les oreillers et laisse échapper un petit cri étouffé. « C'est ça, mon chou ! » lui crie Jimmy au milieu des coups de tonnerre, alors qu'ils renforcent ensemble la pente avec des sacs de sable, les pieds enfoncés dans la boue. Comment s'acquitter toute seule de cette tâche ? Elle devrait peut-être demander à ses patients de former une brigade de secours : « Lacet de soulier », madame « Piquet de clôture », la « Dame triste », « Marty le Chien » et Chassi. Tiens, elle n'a pas donné de surnom à Chassi.

Eleanor respire, le nez dans son oreiller. Chassi, comment l'aurait appelée Jimmy ? Mademoiselle la star ? Mademoiselle… quoi ? Elle sourit et ses dents effleurent la taie d'oreiller. Mademoiselle « Pâté de sable ». Jimmy aurait-il suggéré cela ou toute cette terre l'influence-t-elle ?

Chassi, sur le divan, disant d'une voix vibrante :

« Nous étions au Texas, chez ma grand-mère. Je devais avoir deux ans. (Elle tourna la tête vers Eleanor.) De quand datent nos premiers souvenirs ?

— Ça dépend.

— J'avais deux ou trois ans. Il avait plu et tout à coup le

soleil revint, il me semble. Mais il y avait beaucoup de boue. »

Eleanor attendait, observant sa patiente.

« Maman est sortie avec moi pour m'apprendre à faire des pâtés. (Rire de Chassi.) Elle m'a assise au beau milieu de la boue. Nous creusions, nous sculptions avec nos mains, nous lissions la terre. Je portais une culotte, peut-être une couche. Nous étions dégoûtantes et ma grand-mère appelait maman depuis la porte, mais elle s'en fichait. Maintenant, ma grand-mère est morte. (Après une hésitation, elle ajouta :) Elles sont mortes toutes les deux. »

Eleanor sort la tête de son oreiller et s'assied. Jamais elle ne s'est amusée dans la terre avec Caroline ! Pas une seule fois elles n'ont joué aux pâtés de sable ensemble. « Sors de la gadoue, Eleanor. Sors de la gadoue, Caroline. » Génération après génération, les mêmes tabous ! Sans l'interdiction de Caroline : « Ne m'appelle pas », elle lui proposerait de venir faire des pâtés avec elle sur la montagne. « Viens, ma fille chérie, pardonne-moi de ne pas avoir su me faire aimer. Je te promets d'accomplir avec toi tout ce que nous n'avons encore jamais fait. »

Eleanor plante ses coudes dans l'oreiller, derrière elle, et se laisse retomber. L'ironie du sort ! La femme qui n'a jamais joué avec la terre, mariée à un jardinier de génie. Le nom de Jimmy trône, placardé sur tous les blocs d'immeubles, de Dixie Canyon à Woodman, dans la vallée : *Pépinières Costello*. Grondement de tonnerre. Que diable ! Eleanor rejette ses couvertures et se lève.

Il faudra en parler à la psy. Chassi observe le mur devant elle et promène son regard autour de Cuppa Joe, sans tourner la tête. Et s'il s'agissait d'une tumeur cérébrale... Mais, dans ce cas, ça ne s'interromprait jamais, non ? Les épaules affaissées, elle soupire et porte son gobelet d'espresso à ses lèvres. Elle n'a pas ressenti de vertiges depuis des semaines, et voilà qu'elle perd connaissance. Oui, elle a réellement perdu connaissance ! Dommage qu'elle n'ait pas tourné pour la télévision : si elle avait tenu le rôle d'une malade atteinte d'une tumeur cérébrale, dans l'un de ces feuilletons médicaux, elle serait mieux informée. Ses vertiges devraient se produire, en principe, depuis l'heure de son réveil jusqu'à celle de son coucher. Ça tombe sous le sens. Du sucre, il lui faut du sucre dans son café !

Chassi pivote sur son tabouret et fait face à la salle ; ses yeux détaillent les clients, le type derrière le comptoir, les deux filles à côté de lui, impeccables dans leur tee-shirt violet et rouge, souriantes et contentes de leur sort. Où se trouve la fille à qui elle a parlé ? Celle avec les cheveux de sa mère.

Une gorgée de café. Froid. Sans sucre. Il est dix heures, elle devrait être en haut. Va-t-il pleuvoir éternellement ? Et à quoi bon voir une psy si elle ne lui dit rien ? Tous ces discours sur Ruth Marley et son assistant, et sur le fait qu'elle n'avait pas eu le temps de prendre son petit déjeuner ou son déjeuner... Quelle blague ! En fait, les gens croient ce qu'on veut leur laisser croire. Elle descend du tabouret, prend son sac et ses clés de voiture, glisse ses lunettes de soleil devant ses yeux. Ça serait si simple d'avoir une tumeur cérébrale. Elle ne devrait plus s'inquiéter pour son prochain film. Il lui suffirait d'être malade et de mourir.

7

Le directeur de la photographie va certainement la draguer. Il ne s'agit plus que d'une question de temps et de lieu, estime Ionie. Il est venu deux fois à côté d'elle au moment du déjeuner et il lui a proposé de les rejoindre, lui et son équipe, à leur table ; ce qu'elle a fait. Depuis le début du tournage, elle sent son regard brun se fixer sur elle chaque fois qu'elle traverse le plateau. Ses yeux n'ont rien d'exceptionnel, mais son visage, taillé à la serpe, ne manque pas de caractère. Il semble calme et il possède les mêmes mains que son père. Cette révélation la sidère !

Le matin même, il l'a aidée à descendre les marches de la caravane de maquillage – sa présence relevait-elle du hasard ou l'attendait-il ? L'aube rose teintait les ténèbres, un vent froid et poussiéreux soufflait. Dans le silence du désert, on n'entendait que le léger ronronnement des camions de production. Elle protégeait sa coiffure d'une main et tanguait sur ses talons hauts ; elle n'aurait pas dû les porter pour se rendre au maquillage, mais elle les enlève le moins souvent possible pour s'y habituer. Le directeur de la photographie ne dit rien. Il tendit simplement la main et la prit par le coude ; à cet instant, elle crut voir la copie conforme de la main de son père. Les doigts carrés, marqués et tannés de son père...

Elle n'avait pas remarqué, jusqu'alors, les mains de cet homme. Il se nomme David Jones, mais personne ne l'appelle David. On dit Jones, ou Jonesy ; et *Jones* tout court figure, écrit au pochoir, sur le dossier de son fauteuil. Elle descendit les marches et il se dirigea sans un mot vers le plateau. En regagnant sa caravane, elle titubait littéralement : l'empreinte de ses doigts restait sur son bras. Jones embaume le café et l'après-rasage Brise marine. Il est grand, légèrement voûté et d'une maigreur impressionnante ; tout en os, les épaules rentrées, des pommettes d'acteur et les genoux protubérants sous son jean. Son âge ? Quarante ou quarante-cinq ans. Probablement marié et père de trois enfants.

Ionie fait une grimace devant les miroirs de l'ascenseur du Ramada. Le Ramada de son premier tournage en extérieur. Rien de très sophistiqué et pas très loin de Los Angeles, mais tout de même un tournage en extérieur ! Certains acteurs partent pour Paris en avril, elle se contente d'être à Palmdale en mai. L'incroyable rythme du tournage l'entraîne dans un tourbillon vertigineux. On se couche à dix heures pour travailler dès l'aube ; on dort parfois toute la journée s'il faut tourner de nuit.

Commander son *burrito* du matin à l'employée du camion, qui se rappelle aussitôt que l'on ne prend ni bacon ni fromage. Savoir qui s'assied où, qui parle à qui et à quelle maquilleuse confier son visage ; porter un vêtement ouvert devant pour ne pas se décoiffer en se changeant ; se placer correctement devant la caméra ; ne pas manger tous les beignets de la table réservée à l'équipe ; apprendre son rôle, attendre le moment de jouer sa scène ; ressentir la jouissance d'entendre le réalisateur s'exclamer : « Bravo, Ionie, c'était parfait ! Refaisons une prise. »

Ionie appartient maintenant à ce groupe, à cette équipe. Jour après jour, une camaraderie indéfinissable se forge. Une centaine d'individus liés entre eux par une relation intense et grisante, mais éphémère ; vingt-deux jours de vie commune en vase clos... Pas de pendules comme dans un casino de Las Vegas. Aucune raison de se demander s'il fait jour ou nuit. Ni famille ni rites, rien de régulier ; pas d'actualités télévisées le soir, pas de dîners en ville avec des amis, pas d'épouse que l'on retrouve au lit. Plus rien ni personne par qui l'on soit concerné, sauf ce film, ses acteurs et son équipe de tournage. Un ensemble hétéroclite de gens, qui ne se seraient jamais choisis comme amis, se trouve réuni par hasard. Une sorte de club ? Une famille ? Quoi qu'il arrive ils doivent tourner le film, c'est leur unique objectif.

« Une relation intense, insistait Ionie.

— Oui, je vois, un peu comme une section isolée du reste de sa compagnie, qui essaye de prendre d'assaut une butte ; mais sans les coups de feu, a dit Al, ironique. Sans le risque de perdre un membre ou d'y laisser sa peau, sans cartouches, sans mortier. »

Il a ri et Ionie, troublée, a frissonné.

Il n'existe peut-être aucun moyen d'expliquer cet univers du cinéma à un profane. D'ailleurs, elle n'y tient pas spécialement. C'est sans doute sa dernière tentative. Plus que deux jours de tournage, ou plutôt deux nuits, et elle se sent déjà en manque ! Elle se souvient de ses retraites dans sa chambre, parfois, à la fin de l'été, lorsqu'elle croyait sa vie fichue ; sa mère lui disait alors : « Chérie, ce n'est que ton cafard du dimanche soir. » Le tournage à Palmdale sera bientôt bouclé, le charme rompu. Elle dira adieu à sa robe usée et à ses talons rouges branlants, lavera les traces de maquillage et, vêtue de son uniforme violet et rouge, reprendra sa place derrière le comptoir de Cuppa Joe. Telle Cendrillon, elle ne dispose plus que de deux jours avant de retrouver la triste réalité. Les portes de l'ascenseur s'ouvrent bruyamment. Elle traverse le hall d'un bon pas.

Elle ne voit aucune raison valable de se faire servir dans sa chambre et de passer la soirée seule entre quatre murs ; il n'est que six heures et demie. De nombreuses personnes de la compagnie doivent circuler dans l'hôtel ; il lui suffit d'en rejoindre quelques-unes au bar, de s'entourer d'acteurs et de se tenir à distance de l'équipe de tournage. En outre, elle ne se laissera pas impressionner si Jones lui fait des avances – d'autant plus qu'il ne sera probablement pas au restaurant. Elle ne l'a pas vu à la piscine. Sa femme a dû arriver en voiture avec les enfants, et ils se gavent tous de frites au McDo. Non, aucune raison ne la retient dans sa chambre, car sa séance de maquillage du lendemain n'a lieu qu'à trois heures !

Ils tourneront l'épisode final : la scène de la dispute, où « son » mari la poursuit dans la cuisine, ivre, avec son revolver. Elle est prête. Elle connaît bien son texte et les jeux de scène ; Marc Raymond, le réalisateur et elle ont déjà chorégraphié le tout avec le coordinateur des cascades. Elle doit faire une pause pour ne pas être trop imprégnée de son texte. Le soleil et le bain, suivis d'une douche chaude, lui paraissent délicieux.

Elle porte maintenant des sandales neuves, ses boucles rousses sont humides et frôlent ses épaules, la toile de sa robe bain de soleil effleure le haut de ses cuisses nues. Elle aperçoit Jones, assis tout seul au bar. Il se tourne quand elle entre. L'attendait-il ? Souriant, il lui tend l'une de ses mains et elle n'a plus qu'à s'approcher, au moins pour le saluer. Pas la moindre avance pendant qu'elle boit sa bière et lui son Martini, ni pendant qu'elle prend sa *tostada* avec sa seconde bière et lui son plat complet, accompagné d'un autre Martini. Ils commandent ensuite un décaféiné au bar. Toujours rien quand il l'accompagne à l'ascenseur.

— A demain, dit-il. Bonne nuit.

— Bonsoir, Jones, répond Ionie.

Il se penche sans la toucher et incline vaguement la tête. Elle appuie sur le 9, il recule d'un pas, les portes se referment bruyamment. Elle éclate de rire. Comment a-t-elle pu s'imaginer qu'il allait la draguer ?

Aucun désir n'émane de lui ; elle a dû se monter la tête. Il est gentil, prévenant, et il l'aime bien ; rien de plus. Il a quarante-deux ans. Sa femme, dont il lui a montré la photographie, s'appelle Linda. Elle est depuis peu associée dans un gros cabinet d'avocats de Beverly Hills. Une blonde élégante, presque aussi mince que lui, avec des perles aux oreilles. Il lui a également montré une photo de ses deux fils, Ben et Adam, âgés de douze et neuf ans. Deux gamins quelconques, avec des taches de rousseur, les cheveux de leur mère, les yeux de leur père, un uniforme de softball, un appareil dentaire et un grand sourire un peu niais. Son père était directeur de la photographie comme lui, sa mère, une femme au foyer. Il ne les a pas en cliché dans son portefeuille.

Ionie se moque d'elle-même et se détend. Il lui a parlé de son travail, de sa famille, du film, de la lumière, de son visage et de son corps à l'écran. Rien de personnel. Elle a cru assister à un cours magistral, quoiqu'il ne se prenne pas au sérieux. Il est pédagogue et désireux de partager son savoir. Il l'a interrogée sur son travail et sa famille, l'a écoutée avec intérêt, son regard toujours attentif. « Un gentleman accompli », aurait dit sa grand-mère. « Un type de grande classe », dans le langage de sa mère.

Elle regagne sa chambre, téléphone à Al, éteint après les

nouvelles de onze heures. Elle dort profondément au milieu de son grand lit et fait des rêves paisibles. L'événement ne se produit que le lendemain dans la nuit, ou plutôt une heure avant l'aube, et l'on ne peut pas dire que Jones l'ait draguée. Tout s'est passé à cause d'elle.

Elle ne parvient pas à éviter de trembler de tout son corps. On a emmené Marc Raymond au service des urgences le plus proche, mais le médecin s'est montré rassurant. Rien de bien grave : quelques brûlures de poudre, du sang et l'équivalent d'une grosse contusion.

— Premièrement, il n'aurait jamais dû tenir *ce* revolver, reproche Dansky au réalisateur. Pas avant que nous sortions ! Je l'ai bien précisé à tout le monde.

Dansky coordonne les cascades ; Ionie n'entend pas la réponse du réalisateur, et Dansky ajoute que les accessoiristes se montrent « bien négligents, ces temps-ci ». L'un d'eux se plaint à propos de ses heures de travail. Dansky lève les mains au ciel. Jones ne dit rien et quelqu'un installe Ionie sur un siège.

— En tout cas, il n'aurait pas dû approcher le revolver du visage de sa partenaire, ce n'était pas prévu, martèle Dansky. Ces fichus acteurs perdent la notion des distances !

Ionie sent que Jones l'observe.

— J'ai moi-même été atteint deux fois au visage par des balles dans *Enemy*. Ce satané acteur se montrait incapable d'orienter son arme vers ma poitrine comme il le devait. Maudits acteurs ! insiste Dansky.

Ionie se met à trembler.

— Ça va, mon petit ? demande l'habilleuse.

Sans doute la personne qui l'a fait asseoir.

— C'est clair : un coup à blanc tiré de trop près peut blesser, dit le médecin.

— Premièrement, il n'aurait jamais dû avoir ce revolver,

insiste Dansky. (Et il ajoute, face à l'accessoiriste :) Comment se l'est-il procuré ?

— Si nous attendions une minute ? suggère le réalisateur.

— Mon cul ! dit quelqu'un – sans doute Dansky.

— Va te faire foutre ! rétorque un autre.

Puis Jones s'approche de Ionie, s'accroupit à ses pieds, se penche et lui propose de la raccompagner dans sa caravane. Elle le regarde, incapable de dire un mot, et il adresse un signe de tête à l'habilleuse qui l'aide à la soutenir. Quelqu'un dépose une couverture sur ses épaules ; elle ne s'en aperçoit que lorsqu'elle glisse et que Jones la rattrape en resserrant ses doigts sur elle.

Marc Raymond devait malmener son épouse – qu'elle interprète. Ivre, il s'assied à la table de cuisine avec une bouteille de Maker's Mark, un verre et un calibre 38. En pleine nuit, elle entre. Il réagit comme une pile électrique, la pousse contre le four puis contre l'évier, la brutalise, culbute les chaises, casse la vaisselle. Finalement, elle se retrouve contre la porte et aboutit dans la cour. La scène se déroulait ainsi. La suite, la poursuite autour de la cour et l'amorce d'un viol sur l'aile du camion, était prévue pour le lendemain. Elle se débat et le coup part sans l'atteindre, car la balle frôle le camion. Coupez ! Le film est terminé, tout le monde va rentrer chez soi. Ils ont déjà tourné la scène où la mère tue son gendre, ainsi que la fin du film, et ils ont déjà eu des revolvers en main. Une procédure stricte s'impose dans le maniement des armes sur les plateaux de tournage ; chacun le sait. Le coordinateur des cascades et le réalisateur travaillent avec les acteurs, le département des accessoires s'occupe des armes. Dans cette scène, le coup ne part pas avant qu'ils se trouvent dehors et le revolver est chargé à blanc – un revolver avec un flash pour que Jones obtienne un bel éclair sur l'écran. Mais ça, c'est *dehors*. L'arme qu'ils utilisent dans la cuisine, elle, est vide.

Vers quatre heures et demie ou cinq heures du matin, le réalisateur a voulu recommencer la scène une « dernière fois », selon l'expression consacrée. Bientôt il ne fera plus assez nuit, car le soleil est sur le point de se lever. Jones fait les cent pas avec un posemètre et échange un regard avec le réalisateur. Marc et Ionie sont couverts de bleus, à force de se taper dessus, et passablement épuisés.

« Une dernière fois ? demande le réalisateur.

— Bien sûr, répondent les uns et les autres.

— Merci, les gars ! »

Le producteur regarde le réalisateur pour lui signifier qu'il s'agit bien de la dernière fois, et le réalisateur répercute ce regard sur son premier assistant.

« Ce fichu martini ! » a dit le premier assistant au second.

Dans le jargon du cinéma, le martini est la dernière prise de la journée. La rumeur se répand sur le plateau et devient un brouhaha : tout le monde a hâte de rentrer à l'hôtel et de dormir un peu, avant de revenir et de recommencer.

« Au travail ! » crie le second assistant.

Le brouhaha s'apaise. Le coiffeur tripote les cheveux de Ionie pour les replacer comme au début de la séquence. Il surgit sans prévenir et pose les mains sur sa tête, mais elle ne s'étonne plus qu'un étranger la recoiffe. Le maquilleur éponge la sueur de son visage avec une houppette, mais elle ne le voit pas. Elle ne sent rien, car elle se concentre sur la scène à venir. Les acteurs se mettent en place. Le réalisateur fait signe au premier assistant, qui demande le silence.

« C'est parti ! dit l'ingénieur du son.

— On tourne ! lance l'opérateur.

— Scène 44 Denver, prise onze, partez ! dit le second assistant en actionnant son clap.

— Action ! » chuchote presque le réalisateur.

Marc empoigne Ionie et effectue sa danse du four à l'évier, poussant, tirant, criant, l'attrapant violemment par les cheveux. Et alors – parce qu'il est trop fatigué ou trop nerveux, parce qu'il veut montrer au réalisateur sa capacité à innover, parce que sa femme vient de lui annoncer au téléphone son intention de divorcer –, pour toutes ces raisons ou aucune d'entre elles, il outrepasse les limites de son rôle, plaque Ionie de toutes ses forces contre l'évier et pose le canon froid du revolver sous sa pommette.

Ionie St John est la fille de Lyman St John. Une Texane de la quatrième génération, qui sait tirer depuis l'âge de dix ans. Elle a été championne de tir et a gagné sept rubans bleus avant treize ans... Ce stupide acteur de Long Island, qui n'a jamais eu un revolver en main avant ce film, la menace au visage avec son arme. Elle réagit presque automatiquement. Ce revolver n'a pas sa place ici. Elle le repousse instinctivement. Elle se débat, dégage, au risque de le rompre, son bras droit que Marc coince derrière son dos, contre l'évier. D'une détente, elle s'empare du revolver menaçant qui n'est pas censé être chargé ! Et voilà que le coup part dans le biceps gauche de Marc Raymond. Une détonation, l'odeur de la poudre, la fumée, le sang, les cris. Le bras de Marc est atteint...

— Je ne peux pas m'empêcher de trembler, murmure Ionie dans sa caravane.

Jones l'enlace. Elle a perdu quelque part ses talons rouges branlants. Il est tellement plus grand qu'elle, il la protège comme un oiseau décharné. Elle pleure, claque des dents, les entend comme dans un dessin animé.

— Je l'ai tué, gémit-elle.

— Calme-toi, Ionie !

Elle lève les yeux et sanglote :

— Je l'ai tué.

Elle se met sur la pointe des pieds, peut-être pour lui

parler de plus près – il est si grand –, peut-être pour se serrer plus fort contre lui – d'ailleurs il doit l'aider, car on dirait qu'elle ne touche plus le sol. Une idée l'obsède : elle a tiré sur Marc Raymond, manqué de le tuer. Elle n'aurait pas dû réagir ainsi. Mais pourquoi a-t-il porté l'arme à son visage ? Elle essaye d'expliquer sa réaction à Jones, et elle l'embrasse, s'agrippe à lui comme si elle allait tomber ; à moins qu'elle ne cherche à l'entraîner avec elle. Où est passée l'habilleuse ? Dans la caravane ? Elle embrasse Jones, sanglote, la morve se mêle à ses larmes, coule dans sa bouche. D'où vient ce goût de sang ? S'est-elle mordu la lèvre ? Elle se recroqueville sur elle-même, se courbe et s'effondre en sanglots, sans cesser d'embrasser Jones.

C'est bien elle qui prend l'initiative, mais il se défend sans grande conviction.

— Hé, une minute, mon petit.

Voilà tout ce qu'il lui dit au creux de l'oreille, associant son propre souffle à son haleine et à ses baisers, après avoir atterri sur le sol de la caravane. Elle l'a séduit, c'était plus fort qu'elle. Et quand elle cherche à se souvenir de la scène, parce qu'elle n'arrive pas à s'endormir, elle sait qu'elle ne se contrôlait plus. La déchirure du fin tissu de sa robe de tournage quand il l'a pénétrée – vite, sans un mot. Des halètements, l'odeur du tapis crasseux, des fruits blets dans la corbeille et de la poudre brûlée. Ionie s'est « fait » Jones sur le sol de sa caravane, sa première caravane, pas une entière comme elle l'a expliqué à sa mère, à son père, à Al et à tout le monde. Pas une entière, ce qu'on appelle une « demi-star ».

Le sexe sur un plateau, pendant le tournage d'un film, les idylles entre l'équipe et les acteurs... On devrait distribuer à tous les novices une brochure, un opuscule expliquant les différentes éventualités, les probabilités, l'étiquette, les avantages et les inconvénients. L'oubli des principes, pratiquement d'un commun accord. Ni règles, ni passé, ni futur, rien de ce que l'on fait là ne sera retenu à charge. En avant, marche ! Le sexe imprègne l'atmosphère comme un doux parfum. Le sexe entre les élus – acteurs, scénariste, réalisateur, producteurs – et les autres, l'ensemble de l'équipe. Mais surtout le sexe sans hiérarchie, se jouant de toutes les frontières, avec la puissance et la vitesse d'un cheval emballé. L'actrice, assise sur les marches de sa caravane, en grande conversation avec le directeur des transports, adossé près d'elle, dont la jambe frôle systématiquement la sienne, sans qu'aucun d'eux s'en aperçoive, comme si leurs jambes n'existaient pas. Le réalisateur compte les prises avec la script-girl, dont une mèche de cheveux effleure son front, tandis que leurs doigts se frôlent sur le papier. Le machiniste rit avec la productrice à la table commune où il mange des *nachos*, elle des carottes râpées, et soudain ils disparaissent ensemble derrière le camion. L'ingénieur du son avec l'habilleuse, le chef électricien avec l'assistante de production, Ionie avec Jones.

Qu'a-t-elle fait ? Osera-t-elle encore se regarder en face ? Et regarder Jones ? Elle devra marcher sur le plateau, apercevoir son visage taillé à la serpe, son corps tout en longueur, son sourire affable. Inutile d'y penser ! Ionie roule sur elle-même. Et Al ? Al, grand Dieu ! Ces mots résonnent dans sa tête comme les paroles d'une mauvaise chanson. Un coup de poing dans l'oreiller, elle repose ses jambes sur le drap, ouvre les yeux. Elle transpire. Midi, et elle ne travaille pas avant trois heures. L'obscurité en plein jour, les rideaux soigneusement tirés pour la protéger de l'éblouissement de Palmdale, seul un fin rai de lumière verticale pénètre dans la chambre. Pourquoi transpire-t-elle ? Elle entend l'air conditionné, sent son souffle sur son épaule. Le réveil passe au chiffre suivant, 12:01, affiché en vert phosphorescent. Elle devrait dormir pour être sur son fauteuil de maquillage à trois heures, tourner la dernière scène, terminer le film, voir Jones sur le plateau. Au revoir tout le monde et merci, ravie d'avoir fait votre connaissance. Adieu, comme disait sa grand-mère au lieu d'au revoir.

12:02. L'Amérique déjeune. « Ici Paul Harvey, bonjour. » Sa mère écoute la radio en repassant les chemises de son père. Ionie rentrait de l'école pour déjeuner à la maison. Ses pieds l'un sur l'autre. Ses doigts sales laissaient des empreintes gris clair sur la souple mie de pain blanche et malléable, une étoile de mer en beurre de cacahouètes et confiture violacée, une lune en fromage à la crème. « Finis ton lait, ma chérie. » La fumée des cigarettes de Kitty Ray se mêlait à l'odeur de sueur de la cour de récréation, à celle des pêches qui mûrissaient sur le rebord de la fenêtre. La chronique boursière de midi, hausse des graines de soja et baisse du porc. Le crissement du fer à repasser de sa mère.

Ionie ferme les yeux, dégage ses cheveux de son visage vers l'oreiller. Dans une semaine, elle reprendra une vie normale, les cappuccinos ; il ne sera plus question du film. La routine. Et Al ? Al, grand Dieu !

Elle glisse sa main sous l'oreiller, écarte les doigts, les promène sur la taie, sur le grain particulier des draps d'hôtel. Elle dira adieu à Jones. Voilà, c'est tout. Elle ne le reverra pas. Elle n'a jamais eu plus d'un homme à la fois, jamais ! Ça n'est pas son style. Elle n'est pas une mauvaise fille. Sauf une seule fois, quand elle a dit un mensonge à sa mère.

« Je n'y étais pas. »

Le regard oblique de Kitty Ray.

« Tu n'y étais pas ?

— Non, m'man. »

La chaise repoussée d'un coup sec, la main de sa mère sur ses fesses, le choc, le goût écœurant du chocolat au lait qui remonte dans sa gorge.

« Je t'interdis de me mentir, vilaine ! »

Ionie, mortifiée, se blottit contre la balustrade du porche, devant ses copines. La seule fois où Kitty Ray leva la main sur sa fille, il s'agissait d'un mensonge.

Ionie roule sur l'autre oreiller, s'enveloppe dans le drap du dessus et exhale un profond soupir. Elle est devenue une femme. Plus de nattes, de beurre de cacahouètes ni de confiture. Bien lointaine la fessée cuisante de sa mère ! Sa main frôle la peau tiède de son dos et s'immobilise dans le creux de sa hanche. Les doigts de sa mère tatoués en rouge sur son derrière quand elle baissa sa culotte, debout sur son tabouret Barbie, en se retournant pour se voir dans la glace. Allons, Ionie, rendors-toi ! Respire lentement, une fois, deux fois, ne pense plus que tu respires. C'est désespérant. Ses yeux se rouvrent comme s'ils étaient télécommandés. 12:04, 12:06, 12:07 s'affichent avec une douce lueur verte.

Il était rentré à l'hôtel avec elle, dans la camionnette. On l'avait placée à l'avant, à côté du conducteur. Jones s'assit juste derrière elle. La pression régulière de ses doigts sur sa nuque... S'il n'avait pas ces doigts-là, elle aurait peut-être sauté, au lever du soleil, par la vitre ouverte. Les doigts de Jones sur sa nuque lui rappelaient les doigts de son père. Les doigts tannés et carrés de Lyman St John, au volant de son tracteur John Deere vert. Les doigts tannés et carrés de Jones sur sa croupe, dans la caravane... Des voix trop fortes, les gens serrés les uns contre les autres pendant le trajet, leur haleine de café refroidi et de pastille de menthe, leur épuisement teinté d'excitation à cause de ce qui s'était passé. Mais Ionie ne distinguait pas leurs paroles. Sa tête bourdonnait : Al, et Al ? Et le coup de feu, l'explosion de sa jouissance. Grand Dieu, Al ! Jones l'a raccompagnée jusqu'à la porte de sa chambre.

— Ça va, Ionie ?

— Merci, ça va.

Que dire de plus à Al quand il l'interrogera ?

— Parle-moi de l'accident, ma chérie.

— Oh, bien sûr... Le coup est parti, et alors...

Elle lui dira tout, ou presque. Elle sait qu'elle sera une vilaine fille, comme à sept ans quand elle a dit un mensonge. Pas un vrai mensonge cette fois-ci, mais un mensonge par omission. Un mensonge pour ne pas blesser Al. A quoi bon le faire souffrir ? Elle ne reverra plus jamais Jones et elle n'agira plus jamais ainsi, donc elle n'a aucune raison d'informer Al de sa conduite. Elle roule sur le dos. « Ma petite, essaye de dormir sur le dos, lui a dit le maquilleur. Evite d'écraser ton visage. Plus tard, tu me remercieras de ce conseil. »

Elle s'endort, le visage tourné vers le haut, peu après 12 h 20, et rêve de sa mère. Kitty Ray roule sur un tricycle et a les yeux bleus d'Al.

8

— Qu'allez-vous faire maintenant ? demande Eleanor à Chassi.

— Apprendre mon rôle.

Eleanor ne dit rien ; ses yeux vont de la photographie de Caroline dans la bibliothèque à la jeune fille sur le divan.

— Je tourne un film en août, ajoute Chassi.

Elle paraît bien pâle à Eleanor : trop de temps passé sur cette banquette sous la fenêtre, et pas assez en plein air.

Eleanor sourit, car elle se surprend parfois à imaginer certaines choses de la vie de ses patients qu'elle n'a jamais vues. Le méchant mari de la « Dame triste », les mensonges suintant de ses lèvres minces ; le rictus désespéré de la mère de « Piquet de clôture », clouée au lit ; le placard de « Lacet de soulier », qu'elle se représente débordant de plus de chaussures que Saks, un 4 juillet, lors des soldes ; et la demeure de Holmby Hills que Chassi partage avec Saul. Les vastes pelouses, la piscine et le cabanon, la chambre à coucher bleue (avec salon) de Chassi, la seconde salle à manger où elle se pelotonne sur la banquette. Elle imagine du chintz, un chintz coûteux à quatre-vingt-sept dollars le mètre, importé d'Angleterre. Un chintz ravissant, à fond ivoire, avec des roses pompon. Des meubles anciens en bambou, d'épais tapis moelleux sur lesquels on perd l'équilibre quand on marche avec des talons hauts, des fenêtres à petits carreaux. Tout est rutilant, méticuleusement rangé, et il flotte dans l'air une odeur de cire, de miel et de cocktails. Le vieil Hollywood, un rêve en technicolor et cinémascope de la fin des années cinquante.

— Aux Philippines, chuchote Chassi.

Silence d'Eleanor.

— Deux semaines de répétition fin juillet, et je prends l'avion pour quatre-vingts jours de tournage à Manille. Mon Dieu, je ne vous verrai pas avant Thanksgiving. (Chassi adresse un vague sourire à sa psy par-dessus son épaule.) Je vais vous manquer ?

— Vous aimez ce film ? demande Eleanor.

— C'est *Sans tambour ni trompette*.

Sans tambour ni trompette. Eleanor revoit Jimmy en train de briser sa chaise. Elle cligne des yeux.

— Un remake ?

— Hum.

Chassi va donc tourner une nouvelle version du film de sa mère. Ce drapeau piétiné... Eleanor garde le silence.

— Mon père fait ce remake. Il en a besoin, dit Chassi. Pas pour l'argent. (Elle hésite et ajoute :) On tourne la plupart des films pour gagner de l'argent... Je veux dire qu'il est toujours question d'argent, mais...

Eleanor attend.

— Il a besoin de faire un film ; il n'en a pas produit depuis longtemps, vous savez...

Eleanor garde les yeux fixés sur le profil de la jeune fille.

— Comment se fait-il que vous jouiez dans ce film, Chassi ?

— Pourquoi pas ?

Silence, et Chassi murmure :

— Pourquoi contrarier mon père ?

Eleanor attend.

— Ce n'est qu'un film de plus, observe Chassi.

— Je vois, articule Eleanor.

Chassi tourne la tête. Pâle, translucide. Quelques taches de rousseur, éparses sur ses joues et son nez, ressortent sur cette blancheur.

— Vous devriez porter un tee-shirt avec « Je vois » imprimé sur le devant et « Continuez » sur le dos. (Rougeur subite de Chassi et froncement de sourcils.) Si vous le vendiez aux congrès de psychologie, ça ferait fureur.

En effet, il s'agit bien de fureur.

— Etes-vous furieuse ?

— Non. Pourquoi ?

Chassi dévisage Eleanor, assise bien droite dans son fauteuil, la paume plaquée avec force sur ses bracelets.

— Comment vous sentez-vous à propos de ce film ?

— Bien.

Eleanor immobile.

— Il n'est pas le monopole de ma mère. C'est aussi le film de mon père.

Eleanor, toujours immobile.

— Ça ira. J'ai hâte de commencer, dit Chassi en se détournant. Pas de problème.

Jimmy était fou de rage. Personne ne bronchait dans la salle de cinéma de Westwood, ni dans les rangs, ni à la sortie, ni dehors. Ce n'était pas la première fois qu'il voyait des films sur le Viêt-nam. Ce jour-là, ils prirent une bière au Bratskellar, et elle dit qu'elle comprenait – non pas qu'elle approuvait, mais qu'elle comprenait – le point de vue de l'infirmière à propos de la guerre. Il bondit, dégageant son bras d'un coup sec. Déstabilisée, elle se cogna contre le bar, après avoir glissé du tabouret. Le bruit des pièces de monnaie cliquetant sur le bois humide entre les bouteilles, le regard du barman. Le grincement hostile de la clé de contact, le démarrage en trombe, le sursaut du changement de vitesse et cette angoisse dans les yeux de Jimmy.

« Jimmy ? »

Elle n'aurait pas dû revenir sur ce sujet. Il en avait parlé une seule fois avant leur mariage ; une fois pour toutes. « Ne me pose pas de questions ! » lui avait-il dit. Des années plus tard, alors que le temps, pensait-elle, avait fait son œuvre, Caroline l'interrogea :

« Papa, tu es allé au Viêt-nam ?

— Oui », répondit-il sèchement.

Il offrit un visage hermétique à sa fille chérie. Aussi hermétique que le rideau de fer bosselé du marchand de cigares de ce vieux quartier.

Ils se marièrent en 1969. Elle avait vingt-quatre ans et Jimmy vingt-six. Il était revenu depuis trois ans déjà du Viêt-nam. Incorporé en août 1964, à vingt et un ans. « Bon anniversaire, jeune homme, sincère souvenir de l'Amérique », selon son expression. Il fut envoyé à l'aéroport de Ton Son Nhut, aux environs de Saïgon, après ses classes à Fort Jackson et son court séjour à Fort Bliss [1], le « mal nommé », au Texas ! Deux années – au sujet desquelles il se taisait –, avant sa démobilisation. Retour à Brooklyn en septembre 1966. Il n'avait rien à dire. Il voulait se réinsérer dans son ancienne vie comme si ce qu'il avait vécu n'existait pas. Un point c'est tout ! Sauf cette unique fois où il lui parla, par un après-midi d'avril idyllique, sur le canapé bleu du séjour de Sis, deux mois avant

---

1. *Bliss* signifie « béatitude ».

qu'il la conduise à l'autel. Quelqu'un jouait dehors et, par les fenêtres ouvertes, aux rideaux de dentelle gonflés par le vent, elle entendait la balle rebondir contre un mur.

« Mais pourquoi y es-tu allé ? » lui demanda-t-elle.

Jimmy, avec un petit sourire narquois :

« Tu sais, El, toutes ces foutaises à la John Wayne.

— Quoi ?

— Ces films avec des bons et des méchants. Je voulais faire partie des bons. »

Elle effleura son visage et il lui prit la main, l'entraîna vers sa bouche et embrassa sa paume.

« Tu aurais pu aller au Canada.

— Bon Dieu, quoi foutre au Canada ? Tronçonner des arbres ? »

Jimmy avait le don de la faire rire. Il ajouta :

« On doit avoir un idéal, se tenir droit dans ses bottes, à mon avis. Qu'on soit grand ou non ! (En fait, il est très grand : un mètre quatre-vingt-treize.) Des types s'habituaient à porter des slips de femmes pour qu'on les prenne pour des homosexuels. Ils essayaient d'accélérer leur rythme cardiaque pour tomber dans les pommes pendant les tests d'endurance ou faire paniquer le médecin à la lecture de leur fiche de température. Des motifs de sursis à la pelle : "Je dois étudier, m'sieur ; j'ai un souffle au cœur ; je pars pour Montréal…" »

Jimmy accompagnait ses imitations d'un sourire sarcastique.

« Au diable, le Canada ! (Il fit tourner sur le doigt d'Eleanor la bague de fiançailles à diamant carré qu'il lui avait offerte.) J'y suis allé. On n'a pas construit ce pays en se défilant. J'y suis allé », conclut-il en haussant les épaules.

Il y était allé, il avait été blessé, il était revenu. Fin de l'histoire. Il n'en dit pas beaucoup plus. A part quelques mots au sujet de son retour de Saïgon par une ligne

commerciale. Il n'avait pas vu de femmes depuis bien longtemps, mais ce n'était pas ce qui l'avait marqué.

« C'est le petit oreiller ; tu sais, El, ce petit oreiller qu'on
vous donne en avion. Si propre ! (Il ouvrait de grands
yeux.) J'y ai enfoui mon visage et je n'en revenais pas qu'il
soit si propre. »

Quand l'avion fit le plein au Japon, il descendit dans la
nuit sur la piste, simplement pour pouvoir dire qu'il était
allé au Japon. A l'aéroport de Fairbanks, en Alaska, il y
avait l'air conditionné : il dit cela avec une telle emphase
qu'on sentait la puanteur et la moiteur du Viêt-nam. Et
quand ils atterrirent à San Francisco, « cette fichue grève
des lignes nationales ». « Incroyable ! » s'exclama-t-il en
riant. Ils se trouvaient en Amérique dans un aéroport qui
rappelait les pays du tiers-monde : des gens en perdition,
allongés n'importe comment, dans tous les coins.

« Ce n'était ni la bonne côte ni la bonne plage, répéta-
t-il, les yeux brillants. Comment faire ? Mon copain Eddie
Lerman, l'avocat juif, dit : "On revient de ce foutu Viêt-
nam, l'armée *doit* nous trouver un avion pour nous rapa-
trier chez nous." Si tu savais, El, quand il parlait, il avait
une de ces autorités ! Il a appelé la base militaire de Travis
et il leur a dit : "Les gars, à vous de nous trouver un avion !"
(Le visage de Jimmy s'éclaira d'un grand sourire.) Tu me
croiras si tu veux, ça a marché. On est allés à Travis et ils
nous ont mis sur un vol pour McGuire, New Jersey. Il m'a
suffi de prendre l'autocar et le train de Long Island, et, ouf,
je suis arrivé chez moi ! »

Il se tut un moment et ajouta, sans regarder Eleanor :

« Je ne voulais pas qu'on vienne me chercher. Personne,
même pas Sis, et je ne leur ai pas précisé l'heure exacte de
mon retour. Je voulais simplement me glisser à la maison
et oublier. (Il leva les yeux et couvrit ses doigts de baisers.)
Hé, El, je t'aime. »

Au fil des ans, elle glana quelques éléments. A son retour, il pesait à peine soixante-dix kilos. « Je n'avais plus que la peau sur les os, El ; j'étais superbe ! » Sis voulait organiser une réception en son honneur ; la bannière lui souhaitant la bienvenue en lettres rouges, bleues et blanches. Il la bouleversa en refusant carrément. Il sursautait, paniqué, au moindre bruit trop fort.

Eleanor se réveillait parfois le matin, sa chemise de nuit trempée de sueur, quand elle avait tenu Jimmy dans ses bras parce qu'il bondissait dans son sommeil.

Il lui racontait aussi que l'un de ses copains, un « vrai connard », lui écrivit, quand il était là-bas, pour lui demander s'il savait ce qu'il faisait. Comme si ça avait pu l'aider à survivre de se mêler de toute « cette merde » qui se passait en Amérique ! Un grand caporal noir lui avait lancé :

« Hé, Costello, tu as eu ton entretien pour rempiler ?

— Pardon, sergent ? » dit-il en le regardant en face, sans un mot de plus.

« Rempiler, mon cul ! » répliqua-t-il à leur ami Driskill quand il évoqua cette possibilité.

Quelques bribes, par-ci par-là, si quelqu'un faisait par hasard allusion au Viêt-nam. Et puis, en 1982, seize ans après son retour, il jeta une chaise à travers la cuisine parce qu'elle engagea une discussion avec lui, après l'avoir emmené voir un film intitulé *Sans tambour ni trompette*.

Debout devant la fenêtre de son bureau, Eleanor observe la fille de la star qui a remporté l'Oscar pour *Sans tambour ni trompette* tourner à gauche et disparaître.

« Qu'entends-tu par "comprendre son point de vue" ? » L'une des quatre chaises achetées d'occasion, peu après leur mariage, à un voisin. Les muscles de Jimmy saillaient sous son tee-shirt quand il les emporta à la maison en les soulevant une à une au-dessus de sa tête. Il les repeignit pour elle avec amour ; des gouttes de peinture blanche tombaient sur le journal et éclaboussaient l'avant de son jean, transformé en une toile de Jackson Pollock. L'une des quatre chaises qu'elle a traînées de Brooklyn à Manhattan, et jusqu'à Los Angeles.

« Tu ne veux tout de même pas garder ces vieilles chaises, El ?

— Je les aime. »

Assis sur l'une d'elles, il l'attirait sur ses genoux pour l'enlacer, cherchant d'une main ses seins, tandis que de l'autre il remontait sa jupe.

L'une des quatre chaises – sur lesquelles il s'asseyait chaque matin en grommelant à la lecture de son journal et en buvant son café avec trois sucres –, fracassée à terre, réduite à un petit tas de bois.

« Je regrette, reprit Eleanor.

— Que voulais-tu dire ? »

Dehors, une voiture klaxonna. Jack, l'énorme bouvier des Flandres des voisins, aboya méchamment, une porte claqua.

Jimmy la fixait, les poings serrés.

Caroline allait rentrer d'une minute à l'autre. Eleanor avait conduit à un anniversaire quatre gamines qui n'arrêtaient pas de glousser et une autre mère se chargeait de les raccompagner.

« Jimmy, voyons, ce n'est qu'un film !

— Ces crétins d'Hollywood ! Pas un seul n'est allé au Viêt-nam, je parie. (Il baissa les yeux en direction de la chaise, puis la regarda.) Veux-tu savoir qui s'y trouvait ? Mes amis, pas les tiens. Des gars qui n'avaient pas d'argent pour faire des études, ceux dont les pères ne pouvaient pas les aider financièrement. Une guerre de classes, je t'assure. Une sale guerre de classes ; ceux dont les papas possédaient des relations n'y partaient pas.

— Jimmy…

— Qu'as-tu fait, toi, mademoiselle la bourgeoise ? Tu as manifesté probablement.

— Non, chuchota-t-elle en se sentant pâlir.

— Tu n'as pas manifesté, mais tu comprenais… C'est ce que tu es en train de me dire en ce moment ?

— Chéri, Caroline ne va pas tarder. »

Jimmy, le visage écarlate :

« Bénie soit l'Amérique et allez vous faire foutre ! Crois-tu que j'ai oublié ?

— Jimmy, mon chéri !

— Je ne suis pas "ton chéri", et ne touche pas à cette chaise ! »

Il sortit de la cuisine. Elle tremblait de la tête aux pieds. Les assiettes de porcelaine tintèrent dans l'évier quand il claqua la porte de la maison.

Quelle importance avait sa remarque ? lui murmura-t-elle ce soir-là, la tête sur l'oreiller. Quelle importance ? Il s'agissait du passé, l'époque lointaine où elle n'était pas encore tombée sous son charme. Etait-ce sa faute si elle avait vu le jour à Manhattan et non à Brooklyn, et du côté de « nous n'avons pas le droit d'y être » plutôt que du côté de « l'Amérique nous a tout donné, nous devons la défendre » ; si elle était la fille de deux libéraux convaincus, Eddie et Lisa, et non de fervents conservateurs, Sis et Sal ? Elle manifestait avant de le connaître, oh oui ! Et elle avait respiré des gaz lacrymogènes, brandi des calicots et hurlé des slogans à en perdre la voix. Elle ne lui en avait jamais parlé. Rien qu'un petit mensonge véniel. Le seul entre eux pendant tant d'années !

Sans tambour ni trompette n'était qu'un film – un film de plus, selon Chassi. Mais ce film traitait du seul sujet tabou dans le couple d'Eleanor et Jimmy. Un sujet piégé : le Viêt-nam.

Ionie se glisse hors du lit. Al dort sur le dos, un bras sur le visage, avec ce petit bruissement des lèvres caractéristique du profond sommeil. Elle tire avec précaution les draps froissés sous ses jambes et ses pieds, et le recouvre. Il grogne et roule sur le côté. Elle se baisse et effleure doucement sa joue de ses lèvres ; il sourit, les yeux fermés.

— Où vas-tu, Texas ?

— Aux toilettes.

— Hum, hum.

Un soupir et sa respiration reprend son rythme régulier. Il s'est rendormi.

Elle foule le sol de la salle de bains de ses pieds nus, ferme la porte, s'installe sur le siège. Elle n'actionne pas la chasse d'eau (trop bruyante), passe un gant de toilette savonneux entre ses cuisses. Puis elle s'éclabousse le visage, examine ses épaules et ses seins dans le miroir, jette un coup d'œil à ses sourcils, se penche en avant pour apprécier la blancheur de ses dents.

Al ne sait pas. Il ne soupçonne rien, et même s'il l'interrogeait, elle ne dirait rien. Plus jamais elle ne reverra Jones. Cette histoire n'est rien. Rien, moins que rien ! Une sorte de folie passagère dont elle a été victime. Sa vie a repris son cours normal : des *latte* à servir, des cours de théâtre et de yoga, des auditions et Al. Jamais il ne saura. *Jamais.* N'est-elle pas actrice, que diable ? Elle observe son visage de trois quarts, remonte ses cheveux au-dessus de sa nuque et sourit.

9

Le côté droit de la page est encore blanc ; Chassi ne voit aucune raison de ne pas tourner ce film. Elle se demande même pourquoi elle commence cette liste. Pourquoi se désisterait-elle maintenant ? Elle ne peut pas faire ça à son père et, d'ailleurs, pourquoi le ferait-elle ? Le côté des inconvénients reste blanc ; du côté des avantages, elle a griffonné : *travail, scénario génial, réalisateur dans le vent, rôle super.* Chassi pose son stylo. Les avantages et les inconvénients d'un tournage, les avantages et les inconvénients de tout. Suivant les conseils de sa mère, elle dresse des listes. D'ailleurs, quels sont ses projets pour le mois d'août ? Aucun, à part son travail.

Elle se lève de son bureau, traverse la pièce, regarde la piscine par la fenêtre. Baudelio et son fils, Andrew, travaillent au jardin. Ils taillent, arrosent, ratissent, mais les sons paraissent étouffés, comme s'ils traversaient un filtre, comme si elle se tenait dans une bibliothèque, comme si quelqu'un venait de mourir. Baudelio et Andrew…

« Andrew n'est pas un nom espagnol.

— Parlons plutôt du tien. Un "châssis", je crois que c'est la carcasse métallique d'une voiture…

— Tais-toi, Andrew.

— C'est toi qui vas te taire ! »

Elle le poursuivait à travers les pelouses. Il tenait le tuyau d'arrosage, mais elle était la fille du *jefe*, le patron, donc ils ne jouaient pas à armes égales.

« *Eso es todo, Andres, cállese !* » claironnait Baudelio à travers les roses, obligeant Andrew à se taire.

Son père n'aimait pas que son fils s'approche trop de « la fille du patron ».

Baudelio a maintenant le genou en trop mauvais état pour tailler les rosiers. Depuis sa chaise longue, il conseille Andrew.

— *Ya sí*, Poppi, je sais.

Baudelio, les yeux fixés sur les roses, à l'affût de la moindre erreur du jeune homme. Andrew a vingt-quatre ans, un an de moins que Chassi, et un diplôme de gestion du Santa Monica College. Mais sa seule ambition consiste à prendre la suite de son père. Charmant Andrew, aux jambes longues, au sourire communicatif et aux cheveux de jais, qui embaument l'engrais et les plantes.

— Salut, Andrew ! lui crie Chassi de la fenêtre.

Son visage s'éclaire d'un sourire.

— Salut, Chass.

— *Cómo está*, Baudelio ?

Le vieil homme soulève son chapeau pour protéger ses yeux.

— *Bien, niña, bien !*

Il ne va pas bien. On a failli l'amputer d'une jambe l'année précédente, mais il répond toujours ainsi.

Elle lui adresse un signe de la main. Il dit un mot à Andrew et la taille des rosiers se poursuit paisiblement. Chassi quitte la fenêtre, retourne à son bureau, soulève son stylo. *Ay Dios*, ils ont vécu de grands moments ensemble, songe-t-elle en souriant.

A cinq et six ans, ils enterraient sa poupée dans le jardin, la faisaient flotter dans la piscine et coulaient systématiquement le G.I. Joe avec un râteau attaché à son pied. A sept et huit ans, ils se poussaient à tour de rôle dans la brouette, se cachaient dans la fosse du barbecue de Sally, toussant à cause du charbon de bois, et affrontaient la colère de Baudelio après avoir écrasé les gerberas pendant une bagarre à coups de poings. A neuf et dix ans, ils décidaient de devenir espions et exaspérèrent tout le monde, un été durant, en ne parlant qu'en langage codé. A dix et onze ans, ils volaient la camionnette de Baudelio dans l'allée et ne faisaient demi-tour que trois pâtés de maisons plus loin. Quand la mère de Chassi mourut, ils avaient onze et douze ans : Andrew, assis à côté d'elle sous l'abri de jardin, lui effleurait timidement les doigts tandis qu'elle sanglotait. A treize et quatorze ans, ils s'embrassaient dans le cabanon. A quatorze et quinze ans, ils se faufilaient à travers la cuisine, à l'insu de Tia, pour aller observer minutieusement chaque parcelle de leur corps sur le lit de Chassi. A seize ans, elle était sûre de l'aimer et, à dix-sept, il le pensait, lui aussi. Ils firent l'amour pour la première fois cet été-là, dans la voiture de Chassi. Quand elle eut dix-huit ans, il se trouva une petite amie mexicaine, Blanca, parce qu'ils savaient tous les deux qu'il n'existait pas d'autre solution.

« Chassi Jennings et son jardinier mexicain, commenta Andrew, appuyé avec elle sur la camionnette de son père. *Ay Dios*, un récit brûlant que vous achèterez à la caisse en sortant, en même temps que vos lames de rasoir et votre chewing-gum... »

Il avait pris le fort accent mexicain qui la faisait rire. Il est né à Los Angeles, y a grandi et parle donc sans accent. Un pur produit de la Californie, comme Chassi.

« Trop nasillard, avait-elle dit en plongeant son regard dans ses yeux noirs.

— Trop hollywoodien », repartit Andrew, ses mains en coupe autour de son visage.

Mais ils ne rirent pas.

A vingt-trois ans, il épousait Blanca. Quand Chassi se pencha pour l'embrasser sur la joue dans la file des invités, elle sentit son cœur battre à travers la veste de son smoking. Ils dansèrent une fois ensemble, puis elle prit trois margaritas au bar. Ils ont aujourd'hui vingt-quatre et vingt-cinq ans. Blanca est enceinte. Ils gardent leurs distances et, selon une règle non écrite, laissent toujours au moins quatre buissons de roses entre eux.

Chassi reste un instant assise, immobile, à son bureau. Elle s'imagine discutant avec Andrew, entre les buissons épineux et fleuris, des avantages et des inconvénients de ce tournage – sous le regard toujours attentif de Baudelio. Elle soupire. Allons, il faut s'y mettre !

Ses yeux parcourent à nouveau sa liste : *travail, scénario génial, réalisateur dans le vent, rôle super*. Un rôle tenu par sa mère quand elle venait de fêter son neuvième anniversaire. Elle ne se rappelle plus très bien ; ça ne la concernait pas vraiment, c'était le travail de sa mère.

« Viens me faire réciter mon rôle, ma chérie.

— Tu l'as appris ?

— Petit tyran, déclara Sally en riant. Allons, viens aider ta pauvre maman. »

Elle tapotait la causeuse à côté d'elle. Elle avait pris cette habitude depuis que Chassi savait lire.

« J'espère que tu le sais, sinon je ne viens pas.

— Je le sais, je le sais. »

Chassi scrutant le visage de sa mère.

« Maman, ne mens pas… »

Sally lui rendant son regard.

« Comment veux-tu que je le sache si tu ne m'aides pas ? Tu es injuste.

— Apprends-le toute seule.

— Non », dit Sally.

Debout sur le pas de la porte, Chassi observait sa mère.

« Dix minutes. Je te donne dix minutes, pas plus. »

Chassi traversait le salon pour s'asseoir à côté de Sally, qui l'attirait contre elle. Gardénias et rouge à lèvres, seins et hanches.

« Que fais-tu dans dix minutes ? Aurais-tu un rendez-vous galant ?

— Je dois retrouver Andrew dans le jardin.

— Ah, je vois. Rendez-vous d'amour au milieu des fleurs. »

Sally s'amusait à tirailler la queue de cheval de sa fille.

« Maman, laisse-moi tranquille.

— Offusquée ? Tu l'aimes bien ton Andrew, hein ! »

Des ongles orange, de forme ovale, enserrèrent doucement le genou croûteux de Chassi, se recourbèrent autour de sa rotule comme une araignée. Les ongles de sa mère allaient d'avant en arrière, pareils aux pattes de l'insecte. Elle pouffa de rire et tenta de s'échapper.

« Arrête de me chatouiller. Ne fais pas l'araignée ! (Le délicieux tourment provoqué par les mains de Sally.) Nana dit que tu ne dois pas me chatouiller.

— Qu'est-ce qu'elle en sait ? »

Chassi poussa un cri perçant.

« Si tu continues, je ne t'aide pas ! »

Chassi criait toujours, et Sally rit tandis qu'elles se chamaillaient.

« Bon, je ne t'aide pas, dit Chassi en roulant sur le plancher, écarlate et ravie.

— Tu m'aideras après le dîner, Uta Hagen [1]. »

Chassi rentra sa chemise dans son short.

« Qui est Uta Hagen ? »

Sally sourit.

« Toutes mes amitiés au *señor* Andrew !

— Au revoir, m'man.

— Ne fais rien d'inavouable ! »

Chassi pivota sur ses tennis de la manière la plus théâtrale possible. En fonçant dans le vestibule, elle entendit résonner le rire de sa mère.

« Adieu, maman ! » Le visage de Sally, rayonnant d'amour pour sa fille. Rouge, rose, vert et or.

C'est ce rôle que Chassi doit apprendre. Elle se cale dans son fauteuil, sa liste lui échappe et glisse silencieusement à terre.

On fait le casting de *Sans tambour ni trompette*. Ionie meurt d'envie d'avoir un rôle.

— C'est un grand film, il leur faut un nom, mon chou.

Un nom, un nom !

— Bon, dis-leur que je suis Carole Lombard ressuscitée.

— Très drôle.

— Je suis en fait la sœur jumelle de Drew Barrymore. On nous a séparées à la naissance. (Silence sur la ligne.) Une cousine de Winona Ryder ? Et si tu leur faisais croire, Nicki, que je suis Daisy Monk ?

— Très drôle. Ils refuseront de te recevoir, mon chou.

— Mais je ne demande pas le rôle principal ! Si tu leur montrais la cassette du film de la semaine...

Nicki, d'un ton à peine irrité :

---

1. Héros de la mythologie germanique.

— Ils ne me donneront pas de cassette.

— Pourquoi pas ?

— Parce qu'ils veulent le faire passer au festival de mai.

— Ils pourraient te confier au moins un extrait, non ?

Nicki, manifestement irritée :

— J'ai essayé, Ionie.

— Si tu leur disais que ça me permettra de trouver un job ?

— Voilà qui devrait les convaincre, ricane Nicki.

Ionie arrache d'un coup de dents une peau sur un de ses ongles.

— Nicki...

— La chaîne se fiche pas mal que tu trouves un job ou non. Pour eux, tu ne comptes pas. Tu es une quantité négligeable.

— Je croyais qu'ils m'appréciaient et qu'ils trouvaient le film épatant !

— C'est exact. D'ailleurs, ils se mettent en quatre pour...

Ionie entend l'écho d'un haut-parleur dans le bureau de Nicki : son assistante la prévient que quelqu'un est en ligne.

— Demande-lui d'attendre un instant, dit-elle en éloignant ses lèvres du téléphone. Ecoute, mon chou, j'ai d'autres projets pour toi, reprend Nicki. Une apparition en vedette américaine dans *Boots and T.G.*, une émission-pilote de l'un de mes scénaristes. Vraiment bonne ! Ecoute, il faut que je prenne cet appel. Ne bouge pas, je te joindrai plus tard. Salut.

Un déclic. Elle a raccroché avant que Ionie réponde à son salut.

Ils ont déjà Chassi Jennings dans le rôle principal. Il s'agit du troisième rôle, après Chassi et son partenaire. Pourquoi leur faut-il encore un grand nom ? Ionie referme

119

son téléphone portable, le fourre dans son sac et démarre. Elle sort du parking de la supérette à reculons, et son regard traverse les pochettes en plastique qui contiennent les chemises propres d'Al. Il y a certainement des vapeurs d'essence. Sa Datsun empeste comme une pompe ambulante. Elle devrait changer de voiture – et aussi d'appartement. Elle va être en retard à son cours de yoga, donc en retard pour rentrer chez elle prendre sa douche et en retard à Cuppa Joe.

Ce rôle l'attire. Quoi qu'en dise Nicki, elle doit tenter sa chance. Elle soupire, quitte Beverly sur la gauche à La Cienega et dépasse un autobus. Elle aurait dû parler à Chassi Jennings le jour où elle l'a vue sur le plateau. Mais à quoi bon ?

« Bonjour, je travaille à Cuppa Joe, là où vous vous asseyez face au mur, en laissant votre cappuccino refroidir. Oui, c'est moi qui vous apporte votre sucre. Pardonnez-moi de vous déranger, mais j'aimerais tellement être votre partenaire dans votre prochain film. En réalité, je suis actrice. Vous ne saviez pas ? »

Elle tapote le volant, appuie sur les boutons de la radio. Avec sa carte de crédit, elle a acheté un téléphone portable, quelques vêtements et emmené Al dîner au Toscana, en espérant lui faire plaisir. Quelle erreur !

« Vingt-six dollars pour du veau. Pas question !

— Nous célébrons un grand événement.

— Non, pas question. »

Le maître d'hôtel passait à côté de leur table et hocha la tête.

« Al... »

Elle lissa sa nouvelle robe, sourit, s'installa plus confortablement sur son siège. Des fleurs, le murmure des conversations. La nappe de lin frôlait ses genoux. Etre

reconnue par le maître d'hôtel, disposer de sa table personnelle, venir souper à la fin d'un...

« Je connais des endroits à Jersey où on a deux côtelettes
de veau, deux garnitures *et* une bouteille de vin pour moins
de vingt-six dollars. »

Deux petites rides se creusaient entre les yeux bleus
d'Al.

« Chéri, nous ne sommes pas à Jersey.

— C'est dommage. »

Il soutint son regard et elle baissa les yeux pour parcourir
le menu.

« Commande autre chose si ça te choque, suggéra-t-elle.

— On nourrirait une famille entière pour cette
somme ! »

Est-elle censée passer le reste de sa vie à manger du
poulet-frites avec lui dans des gargotes ?

« Prêts ? » demanda le garçon.

Il consultait son texte comme s'il s'agissait d'un rôle.
Sans doute un acteur ; Ionie leva les yeux vers lui. Son
accent italien était-il authentique ?

« Ce soir, comme spécialité, nous proposons des *cala-
mari fritti* avec une délicieuse sauce *diabolo*. »

Al gardait les yeux fixés sur Ionie.

« Une minute, s'il vous plaît.

— Certainement, monsieur. »

Ce garçon, un acteur peu doué !

« Ça ne me dit rien, grommela Al.

— A moi non plus. »

Al repoussa sa chaise.

« Alors, partons !

— Al, je t'en prie !

— De quoi me pries-tu ? Partons d'ici ! Je ne payerai pas
vingt-six dollars pour une côte de veau. »

Ionie sentit son cœur tambouriner dans sa poitrine.

« Mais ce n'est pas toi qui payes, c'est moi. »

Mon Dieu ! Et qu'attendait cet abruti, debout devant leur table ? Une invitation gravée à prendre congé ?

Al exigea des spaghettis « nature ». Un homme qui mettait du Tabasco et du Pickapepa sur tout ce qui ressemblait à de la nourriture ! Cet homme qui portait une nouvelle veste de sport et une nouvelle chemise – qu'elle lui avait offertes pour cette occasion – dit « nature » et insista sur ce mot ! Les spaghettis arrosés d'huile d'olive ne figuraient même pas sur le menu ! Elle commanda un risotto avec des champignons et une salade, dont elle laissa une grande partie dans son assiette.

Envolée, sa capacité d'avaler ou plutôt de savourer. Ils auraient mieux fait de partir : la fête se muait en une épreuve de force. Voyant qu'elle évitait l'affrontement, Al promenait ses spaghettis autour de son assiette en porcelaine italienne, boudait, marmonnait, ne voulait ni vin, ni bière, ni eau gazeuse. Une carafe d'eau du robinet ! Il se comportait comme un gamin de sept ans. Sa lèvre pendait littéralement sur la table, d'une manière presque comique, et s'il s'était entendu, il aurait peut-être ri de lui-même. Peut-être pas... Il ne comprenait rien au monde d'Hollywood, il se gaussait de son envie de sortir pour se montrer.

Qu'attend ce crétin pour avancer ? Ionie klaxonne, le type se retourne et lui fait un bras d'honneur. Quelle délicatesse, quelle amabilité ! Los Angeles tout craché. Il se rabat sur la gauche, elle appuie sur l'accélérateur, et sa Datsun rend l'âme au milieu de la rue comme si quelqu'un lui avait donné le coup de grâce. Un coup sur le contact. Rien, pas un grincement. Silence. Non, pas ça ! Des gouttes de sueur sur sa lèvre supérieure. Elle hoche la tête, incrédule. Ne sois pas ridicule, Ionie, tu vas redémarrer. Elle tourne la clé. Sa voiture a réellement rendu l'âme, elle n'aura plus qu'à y planter des géraniums. On fera un petit enterrement de bon ton, sans doute à Forest Lawn : on mettra doucement sa Datsun en terre. Elle sera vêtue de noir, le visage derrière un voile. La femme derrière elle klaxonne. Elle se retourne, lui fait un bras d'honneur et sort de son véhicule.

La même, plus tard. Chez elle. Mon delco, mon allumage… « Ma sœur, ma mère », comme dit Evelyn Mulwray à Mr Gittes quand il la gifle dans *Chinatown*. Ionie sourit d'un air sarcastique, bourre de coups de poings le dossier du canapé. Une histoire absurde ! Un problème de delco et d'allumage, a conclu le mécanicien après qu'elle eut appelé la dépanneuse – trente-huit dollars pour une satanée dépanneuse, parce qu'elle ne possède pas de carte de l'AAA.

Al insiste pour qu'elle en prenne une. Elle était sur le point de le faire, mais elle a oublié de téléphoner. C'est absolument désespérant, sa Datsun tombe en miettes. Il faudra bientôt retenir les roues avec du Velcro, nouer un foulard de soie autour du capot, et Rudy finira par la virer de Cuppa Joe à cause de ses nombreux retards. « Encore une panne ! » Il ne la laisse pas en paix depuis son retour : « Auriez-vous l'amabilité d'aller chercher quelques cuillers au fond de la salle, Miss Bankhead ? Pourrions-nous vous demander un autographe, Miss Davis ? Voulez-vous faire mousser ce lait, Miss Pickford ? Passez la serpillière dans ce coin, Miss Bergman, je vous prie. » Elle imagine sa jubilation le jour où il la virera. Elle marche de long en large dans son appartement en pensant qu'elle devra chercher un autre job. Pourquoi ne peut-elle pas exercer son vrai métier ? Elle est actrice ; il lui faut un travail d'actrice. Elle déteste ce café. Elle doit tenter sa chance pour ce rôle.

D'un coup de poing, elle ouvre son sachet de chips et en fourre une poignée dans sa bouche. Il n'y a pas de quoi en faire un drame. Vraiment pas de quoi ! Elle tourne autour

du canapé, s'arrête devant la table basse et baisse les yeux.
« David Jones » figure en toutes lettres sur le premier
feuillet de la liste de l'équipe de tournage. *David Jones,
directeur de la photographie. Domicile : 818-777-6823. Bip :
818-587-6762.* Ionie s'assied, soulève le combiné, essuie
du dos de sa main ses lèvres qui ont un goût de sel.

Elle compose les trois premiers chiffres du bip. Pourquoi dramatiser ? Elle va simplement lui demander s'il
peut l'aider. Après tout, elle doit penser à son avenir,
5-8-7, faire son possible pour tenter d'obtenir ce rôle,
6-7-6-2. Le signal se déclenche, elle raccroche.

Elle se lève, soupire, croise les bras sur sa poitrine. Maintenant, elle n'a plus qu'à attendre que le téléphone sonne.
Le travail avant tout.

Les dimanches sont éprouvants. Elle a beau lire le *New
York Times*, le *Los Angeles Times*, prendre un café et un
bagel, classer le courrier de la semaine, les magazines et les
catalogues, se refaire un café, arroser les marches de
l'entrée, tapoter les coussins du salon, faire le lit, rincer la
cafetière, prendre une douche, il n'est encore que dix
heures cinq.

Eleanor se rend à Fashion Square, dans la vallée, toutes
vitres baissées, les cheveux gonflés par un souffle d'air
chaud. Elle parcourt les allées du centre commercial,
prend des paquets de collants et les remet en place, laisse
sa main traîner sur les sweaters de cashmere, essaye des
chaussures. Un moment, elle observe les gens entre deux
bouchées d'un bol de poulet *teriaki* avec du riz. Tout le
monde lui paraît grincheux – les bébés pleurnichent, les
mères punissent et les maris grognent, comme s'ils avaient
besoin d'un bain et d'une boisson fraîche. Elle va chez
See's et fait la queue pour acheter un marshmallow, un

moka et peut-être une seule bouchée au chocolat. Ou un caramel. « Une bouchée », dit-elle à la femme en uniforme à manches ballon.

Elle erre dans Bloomingdale's, agrippée à son petit sachet blanc de sucreries. En général, le sucré ne la tente pas, elle préfère le salé – les bretzels et les chips –, mais elle n'a jamais pu résister à See's. Lapins en chocolat pour la corbeille de Pâques de Caroline, amandes en chocolat enveloppées de papier d'argent coloré, pères Noël et rennes en chocolat, boîtes en forme de cœur doublées de velours écarlate offertes par Jimmy pour la Saint-Valentin, trèfles de chocolat vert à la Saint-Patrick, camion de See's en fer-blanc, empli de sucettes au café, qu'elle pose sur son bureau, et de temps à autre une friandise qu'elle rapporte à la maison.

Elle s'est aspergée de Dolce & Gabbana et songe à aller dans la salle de bains pour se rincer avant que sa migraine empire. Quelle idée de se parfumer ainsi ! Elle dégage la mèche de cheveux tombée sur son front, se frotte la tempe, et Caroline lui apparaît à l'autre bout du magasin. Elle lâche son sachet de sucreries et ne se penche même pas pour le ramasser. Ses membres se figent, semblables à ceux des mannequins en plastique, près des escalators.

Sa Caroline se tient de l'autre côté du rayon des cosmétiques, seule au stand Lancôme. Grand Dieu, elle a coupé ses cheveux ! Ses boucles folles ont disparu, plus de mèches vagabondes s'échappant de son lourd chignon, mais une coupe très courte et tout à fait « mode », qui tient grâce à un gel comme dans la publicité. Un jean, un tee-shirt bleu pâle, décolleté en V. Sans voir ses pieds, Eleanor a la certitude qu'elle porte des sandales. Elle se trouve trop loin pour qu'elle puisse dire si elle est maquillée ou non. Sa Caroline de toujours, avec ses épais cheveux bruns – coiffés différemment –, les immenses yeux ronds de

Jimmy, son petit nez, ses seins plus développés que ceux de sa mère, ses hanches plus étroites, son allure superbe, et son visage ouvert et émouvant. « Regarde comme elle est belle, on dirait un cadeau de Noël ! » s'écria Jimmy à sa naissance.

Toujours immobile, Eleanor la dévisage près de cinq minutes, tel un espion sans son feutre, Columbo sans son trench-coat. Elle observe sa fille, que dissimule l'étalage de rouges à lèvres Lancôme. Comme toujours, elle est spectatrice.

« Veux-tu que je t'aide ?

— Non, papa m'aidera.

— Je vais te conduire, Caroline.

— Non, j'irai avec papa. »

Et toujours :

« Papa va bientôt rentrer ? »

Le corps musclé de Jimmy installé dans la minuscule chaise rose, devant la minuscule table rose. Il boit un thé invisible dans une tasse de porcelaine miniature avec Caroline et deux poupées. La grosse patte de Jimmy poussant un petit personnage en plastique dans la maison de poupées. La voix de Jimmy, au moins trois octaves plus aiguë que d'habitude, tandis qu'il se plie en quatre et joue à la jeune demoiselle du Sud. Eleanor est là, en observatrice. Le dos contre l'un des montants de la porte, elle sent la fraîcheur du plâtre entre ses omoplates.

Jimmy plantant un jeune arbre avec Caroline. Sa grande main et la menotte enfantine sur le manche de la pelle. Ils creusent un trou pour l'arbrisseau. Jimmy poussant Caroline sur la balançoire, l'éclaboussant avec le tuyau d'arrosage. Jimmy dessinant une marelle dans l'allée et sautant avec sa fille, le nez barbouillé de craie rose. Eleanor les regarde du haut des marches, les pieds nus sur le ciment rugueux. Jimmy courant à côté de Caroline sur sa nouvelle bicyclette bleue et hurlant, quand elle garde l'équilibre, comme si l'équipe des Dodgers ressuscitait ; pendant ce temps, Eleanor restait seule devant le garage, les bras chargés des stabilisateurs. Jimmy assis avec Caroline sur le sol de la cuisine et lui apprenant patiemment à séparer les jaunes des blancs dans deux saladiers. Jimmy lisant et relisant la même histoire, tenant la tête de Caroline au-dessus de la cuvette des toilettes, lui fredonnant des chansons pour l'endormir. Eleanor assistait à tout cela de la salle à manger, du jardin derrière la maison, du vestibule. A partir de quand joua-t-elle ce rôle de témoin, de lointain spectateur ?

Caroline achète, semble-t-il, du mascara, échange quelques mots avec la vendeuse, reprend sa carte de crédit et s'en va avec son emplette. Son habituelle démarche décidée, typiquement Costello.

« Tu viens faire les courses avec moi ?

— C'est trop long, m'man. »

« Qu'est-ce que tu me veux, m'man ? »

« Laisse-moi tranquille, m'man. »

« Séparons-nous, maman ; ne m'appelle pas. »

« Ne m'appelle pas. » Caroline se dirige vers la sortie, derrière deux femmes du même blond platiné. Il n'y a plus ni père ni mari maintenant. Elles se retrouvent seules, les deux « femmes » de Jimmy, séparées telle une coquille d'œuf de son contenu.

Eleanor se penche pour récupérer ses sucreries et engloutit le tout avant d'arriver à sa voiture. Pour Caroline, Jimmy équivalait au plat de résistance, Eleanor, à un simple accompagnement. Une petite gâterie superflue, quelque chose de bon, mais dont on pouvait se passer – comme d'un dessert après la viande et les légumes.

10

Ionie décroche le téléphone à la seconde sonnerie.

— Allô ?

— Je vois que tu n'as plus besoin de parler à ta maman, maintenant que tu es devenue une grande star, dit Kitty Ray.

— Maman…

— Ça fait au moins trois jours que tu m'as raccroché au nez parce que tu attendais un appel plus important. Tu m'as dit : « Je te rappelle tout de suite, m'man. »

— Je…

— Ton père a décrété qu'il finirait par m'utiliser comme porte-chapeaux si je persistais à rester assise à la même place.

— Maman !

— Ionie ?

— Je te demande pardon de ne pas avoir rappelé.

— Très bien.

Ionie sourit : il n'en faut pas beaucoup pour satisfaire sa mère.

— Alors, c'était quoi ce coup de téléphone si important ? Al ?

— Non... C'était... (Ionie s'interrompt.) A propos d'un job...

— Une audition ?

— Hum, hum.

— Une audition pour quoi ? demande Kitty Ray.

— Quoi ?

— Chérie, je te dérange ?

— Hum.

— Alors, dis-moi quand a lieu cette audition.

Ionie marche autour de la pièce, son téléphone à la main.

— On ne m'a pas encore convoquée.

— Pourquoi ?

— Parce que.

— Ionie, que se passe-t-il ? Cette conversation me paraît aussi difficile que de t'arracher tes dents de lait.

Ionie ne perdait pas ses dents de lait. On ne parvint pas à les faire tomber en tirant dessus avec un fil, comme pour les autres gosses. Selon une des légendes de la famille St John, le vieux Dr Mark, en désespoir de cause, les arracha une à une. Leurs racines étaient si vigoureuses que, d'après Kitty Ray, il fut obligé de faire levier, un pied pratiquement posé sur son fauteuil.

— Désolée, j'allais sortir.

Silence.

— J'ai un cours.

— Mais qu'en dit ton agent ? C'est un grand rôle ?

— Je rappelle plus tard. Promis !

— Tu as un problème, Ionie ?

— Non, maman, mais il faut que je parte.

— Je t'embrasse, ma chérie. Fais ton possible pour

passer cette audition. Et rappelle-toi que tu n'as pas de temps à perdre.

— Je t'embrasse moi aussi, maman, répond Ionie en raccrochant.

— Je ne veux pas tomber amoureux, dit Jones.

Elle se contente de le regarder dans les yeux.

— Je ne pourrais pas quitter ma famille.

Que s'imagine-t-il ? Elle le rassure :

— Je ne veux absolument pas que tu quittes ta famille.

Il semble en forme. Très bronzé. Il revient, paraît-il, d'un terrible tournage dans la jungle mexicaine, au nord de Manzanillo ; des nuits terribles avec des tas d'insectes.

— Des centaines ?

— Des dizaines de milliers. Recouvrant tout, se faufilant entre les caméras.

— Je suis contente d'avoir fini mon sandwich.

Il hoche la tête en souriant.

— Je n'avais jamais vu ça de ma vie.

Elle lui rend son sourire.

— Tu es encore jeune, Jones.

Embarrassé, il baisse légèrement les yeux. Quel charme ! constate Ionie.

— Il y en avait vraiment partout.

— Pas sur les gens ?

— Surtout sur les gens ! On nous a versé une prime de risque.

Ionie éclata de rire.

— Tu plaisantes ?

— Soixante dollars par jour, ou plutôt par nuit.

Elle mange une miette des chips restées sur son assiette.

— Tu n'as pas eu envie de partir ?

— Pas question !

— Pourquoi ?

— C'était mon boulot.

Ses mains sur la table. Ses doigts hâlés serrent la cuillère. Une conversation à bâtons rompus, qui tourne autour du pot, car ils évitent de parler de ce qui leur arrive, comme d'une mauvaise odeur dans une pièce.

— Reprenez-vous du café ? demande la serveuse.

— Non merci, fit Jones. Une autre coca-cola, Ionie ?

— Non merci.

— Un dessert ?

— Jamais !

Il rit.

Adria – son nom figure sur son badge – enlève un sachet de sucre déchiré, dépose l'addition et s'éloigne. Adria, dans son uniforme rose, avec une pochette de dentelle plaquée sur sa poche de poitrine, ne les a pas remarqués. Ils ne l'intéressent pas. Elle attend la fin de son service, comme Ionie à Cuppa Joe.

Cuppa Joe, Rudy, le delco et l'allumage, Al, son appartement... Elle regarde Jones dans les yeux.

— Bon, dit-il, dans l'expectative.

— Bon, dit-elle en repliant sa serviette.

Elle prend une inspiration et sourit.

— Jamais je ne t'aurais rappelée, marmonne Jones.

— Non ?

— Je n'ai pas cessé de penser à toi, mais je ne t'aurais pas rappelée.

Elle pose sa serviette. Oh, mon Dieu, une minute !

— Je ne veux pas tomber amoureux de toi, répète-t-il en caressant de son pouce le dos de sa main. Pour rien au monde je ne quitterai ma famille.

— Ce n'est pas non plus ce que je souhaite.

Elle souhaite qu'il l'aide à se présenter au casting, qu'il lui procure un extrait de son film pour qu'elle puisse le montrer, qu'il parle d'elle s'il connaît le producteur, le réalisateur ou qui que ce soit. Elle attend aussi qu'il la conseille, qu'il lui apprenne les ficelles du métier. Il a quarante-deux ans, après tout, et il a débuté à son âge. Il doit posséder de nombreuses relations dans le milieu du cinéma et savoir tout ce qu'il est nécessaire de savoir.

— Soyons simplement amis… Ma parole, ajoute Ionie, on se croirait dans un film de série B. « Soyons simplement amis », dit l'ingénue.

Un fugitif sourire retrousse les commissures des lèvres de Jones.

— Sais-tu qu'il existe un objectif appelé l'« angénieux » ?

— Pour une caméra de cinéma ?

— Oui.

— Quel genre d'objectif ?

— Oh, de vingt-cinq à cinquante-cinq, surtout en zoom. Il est français.

— On l'utilise peut-être pour filmer des « ingénues », plaisante Ionie.

Jones, le visage chamboulé par l'émotion :

— Je suis fou de toi, Ionie. Tu es vraiment… extraordinaire.

Il la regarde avec une telle tendresse qu'elle voudrait caresser chacune des petites rides de son visage. C'en est trop. Elle ne sait plus où elle en est ni ce qu'elle fait. Il passe ses doigts autour de sa main. Elle l'observe en silence : son visage sympathique, ses épaules anguleuses, son long corps plié en deux dans le box du restaurant. Il est gentil, attentif, et… quoi encore ? Sérieux et mûr. Oui, c'est un adulte. Il possède une maison, une voiture, une carrière, des photographies de sa famille dans son portefeuille et, grâce à lui, elle se sent mieux. Au bout de deux heures en sa compagnie, elle croit que tout va lui réussir. Il la regarde, l'écoute d'une telle manière ! D'ailleurs, peu importe.

Tout semble si absurde à Ionie qu'elle est presque sincère quand elle referme ses doigts sur les siens et murmure à son tour :

— Moi aussi, je suis folle de toi, Jones.

Le déjeuner en compagnie de son père et de Robby Peroni eut lieu au Morton ; Chassi traversa la salle avec dix minutes de retard, indifférente aux regards qui pesaient sur elle.

« Bonjour, ma chérie », dit Saul en lui embrassant la joue.

Il tendit la main vers l'homme aux sourcils froncés, recroquevillé dans un coin du box en cuir vert olive.

« Chassi, voici ton metteur en scène. »

Puis, entourant la taille de sa fille d'un geste protecteur :

« Robby, je te présente ma fille. »

Petit, les yeux clairs derrière des lunettes à la John Lennon, les cheveux coupés en brosse comme s'il sortait d'un camp d'entraînement, une chemise à col boutonné dans le style des années cinquante, l'étrange personnage – un Italien né et élevé en Californie – posa sa tasse d'espresso, adressa un signe de tête à Chassi sans lui serrer la main et marmonna, d'une manière presque inaudible dans le brouhaha du restaurant :

« Ah oui ! »

Saul a choisi le fameux Robby Peroni, qui avait dirigé *Variety*, pour la mise en scène de *Sans tambour ni trompette*. Enfant chéri des critiques et du box-office, marié déjà trois fois et père de trois enfants, il approche de la trentaine. Aux actualités télévisées de onze heures, après le sujet principal, mais toujours avant les sports et la météo, il défraye souvent la chronique. Peroni, ivre et incapable de se contrôler, aperçu dans l'un des endroits suivants : The

Gate, le Key Club, Viper Room, etc. Entouré d'une majorité de femmes, parmi lesquelles ne figure aucune de ses trois épouses, il a en général démoli quelqu'un à coups de poings. Le fabuleux réalisateur à scandale dont tout le monde parle et ce type insignifiant sont-ils un seul et même homme ?

— C'est incroyable, dit Chassi, allongée sur le divan, à Eleanor. Il ressemble au dépanneur venu réparer le téléphone, au type du câble ou au pompiste qui vérifie votre niveau d'huile, mais dès qu'il ouvre la bouche, on dirait une encyclopédie. Il sait tout sur les réalisations de films, comme si le cinéma était son milieu naturel.

Eleanor n'a jamais vu sa patiente aussi exaltée. C'est la première fois qu'elle fait allusion à l'un des metteurs en scène avec qui elle travaille, et même à qui que ce soit en dehors de sa famille.

— Il a *tout* vu. Sans rire, il doit vivre dans une salle obscure.

Dans une caverne, comme les hommes de Neandertal, pense Eleanor.

— Bien sûr, j'ai lu ce qu'on raconte sur ses bagarres et son habitude de coucher avec toutes les femmes qu'il rencontre. Un mauvais garçon ! Mais on ne peut pas y croire quand on l'écoute.

Chassi pivote sur elle-même pour faire face à Eleanor ; ses yeux brillent.

— C'est d'ailleurs très, très difficile de l'écouter, parce qu'il chuchote presque. Il raconte des choses passionnantes. Saviez-vous qu'un jour où quelqu'un lui reprochait sur le plateau d'avoir pris du retard, John Ford déchira carrément dix pages du scénario ? Et il dit : « Maintenant, nous avons deux jours d'avance. » Ces dix pages, il ne les a jamais tournées. Vous vous rendez compte ?

Eleanor ne bronche pas, mais il est clair que Chassi n'attend pas de réponse.

— Des tas d'histoires que mon père doit connaître et qui circulent peut-être à Hollywood, mais que moi j'ignorais. Après le départ de papa, il a continué à me parler pendant des heures.

Chassi adresse à Eleanor le sourire lumineux qu'elle arbore habituellement à l'écran.

— Michael Curtiz, l'homme qui a tourné *Casablanca* – j'adore *Casablanca* –, était un juif hongrois qui s'appelait Kertész, et qui n'a jamais parlé anglais correctement. Il faisait des tas de confusions. Par exemple, quand il tournait *La Charge de la brigade légère*, il a dit : « Amenez les chevaux vides ! » au lieu de « sans cavaliers ». Charmant, non ? (Avec un grand sourire, Chassi imite à sa manière ce qu'elle croit être l'accent de Curtiz.) Dans je ne sais plus quel film, il dit : « Si j'avais besoin d'un imbécile pour faire ça, je m'en chargerais moi-même. »

Chassi replie ses jambes sur le divan, comme si Eleanor et elle étaient deux copines en train de bavarder dans une chambre en buvant un Coca-Cola.

— Il les a tous étudiés : Fellini, Renoir, Truffaut, Huston, Ford, Orson Welles et Cassavetes : et puis des réalisateurs japonais dont je n'ai jamais entendu parler : Yasujiro Ozu, Mizoguchi et Satyajit Ray, un Indien. Savez-vous qui était Sergueï Eisenstein ?

Eleanor hoche la tête, Chassi reprend sa respiration.

— Le plus génial de tous, d'après Robby. On n'a jamais pu voir l'un de ses films parce qu'il ne l'a jamais achevé… Je veux dire que depuis une trentaine d'années, deux types ont essayé de le monter comme il l'aurait fait, mais ce n'était pas possible car ils ne possédaient pas son génie. Ce film s'appelle *Que Viva Mexico !*. Savez-vous que celui qui l'a financé, Upton Sinclair, le célébrissime auteur américain socialiste, s'est présenté une fois comme gouverneur de Californie. Il a été battu. Il lui envoya son crétin de neveu au Mexique pour le surveiller pendant le tournage. Eisenstein, qui dessinait tout le temps, était si furieux qu'il réalisa de magnifiques dessins porno. L'un d'eux représentait Jésus sur la croix.

Chassi s'interrompt pour scruter Eleanor.

— Et vous savez, Marie... taille une pipe à Jésus. Une idée qui a dû passer par la tête de ce type incroyable... Comme le neveu de Sinclair l'exaspérait, il expédia le tirage du film en Amérique avec le dessin. Quand Sinclair le vit, il refusa de renvoyer la bobine à Eisenstein, en Union soviétique, pour le montage. Vous vous rendez compte ? Je suppose qu'Eisenstein n'avait pas toujours de bonnes manières, mais quelle hypocrisie de la part de Sinclair ! Cet ardent *muckraker* [1], qui refusait de rendre son film à Eisenstein !

Chassi reprend haleine un instant et ajoute :

— Robby connaît toutes ces histoires étonnantes...

— Qui était le réalisateur du film la première fois ?

Eleanor a oublié son nom, mais ce type n'avait-il pas remporté un Oscar comme la mère de Chassi ?

Chassi cligne des yeux, désorientée.

— Qu'est-ce que vous voulez dire ?

— Qui était le réalisateur de la première version du film ?

— De *Que Viva Mexico !* ?

— Non, de *Sans tambour ni trompette*. Qui a réalisé *Sans tambour ni trompette* la première fois ?

— John Thalosinos.

— Le même style que Peroni ?

---

1. *Muckrackers* : mouvement littéraire américain au début du vingtième siècle.

— Je ne sais pas.

— Il racontait beaucoup d'histoires ?

Chassi regarde fixement Eleanor.

— Vous ne vous en souvenez pas ? insiste celle-ci.

— Non.

— Je pensais que vous l'aviez vu souvent. Vous n'alliez pas rendre visite à votre maman sur le plateau ?

— J'étais petite.

— Dix, onze ans ?

Chassi décroise lentement ses jambes. Elle se tait.

— Vous ne vous souvenez plus de lui ? redemande Eleanor.

— Non, pas tellement.

11

Chassi a déjà vu une psychothérapeute auparavant – si l'on peut qualifier ainsi cette petite femme boulotte, avec un casque de cheveux blonds, qui lui parlait inlassablement de sa mère et de ses films.

Elle n'aurait pas su dire si Marion – « Oh, vous n'allez pas m'appeler Dr Ashley, ma petite ; mon prénom est Marion » – avait étudié les films de sa mère avant de la recevoir comme patiente ou après, pour impressionner Saul. Elle n'hésitait pas à réciter des dialogues – ou ce qu'elle prenait pour des dialogues – des scènes les plus célèbres jouées par Sally. Heureusement, elle ne tentait pas d'imiter son accent quand elle se livrait à cet exercice, et elle récitait toujours debout. Du haut de ses douze ans, Chassi la prenait pour une piètre comédienne. Malgré les efforts méritoires de Marion pour l'aider à exprimer ses sentiments, il était regrettable que son chagrin à la suite du décès de sa star préférée s'exprime parfois plus violemment que celui de sa patiente et occupe souvent le devant de la scène. Chassi vit Marion dans son bureau à fanfreluches une fois par semaine pendant sa sixième et sa cinquième. Une vieille tante, âgée et boulotte, plutôt triste et endormie, qui n'avait probablement pas d'amis...

Chassi scrute son visage dans le rétroviseur de sa BMW et change de file. C'est de l'histoire ancienne ; maintenant elle est adulte, une *grande fille*. « Quelle grande fille ! » disait sa mère. Sally, les bras en l'air à la table de cuisine ; la dernière goutte de lait, la dernière bouchée d'œufs brouillés, et elle pouvait lever les bras et s'écrier avec sa maman : « Quelle grande fille ! » Avait-elle l'habitude de battre des mains sur sa chaise haute, ou croyait-elle s'en souvenir à cause de la photographie dans le cadre d'argent du bureau de Saul ?

Chassi s'engage à droite sur Sunset Boulevard et rejoint les deux files de voitures luxueuses qui prennent à toute allure les tournants du quartier le plus chic de Los Angeles.

Le Dr Costello n'a rien d'une vieille tante abrutie et elle est tout sauf boulotte. Mais triste ? Chassi garde le pied sur l'accélérateur. Non. Elle contourne une femme dans une Mercedes Diesel et introduit sa puissante BMW dans la file de gauche. Si, peut-être un peu triste. Tout le monde est peut-être un peu triste ; ou seulement les gens qu'elle connaît ? Au fond, elle ne sait rien du Dr Costello. Eleanor. Le Dr Eleanor Costello. Le regard de Chassi oscille en direction du rétroviseur et se repose sur la route. Thalosinos. Quel souvenir garde-t-elle de Thalosinos ? Etait-il triste ?

Non. Il riait... et fumait des cigarettes. C'est ça, il tenait toujours une cigarette. Il parlait vite, faisait de grands gestes, donnait des explications, sa tête perdue dans un nuage de fumée. Elle cherche à se rappeler. Un jour, il avait cette petite tache de mousse à raser collée sur son visage pendant qu'il parlait, mais elle ne dit rien. Elle ne devait rien dire quand maman travaillait ; elle observait seulement. Des yeux noirs ? Ou peut-être gris ? Oui, gris.

D'épais sourcils, noirs et pointus, qui bougeaient comme les ailes d'un corbeau. Des cheveux touffus, bouclés et ébouriffés. Lui arrivait-il de se coiffer ? Et ces drôles de chaussures.

Chassi sourit, au volant de sa voiture rapide, dans le voile du crépuscule. Des *wallabees* ? Ça s'appelait comme ça ? Ou des *mukluks* ? Elle ne se rappelle pas le nom exact, mais il s'agissait de chaussures brunes, douces, souples et volumineuses. Il faudrait en parler au Dr Costello, qui apprécierait qu'elle se remémore ce détail ; elle serait même contente.

Des chaussures de peau, avec des lacets.

Elle sortit le crayon rouge-orangé de sa boîte – il avait la couleur des ongles des pieds de sa mère – et dessina le haut de l'arc-en-ciel. Les pieds nus de sa maman et les gros souliers bruns de Thalosinos, sous la table de la caravane. Allongée entre eux sur le ventre, Chassi dessinait, mais le tapis lui picotait les coudes. Elle posa son crayon et roula sur le dos. A l'envers, elle examina les jambes nues de sa mère, l'ourlet de son peignoir de bain au niveau des genoux, sa peau parfumée et constellée de taches de rousseur, la chaînette d'or qui scintillait autour de la saillie de sa cheville. Thalosinos portait des socquettes blanches, comme quand on joue au tennis. Papa, lui, ne mettait jamais de socquettes blanches avec des chaussures.

Chassi regardait du coin de l'œil les chaussures de Thalosinos. On aurait dit des bébés castors qu'elle seule pouvait entendre parler – un garçon et une fille. Elle resta allongée un moment, puis roula sur le côté, tendit la main vers la chaussure fille. Elle allait tirer sur les lacets et les nouer en forme d'yeux de bébé castor ; il ne sentirait rien, car elle était invisible sous cette table, tel un fantôme. Non, l'homme invisible, la fille invisible ou un génie sorti d'une bouffée de sa cigarette. Chassi, je suis Chassi, le génie invisible ! Elle tira sur le lacet et sa maman dit quelque chose en riant doucement. Elle sourit sous la table : elle adorait le rire de sa mère. Oh, Sally ! chuchota Thalosinos, et le pied de sa mère se leva, puis vint se poser sur le bébé castor. Les orteils frais et nus de sa maman, en se posant sur la douce fourrure de la chaussure, rencontrèrent la main de Chassi.

Assise à son bureau, Eleanor examine la page de son carnet de notes où elle a griffonné *Thalosinos* et, dessous, *Peroni* en lettres grêles. Ensuite, elle a esquissé maladroitement le profil de Chassi, qui ressemble plutôt à… A quoi ? Une chaussure ? Un pénis ? Elle sourit d'un air narquois, déplace son carnet, hésite à allumer. Il est grand temps de partir, et elle risque de s'attarder si elle allume. Elle se frotte le genou, se carre dans son fauteuil, le fait pivoter lentement en direction des fenêtres. Elle suit du regard la ligne des immeubles de l'autre côté de la rue.

Assez travaillé ! Elle a l'embarras du choix : rentrer chez elle, aller au cinéma, aller dîner, aller au diable. Elle soupire, s'étire, passe ses mains sur son visage et dans ses cheveux. Elle qui manquait toujours de temps en a trop maintenant – des gouffres immenses où plane le silence. Elle finit par détester les soirées, qu'elle préférait autrefois à tous les autres moments de la journée.

Jimmy rentrait avant elle à la maison. Du garage, elle entendait la musique. Des effluves d'ail ; une boisson, assise dans un fauteuil. Il faisait la cuisine et elle le regardait manipuler les casseroles, tandis que le bébé jouait par terre. Pour Eleanor, n'importe quelle tartine constituait un repas. Même si elle devait cuisiner pour Caroline parce que Jimmy était absent, elle mettait rarement le couvert pour dîner assise. Des macaronis au fromage, raclés dans la casserole en marchant autour de la cuisine ; quelques restes au fond d'une boîte en plastique, devant la porte ouverte du réfrigérateur ; une grappe de raisin sortant de sa poche ; un sac de chips dans son fourre-tout.

« En matière de nourriture, ta mère a tout d'une acrobate », disait Jimmy à Caroline. « Chérie, prends au moins une serviette », suggérait-il à Eleanor. Une serviette en papier. Mais quand il cuisinait, ils s'asseyaient à table, avec une nappe en tissu et de la vaisselle en porcelaine, parce que Sis lui avait appris les « bonnes manières ». Sa place se trouvait à côté de lui – et non en face, avec le bébé au milieu –, même quand Caroline était petite. Jimmy s'installait au centre, entre sa femme et sa fille. La crème sucrée entre les deux moitiés de biscuit.

Eleanor fait encore pivoter son fauteuil.

Elle a faim. Au diable Thalosinos et Peroni. Elle serait tentée par une pizza. Non, pas de pizza, un plat chinois ! Hong serait ravi. « Bonjour, docteur Eleanor. Ça me fait bien plaisir de vous voir. Du porc aigre-doux et des crevettes à la sauce de homard », réciterait-il avant même qu'elle ait ouvert la bouche. Les plats que choisissait Jimmy. Elle n'oserait pas lui dire qu'elle ne pouvait plus avaler une miette de porc aigre-doux et qu'une envie de vomir la saisissait à la simple idée de crevettes à la sauce de homard. Ce cher Hong. Il aimerait peut-être partager son repas. Elle pourrait le glisser dans l'un des petits cartons blancs et l'emporter chez elle avec le riz frit.

Au diable ! Il lui faut un repas mexicain. Des *enchiladas* dégoulinantes de fromage et ces affreux haricots. Toute cette graisse ! C'est pathétique ; rentre donc chez toi, Eleanor. Mais elle reste clouée dans son fauteuil.

« Tu sais bien que je ne mangerai pas ça, m'man. Toute cette graisse ! disait Caroline.

— Je pensais que tu accepterais de te régaler, pour le plaisir.

— J'aime bien ce que je mange. (Un silence, et la respiration de Caroline au bout du fil.) Papa aime la cuisine mexicaine, pas moi.

— Papa ne sera pas là ce soir. (Une fois de plus, Eleanor a été maladroite.) Bon, je vais acheter autre chose.

— Non, ça va.

— Et si tu nous préparais des légumes à la vapeur et ce riz que tu aimes bien ? »

Allons, ma fille, détends-toi un peu. Le téléphone coincé entre son menton et son épaule, Eleanor promenait son regard autour de son bureau ; devant elle, son sac, son carnet de rendez-vous, ses clés.

« Je t'assure que j'aime les légumes, sauf les choux de Bruxelles. Et les asperges. Je n'aime pas non plus les gombos, d'ailleurs. »

Ça y est, mon Dieu ! On plaisante, comme le font toutes les mères et toutes les filles du monde.

« Maman, tu détestes ça ! Ne t'embête pas pour moi, je vais plutôt sortir, ce soir... »

Elle n'avait pas dit « sortons ensemble » ou « retrouvons-nous quelque part ». Du calme, Eleanor, tais-toi.

Silence.

« Quoi ? » dit Caroline.

Le « quoi » de « Tu me veux quoi ? ». Et un ton cassant.

« J'espérais que toi et moi... (Attention, pas de gaffe !) J'aurais aimé que nous dînions ensemble pour parler.

— De quoi veux-tu me parler, maman ? »

Sa fille lui avait signifié qu'elle n'avait pas de temps à perdre : elle devait aller droit au but, risquer le tout pour le tout.

Eleanor s'agrippa à son sac et au combiné du téléphone, sa jambe écrasée contre le coin de son bureau. « Si nous parlions du gouffre immense qui nous sépare ? Du fait que tu as du mal à me supporter et que je le lis dans tes yeux. » Voilà ce qu'elle aurait dû dire.

« Je ne sais pas... Nous pourrions bavarder entre femmes, comme deux amies qui dînent ensemble », suggéra Eleanor.

Un pied après l'autre, surtout pas de précipitation. Eleanor entendait le souffle de Caroline, qui cherchait ses mots :

« Maman, je n'ai aucune envie de bavarder. Je vois où tu veux en venir, mais ça ne me dit rien.

— Bon, très bien », répliqua Eleanor.

Elle avait raté son coup et, une semaine plus tard, Caroline partait. Sa chambre jonchée de vêtements, comme si elle avait piqué une colère. Un mot, laissé dans la cuisine, annonçait son départ pour San Francisco avec Jono. Jono que Caroline avait rencontré quand il jouait à Berkeley. Jono, un Anglais, percussionniste pour un groupe appelé Demon Fever, et faisant de la musique dite « hard core ». Jono qui avait abandonné ses études depuis longtemps et qui appelait Caroline en PCV. Jono, âgé de trente-deux ans (et Caroline de vingt et un), qui ne possédait ni nom de famille ni adresse fixe où faire suivre son courrier, Jono au sujet duquel Caroline refusait de discuter, et qu'Eleanor et Jimmy n'aperçurent même pas.

Eleanor se lève, arrache de son bloc-notes la page sur laquelle elle a noté *Thalosinos* et *Peroni*, y jette encore un coup d'œil et la glisse dans le dossier de Chassi Jennings. Elle est trop fatiguée, trop affamée, trop vidée... Son sac sous le bras, elle empoigne ses clefs, tape sur la touche étoile et compose le 63 pour mettre son téléphone sur boîte vocale, puis elle se dirige dans le noir vers la porte de son bureau. Chassi Jennings, elle, apprécierait peut-être un repas mexicain bien gras, du porc aigre-doux et une mère à aimer.

Par le plus grand des hasards, Jones connaît bien Robby Peroni : ils ont tourné deux films ensemble. L'un quand Peroni venait de sortir de son école de cinéma : un court métrage à propos d'un homme qui marchait en dormant, intitulé pertinemment *Le Somnambule* ; l'autre, *Trucks*, qui ne remporta aucun succès au box-office, mais que les critiques encensèrent.

Ionie est sidérée : elle a vu *Trucks* trois fois, sans remarquer que Jones participait au tournage. Elle ne s'intéresse au générique des films que depuis son arrivée à Los Angeles.

Elle ignorait bien d'autres choses au sujet de Jones. Nominé pour *Trucks*, il n'obtint pas l'Oscar. Dire qu'elle connaît quelqu'un qui a eu cet honneur ! Il remporta deux Emmys et un Ace Award. Pour ce truc en noir et blanc – vantant les mérites du Pepsi basses calories – qu'elle adorait à douze ans, il reçut le prix réservé aux films publicitaires. Son frère mourut d'une crise cardiaque sur un terrain de basket-ball quand ils étaient tous les deux étudiants. Jones est un passionné de diététique et d'exercice, qui bannit de son régime le beurre, la crème, toutes les fritures.

— Pas même une coupe glacée au hot fudge ? s'enquit Ionie.

— Surtout pas ! répliqua-t-il en riant, avant d'embrasser la paume de Ionie.

On doit pratiquement lui lire les scénarios à cause de sa dyslexie. Elle apprit aussi qu'il chante dans la chorale de son église.

— Pas ça ! s'écria-t-elle.

— Mais si !

Il possède deux chevaux au paddock de Burbank.

Ionie demanda si on pouvait les monter ; il acquiesça. Autre aveu : il ne porte jamais de short ni de slip de bain à cause de ses cicatrices.

— Il aurait fallu t'emmener à l'hôpital !

— Ils crurent bien faire en me tartinant du beurre sur les jambes et en me mettant au lit.

— Du beurre ?

Jones éclata de rire.

— Les vieilles méthodes, Ionie.

— Le chauffe-eau avait éclaté ?

— Non, des vapeurs d'essence sur la veilleuse du chauffe-eau. Mon père avait renversé un peu d'essence...

— Quel âge avais-tu ?

— Cinq ans.

— Que faisais-tu au sous-sol ?

— Je jouais avec mon frère.

Ionie effleura délicatement les cicatrices de ses cuisses, que recouvraient le drap et la couverture.

— On dirait du satin, chuchota-t-elle. (Elle frôle de ses lèvres la barbe de plusieurs jours, sur sa joue.) Je peux voir ?

Il était déjà couché quand elle sortit de la salle de bains. Il avait tiré les rideaux pour faire écran à la lumière bleuâtre aveuglante que reflète la piscine du Ramada. Trois gamins tournaient autour parce qu'elle n'est « vraiment pas assez chaude pour se baigner », tandis que leur mère, les yeux rivés à un magazine, répétait : « Ne courez pas ! Ne courez pas ! », comme un mantra ou les paroles d'une chanson. Le couvre-lit fleuri, plié en un épais rectangle parfait, reposait sur le coussin du fauteuil club. Sa chemise était pendue au dossier par une épaule, et son pantalon étalé sans un faux pli sur le couvre-lit. Les chaussettes sur les mocassins, et un tee-shirt blanc sur le pantalon. Pas de caleçon en vue. Jones l'attendait, le dos soutenu par les oreillers, le drap et la couverture enroulés autour de la taille.

La folle liberté de leur nuit dans la caravane était bien loin. Les yeux de Jones brillants de désir, leur conversation entrecoupée, le frôlement hésitant de sa main, le lent trajet jusqu'au Ramada de Burbank. Elle conduisait sa Datsun fumante derrière l'Explorer vert sombre, les yeux fixés sur sa plaque minéralogique, ses mains nerveuses sur le volant.

Toute trace de spontanéité avait disparu.

Son examen de conscience, devant le miroir de la salle de bains, ne lui apprit que ce qu'elle savait déjà : elle agissait ainsi parce qu'elle l'avait décidé en toute lucidité. Elle n'osait affronter ni le *pourquoi* ni le reflet de son visage cramoisi dans la glace. Il avait le béguin pour elle. Elle ôta ses sandales et fit glisser son jean. Il lui était cher. A l'aide d'un Kleenex, elle effaça son rouge à lèvres, plaça ses mains sous l'eau froide du lavabo et éclaboussa son visage. Les bras croisés, elle passa son tee-shirt au-dessus de sa tête et le laissa tomber par terre. Mon Dieu, elle l'aimait bien ! Elle s'assit sur le siège des toilettes, se releva et tourna autour du tapis éponge beige en se balançant sur ses talons. Elle ne devait pas s'inquiéter, elle n'était pas la seule à faire ça. Elle dégrafa son soutien-gorge. Rien de plus banal ! Ses bras glissèrent sous ses bretelles. Elle posa son soutien-gorge sur le bord de la baignoire, le reprit et le lâcha sur la pile de ses vêtements, à même le carrelage. Sans un dernier regard au miroir, sans faire bouffer ses cheveux, sans observer son corps sous différents angles, elle replia un bras sur ses seins et ouvrit la porte.

Elle portait un slip en coton blanc et la bague de son père quand il était étudiant, rien de plus. Quel que soit son état d'âme, elle se savait belle. Jones la buvait des yeux, elle en avait conscience. Il se redressa légèrement et lui tendit la main. Elle franchit les huit pas qui la séparaient du lit. Huit, comptait-elle dans sa tête, tandis que ses orteils effleuraient la moquette, et elle le rejoignit à la lumière de midi. 12:20, lut-elle sur le cadran du réveil, près de son coude. Faire l'amour à midi, comme dans les histoires grivoises !

Elle trébucha et il la rattrapa, mêla ses doigts aux siens, l'attira vers lui. Son front se plaça sous le menton de son amant. Il se réinstalla, le dos sur les oreillers. Plus mince et plus grand qu'elle, il a la poitrine couverte d'une douce toison poivre et sel, et un corps anguleux. Ses côtes étaient dures sous ses seins, son bras mince pressait son épaule, l'une de ses hanches s'insérait dans la chair de sa cuisse. Elle mit sa main gauche sous son cou. La saillie de son menton et sa barbe de plusieurs jours… Sa paume droite et ses doigts s'attardèrent sur ses cicatrices. Brise marine, savon, café, pastille de menthe et d'autres effluves, oubliés depuis leur nuit dans la caravane.

Elle eut l'impression de toucher sa peau pour la première fois.

— Du satin, murmura-t-elle encore, ses lèvres contre sa joue.

Son souffle balayait la poitrine de Jones, elle sentait le martèlement de son cœur. L'un des gamins dut sauter dans la piscine : cri perçant, plouf sonore et hurlements de joie des autres gosses. « Andy, vilain garçon ! s'exclama la mère. Sors de l'eau tout de suite ! » Ionie déplaça sa main lentement et murmura :

— Jones, je peux voir tes cicatrices ?

Il paraît que Jones a tourné deux films avec Robby Peroni, et il pourra facilement l'appeler, mais elle ne l'a su qu'*après*. Ce n'est qu'*après* qu'elle lui a demandé s'il connaissait Peroni, et il aurait très bien pu ne pas le connaître. Quelle était la probabilité ? Bien que tout le monde se connaisse à Hollywood, ça ne marche pas à chaque fois !

Jones connaît donc Peroni et il l'appellera volontiers. Tandis qu'elle rentre chez elle dans le flux de voitures de l'après-midi, elle se rassure en se répétant, une fois de plus, qu'elle n'a rien à se reprocher puisqu'elle a attendu *après* pour lui poser cette délicate question.

12

Chassi a toujours eu ce carton à chapeau rempli de cartes postales. Des roses couleur lavande et des feuilles vertes peintes au pochoir apparaissent sur ce carton fané, dont elle a soigneusement recollé les déchirures. Elle dénoue le soyeux cordon tressé violet et soulève le couvercle. Le parfum de Nana lui monte au visage. Cette odeur de tubéreuses imprègne-t-elle encore la boîte ou est-elle gravée dans sa mémoire ?

« Une toute petite escapade à New York, mon bébé, et maman revient. » Le chuchotement de Sally, son étreinte, le martèlement de ses hauts talons sur le parquet, le claquement d'une portière de voiture. Des cartes postales de la cathédrale St Patrick, des illuminations de Times Square la nuit, de l'arbre de Noël du Rockefeller Center et de Central Park au printemps.

« Chassi, mon bébé, tu me manques. J'ai vu six pièces de théâtre et acheté cinq paires de chaussures. Je t'aime, ta maman.

P. S. Ne parle pas des chaussures à papa. Ha, ha ! »

Elle filait dans sa chambre avec la carte postale, respirait l'empreinte de rouge à lèvres orange laissée au bas du message par sa mère. Elle l'embrassait de ses lèvres de petite fille et rangeait sa carte avec les autres, dans le grand carton à chapeau de Nana.

A l'époque, les roses et les fleurs peintes affichaient des couleurs vives, les bords du cordon de soie n'étaient pas encore effrangés.

« Juste une visite à Nana, mon bébé. Dans quatre petites journées, je serai de retour. » La carte du Texas, avec un point à l'encre rouge, fait par sa mère là où il n'y a ni Gun Barrel City, ni cow-boys chevauchant dans la plaine, ni l'université du Texas à Austin, ni fleurs de cactus, ni longhorns du Texas, ni revolvers à six coups qui semblent en train de tirer. Chassi passe son doigt sur les traits argentés qui sortent des canons.

« Chère Chassi,

Tu me manques. J'ai aidé Nana à préparer des pêches et je l'ai accompagnée à l'église. Pouah ! Skipper vieillit, mais quand je lui dis : "Chassi t'aime beaucoup", il baisse la tête et fourre ses naseaux contre mon cou. Je lui ai donné une carotte supplémentaire pour son petit déjeuner et il a mangé à lui tout seul une partie de ma pomme. Nous préparons, Nana et moi, une grillade que nous emporterons à la fête foraine. Je lui ai proposé de faire des chaussons avec les pêches, mais elle n'a rien voulu savoir. Je ne dis pas à ton papa que j'y vais parce qu'il redoute toujours les réactions de la foule, mais c'est dans le voisinage et je ne vais pas abandonner Nana. Elle aime me montrer parce qu'elle me considère toujours comme son bébé. Tu es le mien et j'ai hâte de te serrer dans mes bras. Je t'aime, ta maman. »

Chassi avait montré à Andrew la carte postale avec les revolvers en train de tirer. Elle lui racontait que sa grand-mère la laissait monter Skipper à cru et qu'elle passait ses doigts dans sa crinière. Andrew et elle s'égosillaient et gambadaient ensemble autour du jardin en se donnant des coups sur le derrière. Chassi oublia la carte sur l'une des tables du patio où le jet d'eau l'aspergea, brouillant l'écriture de Sally.

« Maman va vite faire un tour à Paris avec papa, mon bébé, et elle revient. »

Des cartes postales de la tour Eiffel, des Champs-Elysées, de l'Arc de Triomphe illuminé la nuit, mais les phares des voitures parisiennes paraissent flous à cause de la pluie. La Seine, le marché aux fleurs, l'escalier de chez Chanel, une femme rousse de Renoir câlinant un bébé blond. Chassi n'aurait su dire s'il s'agissait d'un petit garçon ou d'une petite fille, mais sa mère n'avait aucun doute :

« Mon doux bébé,
Nous voici, toi et moi, peintes par Renoir. Je suis avec papa dans un hôtel luxueux où tout le monde parle français, à part nous. En réalité, papa connaît un tout petit peu le français. La presse adore son film et il est enchanté. Moi aussi. Tu nous manques, tu nous manques, tu nous manques ! Je t'achète des tas de cadeaux. Une panthère noire avec son bébé et trois lapins en peluche, tous différents – un grand et deux petits. Une valise rose pour ranger tes trésors et une poupée qui parle français quand on tire sur un cordon ! Tu la verras bientôt. Je t'aime, ta maman. »

La poupée possédait des cheveux bruns et raides que l'on pouvait coiffer. Il y avait aussi un peigne, une brosse et un petit miroir, en réalité du papier d'argent dans lequel on se voyait assez bien, mais l'image tremblait un peu. Elle portait un chapeau de paille rouge avec un ruban noir qui flottait. Le cordon se trouvait sous sa robe d'écolière écossaise. (Sally prétendait que toutes les petites Parisiennes portaient ce genre de robe pour aller à l'école.) Ses souliers étaient en cuir verni noir. Quand on tirait sur le cordon elle disait : « Bonjour, papa ; Bonne nuit, maman ; Merci. » Le ruban du chapeau se détacha et l'une des chaussures vernies disparut, mais la poupée ne perdit jamais la parole.

« Mon bébé, maman a bien besoin de se requinquer avant de tourner. » Des cartes de la Golden Door, où Sally se rendait fréquemment pour se « requinquer » avant un tournage.

« Chère Chassi,
J'essaye de m'entraîner avec les moniteurs mais, au lieu de nager, je préférerais m'allonger au bord de la piscine et manger des hamburgers. J'ai perdu deux kilos et quelques centimètres par-ci par-là. Je me donne surtout beaucoup de mal pour raffermir mon "derrière" (comme on dit en français). Quand je sortirai d'ici, j'ai l'intention de ne plus avaler une seule feuille de laitue. Hourra ! Tu me manques. Comment ça va à l'école ? Embrasse Andrew, Tia et papa. Et embrasse-toi de ma part : il suffit de tourner la tête et de déposer un baiser sur ta p'tite épaule. Je t'adore, ta maman. »

« L'oiseau bleu perché sur ma p'tite épaule » – une allusion à un air du film *Song of the South* que Chassi chantait à deux ans.
« Maman tourne en extérieur, ma chérie. Tu viendras bientôt me voir en avion avec Tia. » Des cartes postales de tous les endroits où Sally Brash tournait depuis la naissance de Chassi. De Seattle et d'Ann Arbor (Michigan),

153

d'Eureka (Californie), de Chicago (Illinois), de Miami Beach, avec des noix de coco et des palmes vertes sur un ciel bleu azur. Certaines viennent de Lone Pine (Californie), où ils n'avaient sans doute pas grand-chose d'extraordinaire à montrer car « Lone Pine » figure simplement, en grosses lettres rouges. Ces cartes évoquent le tournage de *In the City, A Hollywood Life, Life and Death on 10 West, The Canary Trainer, North of Montana, A Dance at the Slaughterhouse* et aussi *Sans tambour ni trompette*.

Le carton à chapeau de Nana déborde de cartes postales que Chassi a apprises par cœur comme le texte d'un rôle. Mais le ruban, pris sur la coiffeuse de sa mère, ce lien de satin blanc avec lequel Sally aimait remonter ses cheveux, n'entoure que trois d'entre elles.

« Chère Chassi,
Nous passons de délicieux moments à Rome. Tu me trouveras peut-être idiote de t'écrire pendant que nous sommes ensemble, mais comme ça tu n'oublieras rien. Tout sera écrit. Une maligne, ta maman ! Aujourd'hui, nous avons attendu pendant des heures au Vatican, sous un soleil brûlant, puis nous avons marché, marché, et vu tout ce qu'il fallait voir. La chapelle Sixtine ne m'a pas émue autant que la Pietà. Tu m'as dit que tu aimais surtout les petits anges, leurs visages et leurs ailes. Nous venons de rentrer à l'hôtel pour nous doucher et nous mettre des pansements aux pieds. Tu veux aller acheter seule une glace ; je vais te donner la permission parce que tu es vraiment une grande fille. Je t'aime, ta maman. »

La carte postale représente une scène du plafond de la chapelle Sixtine, peint par Michel-Ange : deux anges, derrière une femme portant une tunique jaune et une coiffe bleue, dont une partie du bras est invisible. Il manque de la place pour tout ce que voulait écrire Sally ; à la fin elle dut tasser ses mots les uns contre les autres.

« Chère Chassi,

Je suis ravie de faire ce voyage avec toi ! J'adore ta compagnie, même si tu insistes parfois un peu trop pour *tout voir*. De ma vie, je ne suis jamais entrée dans autant d'églises et je n'ai jamais vu autant de peintures. Ça aurait plu à Nana, m'as-tu dit. C'est vrai ! Tu me fais beaucoup penser à ta grand-mère, tu sais. Tu es bonne et si intelligente, si réfléchie ; sûrement pas une tête de linotte comme ta maman. Tu deviens une belle femme, tel un papillon qui déploie ses ailes, et j'ai beaucoup de chance que tu aies grandi dans mon cocon. Ta maman dit des bêtises ! Aujourd'hui, nous avons visité la galerie Borghèse. Les statues du Bernin nous ont fascinées, surtout celle où Zeus transforme Daphné en arbre pour la protéger d'Apollon. Tu m'as fait bien rire en me disant que ce n'était pas une "si bonne idée de la part d'un père". Devant celle qui montre Hadès poussant Perséphone en enfer, j'ai pleuré. La larme sur son visage est si réelle… Rappelle-toi que je t'aimerai toujours, Chassi. Ta maman. »

Apollo e Dafne, indique la carte en noir et blanc. Apollon rattrape Daphné qui s'enfuit et dont les pieds se muent en branches ; son bras se tend, ses doigts deviennent des feuilles. Sur cette carte, Sally avait tenté d'écrire plus serré et en plus petites lettres pour disposer de place à la fin. Elle n'y était pas parvenue.

« Chère Chassi,

Nous quittons Rome demain. Je voulais t'envoyer une carte postale chaque jour, mais nous avons été trop occupées. Je ne t'ai écrit que deux autres cartes, que je

155

viens de retrouver dans mon sac. Je vais les poster en sortant avec toi. Aujourd'hui, tu as eu une grande conversation avec un très vieil homme qui avait plongé son chien en plein dans la fontaine du Trastevere. Tu maîtrises si bien l'italien que vous avez beaucoup parlé, avec de grands rires et des gestes que je ne suis pas sûre d'avoir compris. A notre retour, pourquoi ne ferais-tu pas une liste de tout ce que nous avons vu, pour ne jamais oublier ? (Tu connais ma manie des listes !) Tu pourrais l'intituler : "Deux filles en Italie".

Tu es déjà prête et je dois me dépêcher de m'habiller ; nous allons dans ce restaurant qui sert des artichauts panés. Merci d'être venue à Rome avec moi, ma fille chérie. Je suis bien contente que tu n'aies pas eu l'Irlande comme sujet d'exposé ! Je t'aimerai toujours. Ne l'oublie pas, quoi qu'il arrive. Ta maman. »

Sur cette dernière carte, une autre peinture de la chapelle Sixtine : une main de chaque côté, des doigts tendus qui semblent sur le point de se rejoindre. Encore une fois, Sally manqua de place et termina en lettres minuscules au bord de la carte, qu'il fallait faire tourner dans sa main au fur et à mesure qu'on la lisait.

Chassi tient ces trois cartes, attachées avec un ruban blanc. Elle ne le dénoue pas, ne les lit pas, ne regarde même pas ce qu'elles représentent. Elle se souvient d'une grande glace aux mûres ; du chien, près de la fontaine, noir et turbulent. Au restaurant, sa mère portait une robe de mousseline blanche. Le glacier l'avait complimentée sur son italien sommaire, sa conversation avec le vieil homme tournait autour de la canicule, et elle vomit l'artichaut pané dans la voiture de police.

Les cartes postales arrivèrent après l'enterrement, après que Chassi eut gravi la colline verte et brillante sous un soleil aveuglant, agrippée aux doigts de Saul, leurs paumes collées par la sueur. Il y avait son père et Tia, qui portait une sorte de carré de dentelle noire, fixé au sommet du crâne par une épingle à cheveux ; Andrew, quelque part avec Baudelio, et la mère d'Andrew, Mme Baudelio, qu'elle ne connaissait pas ; Tom, le chauffeur de sa mère, qui poussait Nana dans un fauteuil roulant ; la dame de Gun Barrel City qui s'occupait de Nana, Mme Eula Mae Soames ; l'oncle Walter, le frère de papa, venu de New York avec sa femme qui se teignait les cheveux en rouge – « comme par hasard, pour me ressembler ! » avait dit une fois Sally – et leurs deux fils insupportables ; et des tas de gens dont elle ne se souvient plus. Une masse confuse de costumes noirs et de lunettes de soleil, gravissant la colline en un ridicule cortège, pour suivre cette longue boîte en bois où se trouvait, paraît-il, sa mère.

Les cartes arrivèrent après le départ en voiture de ces gens qui mangeaient, buvaient et racontaient des anecdotes au sujet de sa mère ; après que Saul ne fut pas allé travailler ; que Tia eut pleuré dans la cuisine ; qu'Andrew l'eut embrassée ; que Nana fut rentrée au Texas avec Mme Eula Mae Soames. (Sa grand-mère la serra si fort dans ses bras, depuis son fauteuil roulant, que ses doigts laissèrent des marques sur sa peau.) Après qu'elle eut repris l'école et pensé qu'elle avait peut-être inventé tout cela et que sa mère allait revenir de l'un de ses voyages, ouvrir ses valises dans le vestibule, en un véritable ouragan de papiers d'emballage et de rubans étalés sur le sol. Les cartes arrivèrent pour lui rappeler que sa mère était morte. L'ironie du sort et les caprices des services postaux italiens aidant, la dernière parvint à destination en second et la première en dernier. Elle revoyait encore la bouche amère et le regard fuyant de son père, qui dut les lui donner une à une.

157

Chassi est assise avec le carton à chapeau ouvert sur ses genoux et les trois cartes nouées avec le ruban de sa mère dans sa paume. La lumière décline ; elle regarde le jour tomber. Les tubéreuses de sa grand-mère, les gardénias de sa mère, le chèvrefeuille à travers la fenêtre ouverte. Elle réalise qu'elle n'a jamais établi la liste intitulée « Deux filles en Italie », n'a même pas essayé.

— Elle est extraordinaire, la maison de Jones, le directeur de la photographie qui va tourner *Sans tambour ni trompette*, dit Chassi à Eleanor. Pas très grande, mais une maison presque magique, comme on n'en voit nulle part, sauf en Italie.

Eleanor observe la jeune fille de son fauteuil.

— Basse et plate, avec du stuc jaune pâle et de grandes fioritures blanches, pareille à un glacis de crème fouettée, ajoute Chassi. On dirait qu'un hélicoptère l'a arrachée à l'une des collines de Rome et transportée au-dessus des flots, avant de la déposer dans les hauteurs au-dessus de Santa Barbara, à une heure et demie seulement de Los Angeles... Linda, la femme de Jones, est avocate. Avocate pour le milieu du spectacle et associée au cabinet Hergott, Bloom, Jones, etc. Très intelligente, très...

Chassi réfléchit un instant.

— Très élégante, comme sa maison. Des jardins soignés, des haies méticuleusement taillées, qui rappellent le labyrinthe d'*Alice au pays des merveilles*. Vous vous en souvenez ?

D'une voix enfantine, Chassi reprend :

— « Et la vilaine reine de cœur en colère, avec le petit roi, son mari, prit ses cisailles et se lança dans une course folle à travers le pays des merveilles pour rattraper Alice... » Au début, j'ai cru voir une sorte d'éden, réservé

158

aux riches du cinéma, et couramment appelé Montecito, Californie.

Chassi fronce les sourcils.

— Finalement, je ne pense pas qu'ils soient si riches. Je n'ai pas la moindre idée de ce que gagne un directeur de la photographie, mais j'ai vu ces jardins et je croyais entendre la grosse reine crier : « Qu'on lui coupe la tête ! » Vous vous rappelez le film ? demande Chassi en se retournant légèrement vers Eleanor.

Eleanor garde le silence.

La voix de Chassi s'adoucit.

— J'ai détesté ce film. Mon Dieu, que j'ai eu peur !

Elle prend une inspiration et s'assied, le regard dans le vague, avant de poursuivre son récit :

— Cette affreuse reine, et ce chat avec un sourire qui n'était pas sur son visage, ces lapins fous, et toutes ces théières. C'était affolant et surtout…

Elle se lève et se tait.

— Quoi ? demande Eleanor.

— Elle ne retrouvait pas son chemin. Je n'ai pas pu supporter qu'elle ne retrouve pas son chemin.

Profond silence.

— A propos, demande Chassi, où est passée Big Ben ?

— Je l'ai rangée dans un tiroir.

— Je vois, dit Chassi en imitant Eleanor à la perfection.

— Continuez, dit Eleanor.

Elles sourient en même temps.

— Bon, je continue…

Chassi se retourne et se réinstalle sur le divan.

— Le chauffeur a garé la voiture dans l'allée. Je vous ai dit que Robby m'avait envoyé une voiture ?

Eleanor hoche la tête.

— Il est arrivé avant moi parce qu'il souhaite acheter

quelque chose là-haut, et je l'avais prévenu que je ne voulais pas conduire.

— Pourquoi ?

— Pourquoi quoi ?

— Pourquoi ne vouliez-vous pas conduire ?

— Oh ! (Chassi émet un petit rire étouffé.) Qui aurait envie de parcourir tout ce chemin jusqu'à Santa Barbara ? Je n'aime pas tellement les réceptions, mais il tenait à me présenter Jones, parce que c'est lui qui va faire les prises de vue. Il fallait que je le rencontre... Vous savez, ces petites lumières clignotantes, pour éclairer tous ces arbres taillés, comme celles que les gens mettent à Noël... Elles se sont allumées automatiquement quand nous montions l'allée. Ça paraissait programmé comme dans un film, à l'instant où le jour fait place à la nuit.

Elle dirige à nouveau son visage vers Eleanor.

— Après tout, Jones est directeur de la photographie. Il avait peut-être confié cette tâche à l'un de ses assistants. (Chassi s'interrompt.) L'heure magique, comme on dit.

Eleanor attend.

— Je croyais que ma mère avait inventé cette expression. Je ne me doutais pas qu'elle appartenait au jargon hollywoodien. Elle me parlait de « l'heure magique », où tout peut disparaître. (Brève interruption.) Le bord des objets, quand la nuit tombe, s'estompe étrangement...

La voix de Chassi devient songeuse. Eleanor l'observe : à l'évidence, elle est ailleurs.

— Chassi ?

« Chassi, la petite Chassi de maman », roucoulait Sally. Sans même la voir, elle la sentait entrer dans sa chambre. Le fin rai de lumière du vestibule s'évanouissait tandis qu'elle ouvrait et refermait les yeux ; le chuchotement de sa mère dans l'obscurité, l'odeur enivrante des fleurs blanches, le lit penché et, tout de suite après, le corps de

Sally contre le sien, sous les couvertures. Oh, comme c'était bon ce câlin avec sa mère, qui passait un bras autour de sa taille et dont l'autre remontait le long de son dos, sous son pyjama ! L'ongle de Sally traçait un merveilleux dessin invisible sur sa peau.

« C'est l'heure de se lever ?

— Pour moi seulement, soufflait Sally dans les cheveux de Chassi.

— Tu vas travailler ?

— Hum !

— Il fait encore nuit ?

— Hum !

— Je sens des roues, disait Chassi en essayant de se concentrer au maximum sur le dessin de sa maman.

— Quelles roues ?

— Des cercles.

— Ce sont les cercles de "mon amour".

— Quels cercles ?

— Les "O". »

Chassi poussait son dos contre le ventre de Sally.

« Il faut que j'aille travailler. Au revoir, petit cœur.

— Je me lève aussi ?

— Non, mon bébé…

— Il fait encore nuit ? »

Le lit penchait à nouveau, le rai de lumière revenait puis disparaissait si elle gardait les yeux ouverts, et sa mère n'était plus là. Chassi apprit ainsi qu'il existait deux moments où les choses pouvaient disparaître : le crépuscule et l'aube.

— Chassi ?

La jeune fille cligne des yeux et regarde fixement Eleanor.

— Qu'est-ce que je disais ?

— Les lumières dans l'allée, l'heure magique.

Chassi prend une profonde inspiration.

— Quelquefois, ma mère me manque.

Eleanor acquiesce à peine.

— Et quelquefois… (autre inspiration, suivie d'une rapide expiration)… j'ai de petits vertiges.

— Bien, dit Eleanor. Nous en reparlerons.

Tout en souriant à sa patiente, elle sent son propre cœur chavirer.

Elle n'arrive plus à se souvenir des mots exacts de ce matin-là, ce qui ne lui ressemble guère. « Ne vous disputez surtout pas avec Eleanor, disait volontiers Jimmy. Je vous assure qu'elle retiendra chacune de vos paroles, et qu'elle les ressortira plus tard pour vous assener un bon coup sur la tête. » Il la baptisait Miss Verbatim et prétendait qu'elle aurait dû être avocate plutôt que psychiatre. Des mots lancés dans le feu d'une discussion ont souvent brûlé son cerveau au fer rouge, mais ceux qu'elle a prononcés pour un dernier au revoir à Jimmy, après vingt-huit ans de « bonjour », « au revoir », « à tout à l'heure », « appelle-moi », « à quelle heure rentres-tu ? », lui échappent.

Elle était encore couchée et il alla faire le café dans la cuisine avant l'aube. Selon son habitude, il l'emportait sur le bateau dans un thermos, parce que le café de D. R. était « de la vraie bouillasse ». Selon son habitude, il prépara huit sandwichs – deux pour chacun – en alignant les tranches de pain au bord de l'évier : de la mayonnaise côté tomate, de la moutarde côté saucisson, un peu de sel, trop de poivre. La chaîne de montage Costello. Bien qu'elle fût au lit, elle le voyait comme si elle y était : elle connaissait ses manies. Selon son habitude, il mit la radio – KCRW, la National Public Radio. Elle fredonnait dans l'oreiller. Musique *bluegrass*, douce et nasillarde, un banjo, une guitare. Elle respira l'odeur du café et la fraîcheur de la douche quand il se pencha pour l'embrasser. « Je pars, chérie. (Joue râpeuse.) A plus tard. (Sa main sur sa croupe, à travers l'édredon.) Au revoir. » Mais lui répondit-elle ? Ou bien se retourna-t-elle simplement après son baiser dans le cou ?

Retournée et rendormie jusqu'à neuf heures passées ? On était dimanche. Les hommes feraient du bateau jusqu'à la tombée de la nuit et elle retrouverait Jimmy chez D. R. et Rose pour dîner – car c'était le tour de Rose. Leur dimanche rituel : les femmes à terre, les hommes en mer. Plus d'enfants à la maison : les leurs, devenus grands, étaient partis. Plus de gratins de macaronis au dîner, plus de devoirs à faire avec Caroline, plus besoin de la border de bonne heure dans son lit. Toute la journée pour elle seule ! Le *New York Times* entier à lire, avec son café et un bagel. Eleanor posa la « Chronique de la semaine » à côté d'elle et prit le supplément « Arts et loisirs ». Le téléphone sonna alors. Lui avait-elle seulement dit au revoir ?

« La rupture d'anévrisme s'est produite après le second sandwich, dit D. R.

— Chéri, quelle remarque stupide ! lança Rose.

— Quoi ? J'essaye de lui expliquer. »

Le regard de D. R. à sa femme, sa colère impuissante. Il était effondré contre le mur du corridor menant aux soins intensifs. Aussi pâle que Jimmy, mais en vie. D'ailleurs Jimmy vivait lui aussi – enfin presque.

« Tu le connais, Jimmy, El. Il plaisantait tout le temps. (Kenny agita ses grandes mains le long de son corps.) Quand il est tombé, j'ai cru qu'il blaguait. »

Jimmy aussi avait les mains le long du corps, mais il ne les agitait pas le moins du monde ! Ses doigts, sous la mince couverture de l'hôpital, ressemblaient à des morceaux de chair inanimée. Bon, il n'était pas mort, mais comment décrire ses doigts ? De la chair *en sommeil* ?

163

« Vous voulez quelque chose, El ? Du café ? »

Vernon derrière elle, et Linda :

« Non, Vern, j'y vais. »

Linda est l'ex-épouse de Kenny, mais peu importe que l'on soit une « ex-épouse », quand on attend à l'hôpital, avec des amis, la mort d'un homme.

— Apporte-moi un yaourt, dit Rose, et un muffin ou un sandwich. N'importe quoi. (Regard navré à Eleanor.) Excuse-moi, je suis affamée.

Comme si elle s'en voulait d'avoir faim ! En réalité, elle se reprochait d'être là, sous les yeux d'Eleanor, avec trois hommes debout, alors que Jimmy ne se relèverait plus. Trois hommes vivants, parce que Jimmy... Théoriquement il vivait encore, mais... Que représentait un mari qui n'était plus que *théoriquement* en vie ? Après tout, en tant que médecin, elle se devait d'utiliser la terminologie exacte. On pouvait parler d'« état comateux ». Anoxie cérébrale et rupture d'anévrisme. Des mots...

Les boîtes de polystyrène, du pain au blé complet, la déchirure du sac en papier de Chez Doodles, un Pepsi tiède, un café froid, du chewing-gum, de la pâte dentifrice (sortie du sac de Rose) sur son doigt le deuxième jour.

Le deuxième jour, le deuxième sandwich, de quelle force était le vent et dans quelle direction ? Peu importe. Sa chute, de quelle force et dans quelle diretion ? Peu importe.

« J'ai cru que c'était une crise cardiaque. Comment faire la différence ? »

La voix basse de Kenny, ses épaules et sa tête affaissées. Kenny, qui avait fait deux crises cardiaques et portait une valve en plastique. D. R., qui jonglait avec son taux élevé de cholestérol. Et Vernon, le diabétique, qui ne s'injectait pas encore d'insuline, mais restait à la limite. Et Jimmy...

« Sulka m'a dit que j'avais le corps d'un homme de

quarante ans ! se vantait Jimmy à la suite de son dernier check-up.

— Ah bon ! plaisanta Eleanor. Montre-moi ça de plus près. »

Le corps de quarante ans de Jimmy, qui en a cinquante, tomba par-dessus bord du Hinkley de trente-quatre pieds de D. R. « Un homme à la mer ! » s'écria Kenny en riant, mais c'était du sérieux. Avez-vous entendu parler de ce type tombé à l'eau à la suite d'une rupture d'anévrisme ?

Vernon et D. R. plongèrent. Kenny s'époumonait à la radio – il était opérateur radio en Corée, mais ne passa jamais de messages importants : « Des merdes à propos de pots de peinture, comme "Apportez-nous de la peinture blanche au baraquement B !" », marmonnait-il en mimant les lettres du code de ses grosses mains. Tous les trois ils le hissèrent à bord. Le bateau se dressa presque à la verticale quand ils le tirèrent et le poussèrent à la force des poignets. « Tu sais combien pèse Jimmy, El ; et en poids mort... » « Mort » était le mot juste. Vernon balbutia, le visage écarlate.

Description détaillée de la manière dont D. R. lui fit du bouche-à-bouche. Sur le point de lui répondre que c'était son devoir en tant que capitaine, Eleanor se tut, car elle savait qu'elle se mettrait à hurler. L'arrivée des gardes-côtes, puis de l'hélicoptère ; le corps de Jimmy attaché à un filin, en suspens au-dessus de leurs têtes, dans les embruns. « Comme dans un film », dit D. R., la tête entre les mains. Tout ce que chacun d'eux dit, vit et éprouva... Ils ne lui épargnèrent aucun détail. Ces marins entre deux âges ne se turent que lorsque Caroline les rejoignit dans le hall. Il était temps.

On ne pouvait rien dire à Caroline, ni la toucher ni l'approcher. Sa fureur l'enveloppait comme un manteau drapé sur ses épaules, comme un nuage d'orage. Fureur contre ces hommes, ce bateau, cette journée et surtout contre Eleanor, comme si elle avait poussé Jimmy. Sa rage l'emportait sur sa peur, sur sa douleur, sur son chagrin. Mais les adultes sentaient déjà le poids du chagrin, car ils savaient que Jimmy n'était plus, que les machines respiraient à sa place. Le chagrin veillait à côté de son lit, planait comme une ombre au-dessus des machines stridentes, les accompagnait quand ils faisaient les cent pas dans le corridor. Comme s'il avait pris corps : il ne lui manquait plus qu'une chemise, un pantalon et des chaussures.

« Matt, je te présente D. R.

— Ah oui, vous jouez au softball ensemble, hein ?

— Voici Moonie, ma femme.

— Et voici Rose, la mienne. »

Des bonjours étouffés et des présentations chuchotées de tous les amis de Jimmy. Des marins, des partenaires sportifs, des jardiniers. Dans un état second, Eleanor voyait tous les aspects de la vie de son mari défiler, comme lors d'une veillée funèbre, près du lit et le long du corridor vert pâle. Les amis de Jimmy et les siens aussi, ne sachant que dire ni que faire. Rose lui apportait des vêtements et Moonie se rendait sans cessse à la cafétéria lui chercher du bouillon de poulet, comme pour soigner un gros rhume. « Bon, que toutes celles qui ont un mari prennent deux aspirines et m'appellent demain matin ! Voyons, n'anticipe pas, Eleanor. »

Ils se tenaient debout en demi-cercle, le beau garçon à moustache, le grassouillet en bleu et le grand au regard grave. Les trois médecins étaient d'accord.

« Eh bien, dit le beau garçon… (Il déplaça sa chaussure et Eleanor aperçut le logo de Nike sous ses bottes en papier vert.) Les résultats du scanner prouvent qu'entre le saignement de l'anévrisme… (un blanc) et l'asphyxie par noyade…

— Ces résultats prouvent que... intervint l'interne grassouillet.

— Ces résultats prouvent que le cerveau est mort », conclut le beau garçon des urgences.

Personne ne bougeait. Tss, tss, soufflait le ventilateur, et personne ne bougeait. Le grand, du service de neurologie, se racla la gorge, regarda Eleanor et baissa la tête. Elle serrait de toutes ses forces les doigts boursouflés de Jimmy. Pourquoi ses doigts étaient-ils ainsi ? Il n'avait jamais eu les doigts boursouflés ! Elle refusa de le quitter, de suivre ses amis dans le corridor ou de s'asseoir avec eux dans une quelconque petite salle. Elle ne lâcha pas sa main. Comment pouvait-elle apprendre de mauvaises nouvelles sans Jimmy à ses côtés ? Ça n'avait aucun sens.

Silence. Un goût de sang dans la bouche. Tss, tss. Fallait-il interrompre la respiration artificielle ou, en anglais correct, débrancher la prise ? Le grand pencha la tête vers elle. N'avait-il jamais souhaité devenir champion de basket ? Avec ses presque deux mètres, quelle idée de devenir neurologue ! Ils marmonnaient. Des murmures... Il était question d'organes. Avait-elle bien entendu ? Foie, reins, cœur, cornées ; des morceaux de Jimmy ; était-ce bien cela ? Caroline, les yeux fixés sur elle. Elle regarda son mari, les tubes et les fils qui partaient de ce qui était encore son mari. Elle le regarda, puis se tourna vers le grand neurologue.

« Oui, dit-elle, vous pouvez prélever ce que vous voulez, mais laissez-moi lui tenir la main. »

Elle se rappelle parfaitement ce qui se passa à l'hôpital, les mots, les sons, les couleurs, le grand type murmurant le mot « organes », le sifflement effrayant de la respiration artificielle, les bottes de papier vert sur les chaussures du bel homme. Oh oui, elle se rappelle absolument tout !

« Maman, s'il te plaît, pas encore.

167

— Caroline, il n'y a plus d'espoir. »

Les yeux paniqués de sa fille.

« Qu'en sais-tu ? Je me moque de ce qu'ils disent. Rien ne prouve qu'ils ont raison. »

Le visage livide, la rage de Caroline à l'idée que sa mère puissse faire *ça*, qu'elle puisse *débrancher* son père, le laisser mourir.

« Caroline, je t'en prie ! C'est déjà assez difficile… »

La rupture d'anévrisme s'était produite après le second sandwich. Les reins de Jimmy partirent à Baltimore. Oui, elle se souvient de tout cela, mais lui avait-elle dit au revoir ?

Ce n'est pas que le temps lui ait manqué pour y repenser, pour se remémorer ce moment avant l'aube et la soirée précédente. Il dit ceci et elle cela ; ils mangèrent des restes de rôti à la cocotte et de la purée de pommes de terre au dîner, mais pas de salade ni d'*apple pie* froid. Et pourquoi se coucha-t-il le premier, et quel besoin eut-il de faire du bateau, et pourquoi resta-t-elle devant la télévision pour regarder *Two for the Road*, et pourquoi est-il mort ?

« Viens te coucher !

— Il est trop tôt.

— Ecoute, El…

— Chéri, je veux voir la fin.

— A la fin, ils se réconcilient. »

Elle lui adressa un sourire ironique.

« Je m'en doute.

— Alors, pourquoi veux-tu regarder ? »

Elle soupira. Il hocha la tête et sortit de la pièce.

Les pieds sur la table basse, elle l'entendit monter l'escalier. Le crissement des coussins de cuir sous elle, les craquements du plancher au-dessus de sa tête. Quand elle se glissa à côté de lui, il dormait profondément, recroquevillé sur le côté et le dos tourné. Elle se blottit contre son corps, ses genoux froids contre ses cuisses chaudes, un bras sous l'oreiller, l'autre autour de sa poitrine. Quand on a dormi vingt-huit ans avec son mari, comment savoir quelle nuit sera la dernière ?

Eleanor pivote sur son fauteuil, face au vitrage, et fait demi-tour. Il y a dans la bibliothèque une photographie de Caroline prise par Rose, un dimanche ; pas celui-là. C'en est fini pour toujours de ces dimanches en mer ! Eleanor ne posera plus jamais son regard sur le bateau de D. R., ni sur l'océan, elle n'ira même plus jusqu'à Santa Monica, de peur d'apercevoir le bleu de la mer.

Sur cette photographie en noir et blanc, une petite Caroline de dix ans, joyeuse et les cheveux au vent, rit avec son père. Elle porte maintenant ses cheveux courts et elle est devenue une autre. Comment a-t-elle pu supposer qu'Eleanor envisagerait des funérailles viking ou quoi que ce soit d'autre en rapport avec la mer ? Une lubie de mademoiselle la sensitive. Jimmy était un homme de la terre, victime de la mer.

Eleanor se lève, s'approche des fenêtres et regarde le flot des voitures dans la rue. Le téléphone sonne. L'un de ses patients a besoin d'elle. Elle laisse le service de secrétariat prendre l'appel : elle n'est pas d'humeur à décrocher. Feu vert, rouge, orange. Caroline possédait des moufles comme ça. L'une verte, l'autre rouge, pas d'orange. Trois sonneries et le secrétariat répond. Eleanor soupire. Elle pose son front contre la vitre fraîche. Y avait-il des feux de signalisation via Emilia ? Chassi Jennings se rappelle-t-elle les mots exacts de sa dernière conversation avec sa mère ? A-t-elle eu la possibilité de lui dire au revoir ?

13

La seconde audition a lieu dans l'un de ces grands buildings de Century City, sur l'Avenue des Stars. Ionie se demande si ce nom est un bon ou un mauvais présage. *Jennings*, annonce tout simplement la plaque du hall d'entrée, pas de Jennings Films ou de Jennings Productions, mais *Jennings, 27ᵉ étage*.

Les bureaux sont spacieux, aériens, lisses et soignés ; des bois blonds, la lueur de l'acier contre un épais cuir noir, des bibliothèques remplies de scénarios reliés de peau couleur caramel, des poteries chinoises anciennes montées en lampes, de luxueux tapis persans. Une sobriété de bon ton, une certaine monotonie sur laquelle ressort l'éblouissante chevelure de Sally Brash. Elle apparaît partout, sur les photographies et les affiches, dans toutes les langues de chacun de ses films, y compris des premiers, que Ionie n'a jamais vus. Elle s'assied sans hésiter devant l'affiche française de *Sans tambour ni trompette* – un noir audacieux, le ciel gris de la guerre, l'uniforme blanc de l'infirmière, sa chevelure rousse. Sally, de face au premier plan, le soldat, derrière elle, et, en retrait, l'autre infirmière, petite amie ou second rôle. On l'appelle comme on veut. C'est son rôle à elle.

Naturellement, l'héroïne de *Sans tambour ni trompette* ne sera pas rousse cette fois-ci, mais d'un blond de miel. La fille blonde de cette femme au merveilleux visage, sur l'affiche face à elle. Ionie tourne les pages du scénario, parcourt le dialogue. Bon Dieu, il ne manquerait plus qu'ils teignent les cheveux de Chassi ! Dans ce cas, ils ne peuvent pas se permettre de choisir une autre rousse, surtout pour jouer ce second rôle. Ionie lève les yeux vers l'hôtesse et se replonge dans le scénario. « Allons ne sois pas ridicule, ils t'ont déjà vue et ils savent que tu es rousse ! » S'ils veulent, elle peut se transformer en blonde. Pour jouer ce rôle, elle accepterait d'être chauve !

Au moins, elle est là grâce à son seul mérite et non grâce à un coup de fil de Jones : « Salut, pourrais-tu recevoir une amie, ma petite amie, ma je-ne-sais-quoi, pour une première audition ? »

Elle a questionné Jones :

« Que lui as-tu dit ? »

Regard vide de Jones.

« Qu'as-tu dit à Peroni ?

— Que tu es une bonne actrice.

— Oui, mais *quoi* ?

— Que tu es une bonne actrice !

— Ah, très bien. »

Elle n'a pas insisté : Jones parle peu et n'est pas du genre à se souvenir d'une conversation. Mais il s'agissait de la première audition. Elle se trouve là, aujourd'hui, grâce à son seul mérite. On l'a rappelée à cause de la manière dont elle a lu les scènes…

Les mots se brouillent sur la page ; Ionie cligne des yeux et réfléchit. Grand Dieu, que fait-elle avec ce charmant Jones ? Et pourquoi relit-elle son rôle ? Elle le connaît sur le bout du doigt. Concentre-toi sur le personnage, sois le personnage !

— Vous désirez un café ?

L'hôtesse porte un tailleur qui doit valoir aussi cher que le contenu complet du placard de Ionie.

— Oh, non merci.

Un café ? Cuppa Joe l'a dégoûtée du café. Elle supporte à peine son odeur. Et ces perles ! Comment une hôtesse peut-elle s'offrir des perles ? Bon, elles sont probablement fausses. Ionie tente de rentrer son tee-shirt qui sort de la ceinture de son jean. Rien à voir avec un uniforme d'infirmière. D'ailleurs, même si elle possédait un uniforme, elle ne l'aurait pas mis. Que ce soit la première ou la seconde audition, elle s'habille toujours de la même façon : jean, bottes et tee-shirt. Elle a pour principe que si elle se sent décontractée et neutre, elle s'identifiera à son personnage comme un caméléon. Et s'ils veulent la voir dans la tenue adéquate, ils n'ont qu'à lui donner ce satané rôle.

Ionie promène son regard sur le bureau de l'hôtesse. Que sont devenues les autres comédiennes ? Elles étaient huit, et il n'y a plus personne aujourd'hui. Pas de feuille à signer en arrivant, rien. Pourquoi reste-t-elle seule ? On les isole peut-être et on les cache chacune dans une pièce différente.

Elle avale une gorgée du verre d'eau apporté par l'hôtesse. De l'eau dans un verre en cristal. Doux Jésus ! Elle croit entendre Kitty Ray lui demander : « Et les pauvres, comment font-ils, Ionie ? » Oh, m'man, si tu me voyais !

Ionie observe l'hôtesse : elle lit quelque chose derrière un bouquet de lys. Sûrement pas *The Enquirer* ou un quelconque magazine, mais un ouvrage relié, probablement écrit dans une langue étrangère qu'elle traduit dans sa tête. Elle a dû étudier à Radcliffe et obtenir une maîtrise, rien

172

que pour répondre au téléphone. Est-ce correct de poser son verre sur la table ? Pas question d'interroger cette femme ; elle le garde à la main.

Elle se sent nerveuse. Non, plutôt anxieuse. Elle se doute qu'elle sera bonne, mais ce cérémonial l'inquiète. Pourquoi ne prennent-ils pas leur décision sans imposer cette épreuve à tout le monde ? La torture, pense-t-elle. La torture hollywoodienne. Au même instant, l'hôtesse lève les yeux ; Ionie baisse les siens. Que sont devenues les autres concurrentes ? Mais que se passe-t-il ? Ionie lève les yeux et l'hôtesse lui sourit.

La première fois, elles étaient huit. Huit seconds rôles se berçant d'illusions, et on les avait convoquées à Ventura, au fin fond de la vallée, par une journée torride. La circulation aussi était impossible. Pourquoi organisent-ils les auditions en fin d'après-midi, à l'heure où les employés rentrent du bureau et où les autoroutes sont impraticables ? Elle s'attendait à des encombrements, mais pas à se retrouver brusquement en pleine rue, avec sa Datsun en panne.

« Pourquoi fais-tu toujours les choses à la dernière minute ?

— A la dernière minute ?

— Oui. »

Des parasites sur la ligne, des crépitements, puis Al dit, haut et clair :

« Tu aurais dû vérifier l'état de ta voiture. »

Elle passa sa langue sur sa lèvre supérieure.

« Elle sort juste du garage.

— Tu aurais dû vérifier son état. »

Vérifier son état... Inutile d'objecter. Elle se tut.

« C'est cette audition si importante, non ? »

Elle se balançait d'un pied sur l'autre.

« Tu aurais dû être plus responsable », insista Al.

Elle prit une inspiration. Elle n'avait vraiment pas besoin qu'il lui fasse la leçon. Au moment où elle allait ouvrir la bouche, Al ajouta :

« L'audition pour laquelle tu as contacté ce cinéaste ? Comment s'appelle-t-il, déjà ? »

Oh, mon Dieu !

« Jones… »

Le souffle d'Al résonna dans le téléphone.

« Ionie ?

— Quoi ? »

Il ne répondit pas. Grésillement dans le téléphone mobile et martèlement des ouvriers sur un chantier. Une idée absurde vint à l'esprit de Ionie. Et si Al lui disait : « Pourquoi ne l'appelles-tu pas, ce Jones ? Il n'a qu'à t'emmener lui-même. Je me demande ce qu'il y a entre vous. » Non, Al ne peut pas la soupçonner. Deux fois par semaine, elle disparaît pendant environ quatre heures. Elle s'invente un itinéraire différent de celui qu'elle prend pour aller au Ramada de Burbank et donne moult détails sur ce qui s'est passé à son cours de yoga, à son court d'art dramatique, à Cuppa Joe, à la gymnastique. Comment pourrait-il avoir des doutes ? D'ailleurs, ce n'est pas le moment d'y penser.

« Tant pis ! cria-t-elle au-dessus du vacarme.

— Que dis-tu ?

— Je dis que je vais prendre un taxi.

— Combien d'argent as-tu dans ton sac ? Huit dollars ? Tu n'iras pas bien loin avec huit dollars, Ionie. Même pas jusqu'à Sunset Boulevard !

— Al… »

Toujours des parasites.

« Bon sang ! (Quelques crépitements.) J'arrive. »

Ça a marché ! Il arriva, couvert de sciure, sentant la sueur, et il conduisit comme un fou. Les yeux fermés, les pieds joints devant elle, elle n'ouvrit pas la bouche. Ça a marché ! On la reçut la dernière. Elle compta huit femmes sur la feuille à signer en arrivant. La septième partait au moment exact où elle s'assit. Ce déclic quand leurs regards se rencontrèrent, cette mystérieuse complicité avec l'ennemi, à la fois choquante et absolument naturelle, que seule une autre actrice peut comprendre. Cette angoisse commune, cette avidité, comme la chanson « Mon Dieu, je veux ce job », de *Chorus Line* ; le lien le plus fort entre acteurs restant, avait constaté Ionie, la déception. Vous êtes trop grande, trop petite, trop forte, trop gamine, trop citadine, trop rurale, trop contemporaine, trop démodée, trop vieille, trop jeune, trop maternelle, trop immature, trop bête, trop intelligente, trop brune, trop pâle ; peu importe. Nous avons besoin d'un nom, d'une inconnue, de je-ne-sais-quoi et vous ne l'êtes pas, on ne veut pas de vous. Vous saisissez ? Très bien. Il faut avoir repris sa photographie et son curriculum pour comprendre ce genre de déconvenue. Huit actrices d'une trentaine d'années. Ionie sourit. Pas de Noirs cette fois-ci. Rien que huit femmes qui rêvent d'obtenir un second rôle.

Mais où sont-elles ? Elle ne peut pas être convoquée seule à cette audition ; ils ont dû en garder au moins trois.

Ce jour torride, dans la vallée, où elle passa la dernière, elle eut l'impression d'être bonne. De l'autre côté de la table, elle reconnut tout de suite Peroni, grâce aux nombreuses photographies de lui qu'elle avait eues sous les yeux. Ni plaisanteries ni politesses pour la mettre à l'aise. Elle entra avec le directeur du casting, qui annonça Ionie St John, comme si elle était un cow-boy de Dallas se lançant dans la course. Elle s'installa sur la chaise qu'on lui indiquait. Dans une audition, on peut toujours dire où se trouve le siège stratégique : il est placé tout seul, légèrement à part, comme s'il se trouvait sous le feu des projecteurs. « Et où vous trouviez-vous, madame, la nuit du dix-sept ? » Le directeur du casting s'assit à côté de Peroni pour lui donner la réplique. Peroni ne regarda ni sa photographie, ni son curriculum, ni la table, ni ses chaussures ; il l'observait, elle, fixement. Quand elle demanda si elle pouvait se lever, il ne répondit pas. Le direteur du casting attendit un moment avant de dire « bien sûr ».

Une scène intense entre son personnage et Chassi Jennings, dans le rôle principal. Rage, rire et larmes. Un rôle rêvé pour une comédienne. C'est elle qui ouvre le feu ; le type du casting doit attendre qu'elle commence. Elle se lève, marche jusqu'à l'un des coins de la pièce et tourne le dos. Une profonde inspiration, puis un instant de concentration. Prends ton temps, profite de ce moment unique de l'audition où tu contrôles entièrement la situation. Respire bien ! Laisse-les s'imaginer que tu n'es pas Ionie St John, du Texas, passant une audition, mais Razel Palevsky, de Bensonhurst, une infirmière qui vient de perdre son mari à la guerre. Ionie respire et se souvient de tout. Elle s'identifie à l'infirmière juive de Brooklyn, se représente comment elle se coifferait d'un chapeau hivernal au voile vert mousse, orné de roses jaunes ternies. Elle imagine l'odeur et le goût de Brooklyn, devient Razel Palevsky. C'est le moment ; elle se retourne. Au milieu de la scène, elle s'assied même sur le siège stratégique, le tire vers la table, face à Peroni. Et, à la fin, elle s'aperçoit que ses mains tremblent sur ses genoux.

Rien. Le type du casting avait un visage de marbre, comme si la présence de Peroni le pétrifiait. Celui-ci observa Ionie, fronça les sourcils, ajusta ses lunettes et marmonna :

« Bon, ça va. »

Le type du casting se leva d'un bond pour la faire sortir. Elle n'avait aucune notion de ce qui s'était passé. Aucune.

Elle pleura tout le long du chemin. Al ne l'avait jamais vue aussi bouleversée. Il prépara le dîner et la nourrit pratiquement à la petite cuillère.

Trois semaines plus tard, ce rappel.

Ionie vide son verre en cristal et le repose sur la table. Après tout, tant pis !

D'après les affiches, Sally Brash ne ressemble pas à Chassi, ou plutôt Chassi ne ressemble pas à Sally Brash. On a cette impression au premier abord, ensuite on remarque un air de famille.

Ionie se lève et, sous le regard de l'hôtesse, fait le tour de la pièce. Plusieurs photographies encadrées de bois blond sont disposées sur une étagère de l'une des bibliothèques. Sally, et vraisemblablement Saul Jennings, de chaque côté de Chassi. Sally portant Chassi, bébé, dans ses bras. Sally avec Chassi petite fille. Sally au bras de Saul Jennings. Sally brandissant son Oscar. Sally embrassant Chassi ; embrassant Saul Jennings, le président Carter, le président Reagan, Sophia Loren, Henry Kissinger, le commandant Cousteau et un très bel homme – que Ionie n'a encore jamais vu et qui tient lui aussi un Oscar. Il cligne des yeux dans un nuage de fumée, ne regarde pas la caméra. Sa chevelure est en bataille, il ne porte pas de smoking et il a une main sur la hanche de Sally.

— Mademoiselle St John ?

Ionie se retourne.

— On va vous recevoir.

Pas de siège stratégique, pas de table, pas de directeur du casting. Un bureau qui évoque plutôt une salle de séjour. Elégant, confortable. Par les fenêtres, on aperçoit le bleu de l'océan. Peroni : un homme de petite taille, dont la silhouette se découpe à contre-jour. Un homme élancé s'avance vers elle et lui tend la main. « Saul Jennings », annonce-t-il, puis, d'un geste de bienvenue, en effleurant à peine son dos, il la dirige vers la personne assise sur le canapé. La mince jeune femme aux cheveux de miel lève les yeux. Chassi Jennings regarde Ionie, Ionie regarde Chassi, qui lui sourit.

— Elle m'a tout de suite reconnue, raconte Ionie à Kitty Ray au téléphone.
— Evidemment !
— Maman, je te signale que je ne portais pas ma tenue de travail ; je n'étais pas du tout dans mon contexte habituel.
— Une belle rousse est toujours à sa place. Tu lui as parlé ? Que lui as-tu dit ?
— Je ne lui ai pas parlé, maman. J'ai lu ma scène.
— Tu aurais pu faire allusion à vos rencontres au café ou lui proposer de venir se réchauffer au Texas.
— Kitty, laisse-la raconter, dit Lyman St John, depuis l'autre poste.
Ionie tire sur le fil de son téléphone, contourne la table basse et s'écroule sur le canapé.
— Nous avons lu deux fois la scène – et même deux scènes. Peroni est très intense, très passionné.
— Marié ?
— Maman, je t'en prie !
— Réponds-moi !
— Trois fois divorcé.
— Ils sont tous fous là-bas, remarque Lyman St John.
— Ly, grogne Kitty Ray, tu parles trop fort.
— C'est parce que je suis sur l'autre poste.
— Chassi est séduisante ?
— Je suppose.
— Quel âge a-t-elle ?
Ionie entend le briquet. Sa mère inspire la fumée.

178

— Maman, je ne peux pas croire que tu ne t'intéresses qu'à ça.

— Moi non plus, approuve Lyman.

— Je posais simplement quelques questions. Alors, tu as obtenu le rôle ?

— Je n'en sais rien.

Quelle naïveté ! Sa mère devrait se douter que si on l'avait choisie, elle l'aurait prévenue aussitôt.

— Tu crois que ça a marché, ma chérie ? demande à son tour son père.

— Papa, je viens de dire que je n'en sais rien !

— Tu as bien une petite idée, insiste Kitty Ray.

Ionie doit faire un effort pour ne pas raccrocher.

— Alors, on t'a donné ce rôle ? demande Al.

Ionie a envie de hurler, de lui lancer n'importe quoi à la tête.

— Je n'en sais rien.

— Pas la moindre idée ?

Ionie se mord la joue droite.

— As-tu été bonne ? reprend Al.

— Remarquable, Al, dit Ionie, le visage sans expression.

Il l'observe, fronce les sourcils. Elle lui jette un regard noir.

— Un sandwich ? propose-t-il.

— Non.

Jones est le seul qui ne lui demande pas si elle a obtenu le rôle. Il ne doute pas qu'elle a été excellente et il lui rappelle que le contraste entre Chassi et elle sera du meilleur effet dans le film.

— Ils y ont certainement pensé, dit-il.

Et il répète, en lui embrassant l'épaule, qu'elle a été excellente ; il en est sûr...

Ionie ne possède aucune certitude, si ce n'est que, la prochaine fois qu'elle verra Chassi Jennings, elle aimerait autant ne pas être en train d'essuyer la mousse d'un gobelet en carton, derrière le comptoir de Cuppa Joe.

14

Debout dans la file d'attente, Eleanor commande son café à une nouvelle serveuse. L'ancienne, une grande rousse, la traitait en « habituée ». A peine avait-elle ouvert la porte qu'elle lui apportait son double cappuccino. Qu'est devenue cette fille ? Est-elle repartie au Texas ? Ou dans l'Oklahoma ? Eleanor ne se rappelle plus très bien, mais elle sait qu'elle voulait faire carrière dans le cinéma.

Cette ville regorge de jeunes filles naïves qui se battent pour mener une vie qui ne leur apportera que des désillusions. Une mauvaise plaisanterie ! Toutes voudraient égaler Chassi Jennings. Chassi, qui probablement l'attend là-haut. Où donc est passé son café ? Eleanor fait un pas sur le côté : le type derrière elle lui marche pratiquement sur les pieds et il a mis trop d'after-shave. Bien sûr, le problème de Chassi n'est pas cette ville hostile et décevante, mais c'était probablement celui de l'ancienne serveuse. Comment ces gamines peuvent-elles se faire tant d'illusions ? Surtout si elles ne possèdent pas de relations. Eleanor hésite à prendre un petit pain poisseux. L'ancienne serveuse a peut-être changé d'avis et décidé de mener une vie normale. De rentrer au pays... Pour retrouver qui ? Sa mère ? Un ancien petit ami ? Personne ?

Caroline reparut deux fois pendant l'année de sa fugue avec Jono. Elle arrivait sans prévenir et sans autre bagage visible qu'un sac marin loqueteux, refusait de manger, marmonnait derrière un rideau de cheveux sales et se réfugiait dans sa chambre. Elle ne demandait aucune aide, n'engageait pas la conversation. Elle voulait simplement dormir et, quand elle émergeait de son sommeil, elle se contentait d'errer dans la maison, comme une âme en peine. Pendant ce temps-là, Eleanor et son mari se querellaient au sujet de ce qu'il fallait dire à leur fille unique, isolée à l'étage au-dessus.

Affalé contre le frigo, Jimmy disait en hochant la tête :

« Essaye, El, je n'y arrive pas. »

Il se retirait dans son garage bien-aimé et elle tentait sa chance.

« Maman, je t'en prie...

— Voilà ce que tu fais de ta vie ?

— C'est *ma* vie.

— Je te pose cette question parce que tu es dans *ma* maison.

— Dans ce cas, j'irai ailleurs la prochaine fois.

— Caroline, tu sais déjà qu'il y aura une prochaine fois. Ce n'est pas bon pour toi, il est... »

Caroline se levait de table, furieuse.

« Non, je ne veux pas te parler de lui !

— Caroline...

— Tu ne peux pas comprendre. Tu ne connais rien aux hommes, à part papa. »

Une vague d'anciens souvenirs affluait, pareille à un film en accéléré. Un après-midi extraordinairement gris, quand elle avait dix-sept ans, avec un garçon appelé Ed Barber, sous une couverture à Sheep's Meadow. Un corps à corps contre la porte de l'appartement de la tante de Tommy Smith, à Bayside, pendant que la mère de Tommy jouait avec les autres au mah-jong dans la cuisine. Louie Fishman, un interne doté d'un si doux regard brun et de mains absolument extraordinaires. Serait-ce différent si elle partageait certains de ses souvenirs avec sa fille ? Si elle lui décrivait tous les garçons qui avaient compté pour elle avant sa rencontre avec Jimmy ? Caroline l'écouterait-elle plus volontiers si elle connaissait les secrets amoureux les plus précieux de sa mère ?

Les grands yeux de Caroline dans son visage pâle.

« Tu serais moins dure avec moi si j'étais un garçon. »

Un pied sur les marches de l'escalier, la porte qui claquait.

Un garçon ? Est-ce exact ? Aurait-elle connu moins de problèmes si Caroline avait été un garçon ? Le temps qu'elle trouve une réponse, une multitude de questions sur les rapports mère-fille et la transmission se pressaient dans son esprit. Avait-elle eu l'esprit plus critique – non, pas critique, inquiet – parce qu'elle attendait beaucoup de Caroline ? Comment admettre – ou plutôt ne pas trouver déplorable – que sa fille, qui disposait d'un tel potentiel et qui pourrait si bien réussir, ait suivi ce médiocre batteur drogué ? Non, il valait mieux ne pas aborder ce dernier point...

Eleanor, avec ses réponses coincées dans sa gorge, attendait derrière la porte de la chambre vide de Caroline. Celle-ci était partie. Quelques effluves épicés, un mot griffonné. Il avait suffi d'un coup de téléphone de Jono pour qu'elle file. Quelle aberration ! Elle eut du mal à admettre que sa fille manque à ce point de dignité. Finalement, elle persuada Jimmy de lui couper les vivres – plus de chèque, ni de carte de crédit, ni d'appel en PCV quand ça n'allait pas. L'amour vache, selon elle. L'amour mesquin, selon lui. Elle insista jusqu'à ce qu'il cède. Sa fille devinerait certainement que c'était elle qui avait coupé le cordon.

Après les « années Jono » – ainsi que les appela ensuite Jimmy, car le rire soulage quand le plus dur est passé –, Caroline revint à la maison. Assise à la table de la cuisine, les yeux tournés vers son père, elle annonça son intention de prendre un nouveau départ ; mais elle ne s'adressa qu'à Jimmy. Sa rupture avec Jono était due au fait que leur relation l'avait « vidée » et « rendue malade ». Effectivement, elle ressemblait à quelqu'un qui vient d'être renversé par un camion. Aucun détail ! Elle demanda l'autorisation de rester, le temps de récupérer. Elle s'adonna à la natation et à l'exercice physique, se plongea dans les livres. Elle suivit des tas de cours, resta peu à la maison, trouva un emploi à mi-temps dans une parfumerie chic de Beverly Boulevard, puis au rayon bonneterie-gants-écharpes-chapeaux de Saks. Elle refusa que son père lui procure un job aux pépinières, sous prétexte qu'elle préférait atteindre son objectif par ses « propres moyens ».

Quand Eleanor lui demanda quel était cet objectif, elle répondit simplement : « Quelque chose de spirituel, en rapport avec l'âme. » Eleanor se retint pour ne pas rouler des yeux étonnés, et Caroline demanda si elle pourrait simplement garder sa chambre encore un peu. Ils répondirent « oui » d'une seule voix et, six mois après, Caroline repartit.

Ils la voyaient de temps à autre. Elle semblait en bonne forme. Saine et forte. Elle travaillait, suivait des cours. Et toujours de l'exercice, de la danse, du yoga. De nombreux jeûnes. Elle s'intéressait au chamanisme, étudiait l'Ayurveda, une ancienne discipline corporelle, leur dit-elle.

Coup de pied de Jimmy sous la table. Eleanor se mordait les lèvres et ne bronchait pas. Le temps passait. Caroline se montrait polie, distante. Elle leur en voulait, mais sans agressivité ; elle ne faisait pas le tour du ring. Jimmy la voyait et lui parlait plus souvent qu'Eleanor. Des flacons d'herbes médicinales apparaissaient sur l'évier de la cuisine, un mystérieux jus vert dans le réfrigérateur, un espalier au garage. Il gardait le contact, puis il mourut. Par un beau dimanche matin ensoleillé, il sortit et mourut.

« Caroline, j'apprécierais que tu reviennes à la maison. »

Trop tôt. La terre du cimetière collait encore à leurs semelles. Trop de noir, trop de fleurs, mais Eleanor n'avait pas pu se retenir.

Caroline se pencha vers elle, le regard vide, et chuchota d'un ton vaguement soupçonneux :

« Quoi ? »

Eleanor entendit Rose et Moonie ouvrir et fermer des portes de placards, dans sa cuisine.

« Que veux-tu dire ? » insista Caroline, dont les grands yeux sont du même brun que ceux de son père.

Eleanor sentit sa tête tourner.

« J'apprécierais que tu dormes ici.

— Quand ?

— Ce soir. »

Incrédule, Eleanor observait l'expression de son unique enfant. Le rire de Rose, et le grincement particulier de son lave-vaisselle.

« J'habite ailleurs, dit Caroline.

— Je sais.

— Je ne vis plus ici. »

Elles se regardaient dans les yeux.

« Caroline...

— J'ai ma vie. »

Eleanor, en revanche, n'avait plus de vie. « La vie sans Jimmy », un titre pour une mauvaise pièce. Sa vie s'était éclipsée. Comment sa propre fille pouvait-elle être consciemment aussi cruelle ?

185

« Combien de temps veux-tu que je dorme ici ? »

Je ne peux pas, je ne peux pas, je ne peux pas...

« Je ne peux pas rester seule ici, Caroline.

— Mon Dieu ! (Ses grands yeux noyés de larmes, Caroline baissa brusquement la tête et tourna le dos à sa mère.) Mon Dieu ! »

Eleanor aurait dû attendre, essayer de rester seule pendant un jour, deux jours, une semaine. Elle savait qu'elle avait commis une erreur, mais un matin on a un mari, et deux matins plus tard on n'en a plus. On quitte sa maison mariée, et on revient veuve. Pourquoi aurait-elle dû s'endormir et se réveiller seule ? Et à qui demander de lui tenir compagnie, sinon à sa fille ?

Des serviettes froissées, des empreintes de rouge à lèvres au bord des tasses, des miettes de noix de pécan sur le plancher.

« Comment appelle-t-on ce qui vient après un deuil si on n'est pas irlandais ? » demanda-t-elle à D. R.

Penchée vers lui sur le divan, elle pensait aux veillées funèbres de jadis.

Troublé, D. R. promenait tristement son regard sur sa maison emplie de monde.

« Je ne sais pas. »

Plus que Matt et Moonie, puis seulement Moonie ; Kenny, D. R. et Rose, puis seulement Rose. Les femmes... Elle les entendait dans la cuisine. Le bruissement léger de deux femmes qui déchiraient le film protecteur transparent, rinçaient les verres, grattaient les plats. La pièce empestait. Des chaises vides, loin de la table. Un verre de vin sur le piano, une assiette oubliée par terre. Des miettes de pain de seigle, une trace de moutarde dorée, une fourchette les dents en l'air.

Pourquoi les gens envoyaient-ils des *deli* ? Elle se rappela une anecdote racontée par Jimmy : sa première invitation à dîner chez un copain juif, à l'école primaire.

Le regard de Jimmy s'alluma : « Il s'appelait Izzy. Un excellent joueur de base-ball, et il venait souvent dîner chez nous : des macaronis, les pizzas de Sis, des coquillages. Un jour, il m'invite. J'accepte et je lui demande : "Qu'est-ce qu'on mange chez toi ? – Des *deli*", me dit-il. Des *deli*. (Jimmy répète ce mot en le savourant.) J'essaye d'imaginer des *deli*. Un poisson, des calamars ou une spécialité du Nord ? Et Sis me dit : "Tu dois être poli quand on t'invite ; tu mangeras tout ce que cette dame te servira dans ton assiette. – Oui, m'man." Quand je suis arrivé chez Izzy, j'étais l'ombre de moi-même. »

Des plateaux de *deli*. Des plats auxquels plus personne ne touche, car on se soucie de son cholestérol, sauf face à la mort. Une fois le cercueil en terre, on sort le corned-beef, les cornichons, le foie haché, la salade de chou cru. Eleanor sentit sa tête tourner.

« J'apprécierais que tu reviennes à la maison, Caroline, lança-t-elle, en se redressant sur son siège, à sa fille, de dos. (Sa tête tournait de plus en plus.) J'apprécierais que tu dormes ici pendant quelque temps. »

Ça ne dura pas bien longtemps, mais elles commirent toutes les deux une terrible erreur. Eleanor fit appel à Caroline, et celle-ci céda à la demande de sa mère : elle revint.

— Parlez-moi de vos vertiges, dit Eleanor à Chassi.
— J'en ai quelquefois.
— Ça a commencé quand ?
— Je ne sais pas.
— Vous n'en avez aucune idée ?
— Non.

187

Eleanor trace sur son bloc les lignes d'un jeu de morpion.

— Pendant votre dernier film ? Quand le studio vous a adressée à moi ?

Chassi ne répond pas.

— Comment expliquez-vous ces vertiges ?

— Je ne les explique pas.

— Dites-moi si votre mère vous manque.

— Vous vous dispersez, non ?

Eleanor place un x dans le coin gauche de son croquis.

— Je pensais justement à elle, ajoute Chassi.

— Plus que d'habitude ?

— Je ne sais pas.

— Un souvenir précis ?

— Non.

Eleanor dessine un cœur autour de son diagramme.

— Qu'est-ce qui vous manque le plus ?

— Ses mains, dit Chassi en se levant. Vous ne trouvez pas ça bizarre ?

Le dos svelte de la jeune fille, l'oscillation de sa chevelure quand elle bouge, la base de sa nuque, éclairée par la lumière.

— Ma mère était très affectueuse et elle avait de belles mains.

Eleanor pose son stylo sur son bloc.

— Elle avait la main sur votre bras, dit Eleanor.

Chassi se tourne.

— Quoi ?

— A Rome, elle avait la main sur votre bras.

— Oui.

— Pourquoi ?

— Pourquoi ? (Chassi hésite.) Qu'est-ce que vous voulez dire ?

— Pourquoi avait-elle sa main sur votre bras ?

— Parce que nous marchions ; elle me tenait le bras et nous marchions.

— Pourquoi ?

— Pourquoi quoi ?

— Pourquoi tenait-elle votre bras ?

— Nous étions bras dessus, bras dessous, comme dans un film.

— Elle tenait votre main ou votre bras ?

— Mon bras. Elle avait la main sur mon bras.

Le ton de Chassi, son regard, la position de ses épaules.

— Pourquoi ? demande Eleanor.

— Je ne sais pas. Quel est le problème ?

— Votre mère avait l'habitude de vous tenir le bras ?

— Non. Où voulez-vous en venir ?

— D'où sortiez-vous ?

— Nous avions dîné ensemble, je vous l'ai déjà dit.

— Vous vous souvenez de ce dîner ?

— Oui.

— De quoi aviez-vous parlé ?

— Je ne sais pas.

— Je croyais que vous vous en souveniez.

Légère hésitation de Chassi.

— Non.

— A quoi pensez-vous ?

— A rien.

— Avez-vous des vertiges en ce moment ?

— Non.

— Craignez-vous d'avoir une tumeur cérébrale ?

— Non.

— Vous réjouissez-vous de tourner votre prochain film ?

— Non. (Chassi lève un instant les yeux au ciel.) Enfin, oui. Je ne faisais pas attention ; vous allez trop vite.

— Vous avez des vertiges ?

189

— Non.

— Que s'est-il passé à ce dîner ?

— Rien. Pourquoi êtes-vous si autoritaire ?

— Votre mère était-elle quelquefois autoritaire ?

— Non.

— Jamais ?

— Jamais avec moi.

— Avec qui ?

— Je ne sais pas, je voulais dire que...

— Avec votre père ?

— Non.

— Vos parents se disputaient ?

— Non.

— Vous vous disputiez avec eux ?

— Non.

— Vous ne vous êtes jamais disputée avec votre mère ?

Pas de réponse.

— Chassi ?

— Quoi ?

— Chassi ? répète Eleanor.

Des yeux ébahis se tournent vers Eleanor.

— Elle me tenait la main et pas le bras. Je viens de me rappeler qu'elle me tenait la main.

Sally guidait d'une main son pinceau de rouge à lèvres ; ses épaisses boucles rousses étaient tirées en arrière, le ruban blanc à peine serré. Deux petites lampes de cristal avec un abat-jour couleur ivoire reposaient de chaque côté de la coiffeuse ; en dehors de cette douce flaque de lumière, la pénombre enveloppait la grande chambre à coucher. Chassi bâilla et s'étira sur la pile d'oreillers de sa maman ; elle s'était endormie sur son livre d'espagnol. Les coins des pages laissaient une marque rose sur son poignet.

Elle se dégagea de la couverture que sa mère avait bordée sur elle, puis s'allongea à plat ventre au pied du lit de ses parents pour regarder.

Elle ne dit rien, Sally la croyait toujours endormie. La couverture soyeuse était bleu pâle. En appui sur ses coudes et le menton soutenu par ses deux poings, elle gardait les yeux fixés sur la main de sa mère. « Une femme digne de ce nom doit savoir se maquiller », avait dit sa mère au journaliste. Mais, à la différence des autres femmes photographiées sur le papier glacé du magazine, elle ne portait ni peignoir de velours vert bouteille, ni kimono noir sexy, ni mules ornées de plumes de marabout. Assise devant sa coiffeuse encombrée de flacons et de pinceaux mystérieux, elle s'était attifée d'un peignoir de flanelle écossais, d'un ton rouge fané, et d'épaisses socquettes rouges.

Chassi savait qu'elle portait ce peignoir pendant toute sa grossesse et à l'hôpital, la nuit de sa naissance. « J'ai quitté la maison en peignoir, avec de grosses socquettes roses et des tennis. Mes cheveux tenaient avec une barrette. (Les doigts de sa mère faisaient l'araignée sur le dos de Chassi.) Mais j'avais mis du rouge à lèvres », ajoutait-elle en riant. Comme disait Nana : « Ma Sally, avec ses chiffons et son rouge à lèvres ! »

Le coude pâle de sa mère pointait à travers le tissu usé de la manche droite. Elle avait égaré la large ceinture assortie ; un cordon tressé, vert vif, d'une ancienne robe d'été, lui serrait la taille. Le verre en baccarat, à demi empli d'un liquide ambré, entre les flacons de parfum et les houppettes à poudre, constituait le seul élément un peu théâtral de cet ensemble. Sally tamponna le pinceau au bout du tube de rouge à lèvres, sous le regard fasciné de Chassi.

Saul surgit du vaste dressing-room et se plaça derrière son épouse. Un père grand et imposant comme une montagne noir et blanc : pantalon de smoking en serge noire, dont le tissu brillant tombait en cascade le long de ses jambes ; chaussures vernies noires ; chemise blanche ouverte. Il tenait une poignée de boutons de manchette et observait Sally dans la glace.

Chassi sourit, cala son menton dans sa main et essaya de respirer le plus silencieusement possible. De sa position stratégique, il lui semblait voir ses parents dans un film.

Sally posa son rouge à lèvres et prit un long crayon noir.

— Nous allons être en retard, dit Saul.

Sally traça d'une main sûre un fin trait noir le long des cils de son œil droit. Tranquillement, sans heurts. La perfection. Quand Chassi essayait d'en faire autant, devant sa petite coiffeuse, le trait dérapait dans tous les sens. Une fois, on aurait dit une monstrueuse cicatrice qui barrait sa joue jusqu'à l'oreille.

— Tu sais comment tu vas t'habiller ? demanda Saul.

Sally déplaça son crayon noir vers son œil gauche.

Saul se balança sur un pied, souleva le verre en cristal posé sur la coiffeuse et avala une gorgée de whisky.

— Où crois-tu que ça va te mener ?

Sally cligna des yeux, tourna lentement son menton à droite puis à gauche et reposa son crayon.

Elle semblait ignorer la présence de Saul. Elle promena un autre pinceau sur une boîte de poudre vert olive, souffla pour retirer l'excès de fard et balaya ses deux paupières à demi fermées. Ses grands yeux verts écarquillés, elle examina ensuite le résultat dans la glace. Elle rajouta un peu de poudre plus sombre au creux de chaque paupière.

Le verre de whisky toujours à la main, Saul l'observait.

— Ça ne te mènera nulle part.

Sally ne leva pas les yeux. Elle saisit un flacon en cristal, le déboucha, l'inclina et versa le liquide sur le bout de ses doigts, derrière ses oreilles et sur sa gorge blanche, entre ses seins. Une odeur de gardénia. Chassi avait déjà décidé qu'elle ne mettrait jamais de parfum : c'était artificiel et ça ne correspondait pas à la *vraie* odeur des gens.

Saul avala une autre gorgée de whisky. Sans faire de bruit, Chassi roula un peu plus sur le côté. Sally replaça le flacon de parfum.

Saul vida le verre et ne bougea pas. Léger cliquetis du glaçon.

D'une main, Sally libéra ses cheveux. Les boucles rousses surmontaient son grand front crémeux, se séparaient impeccablement au milieu et retombaient en décrivant une courbe harmonieuse au-dessus des sourcils arqués. Sally passa ses mains dans ses cheveux, secoua un peu la tête en agitant de chaque côté la masse de sa chevelure.

Saul ouvrit son poing, jeta les boutons de manchette à la tête de sa femme dans le miroir. Ils le heurtèrent et retombèrent bruyamment sur la plaque en verre de la coiffeuse. L'un d'eux rebondit en silence sur le tapis, aux pieds de Sally. Chassi entendait maintenant son propre souffle, elle le sentait à travers ses doigts, plaqués sur ses lèvres comme un bâillon ou un bandana – qui dissimule le bas du visage d'un cow-boy qui se prépare à dévaliser une banque. Rien ne bougeait. Silence total. Whisky et gardénia, le souffle de Chassi, les battements de son cœur.

Saul pivota sur lui-même et disparut dans le dressing-room. Il ne quitta pas sa femme des yeux, elle garda les siens rivés au miroir. Ni l'un ni l'autre ne remarqua que leur fille – allongée dans le noir au pied de leur lit, à l'autre bout de la chambre – les observait.

Chassi était sincère quand elle a dit au Dr Costello que sa mère ne se mettait pas en colère. En tout cas, elle n'avait jamais entendu de paroles blessantes ni d'éclats de voix provenant de la chambre à coucher de ses parents, du bureau de son père ou du cabanon près de la piscine. L'arme de Sally était plutôt le silence. Un silence distant et glacial. Cette fameuse dispute, le soir des boutons de manchette « volants » – c'est ainsi qu'elle l'a cataloguée dans sa tête –, concernait le film. La plupart de leurs discussions concernaient *le* film. Pas un film spécifique, mais le film du moment, celui qu'elle tournait et qui faisait, pour un certain temps, partie de leur vie. Mais ce soir-là, ainsi que les trois jours précédents et les douze suivants – quinze jours gravés dans sa tête comme ceux qu'elle marquait d'une croix rouge sur le calendrier, avant Noël ou les vacances scolaires –, résonnait du silence de sa mère au sujet de *Sans tambour ni trompette*.

Quand elle avait annoncé son intention de jouer dans ce film, Saul avait ri. Puis, voyant qu'elle parlait sérieusement, il objecta, fit appel à son bon sens et insista sur les « inconvénients évidents ». Chassi répétait tout bas cette expression pour la retenir. Sally donna son point de vue, mais ils ne tombèrent pas d'accord. Malgré son jeune âge, Chassi comprit qu'ils évitaient les affrontements, faisaient semblant de s'écouter, mais restaient sur leurs positions. Exactement comme lors de ses disputes avec Andrew, qu'elle écoutait à moitié, sans s'intéresser à ce qu'il racontait et en pensant aux arguments qu'elle emploierait dès qu'elle pourrait parler. Sa mère admettait que le budget restait limité, qu'il était difficile de tourner sans argent et que ce jeune scénariste réalisateur surgissait du néant.

« Pas l'ombre d'une référence, insista Saul.

— O.K., répliqua Sally.

— Un minable ! » marmonna Saul, en tapant son porte-documents contre l'évier.

Chassi plongea sa cuillère dans ses céréales. Son père marchait autour de la table, tandis que Sally cherchait l'endroit où elle avait posé sa tasse de café.

« Non, Saul, ce n'est pas un minable.

— Quoi d'autre ? »

La tasse de Sally se trouvait près du grille-pain. Chassi la vit. Sa mère perdait toujours sa tasse de café, c'était une habitude.

« Je trouve son scénario excellent. Tu ne peux pas dire le contraire.

— Effroyable ! Si tu tournes ce film, ta carrière est fichue.

— Mais non, Saul. »

Sally tendit la main pour prendre une autre tasse dans le placard.

« Maman, dit Chassi, elle est près du grille-pain.

— Sally, s'écria Saul, tu perds la tête ! Nous sommes en Amérique, tu ne peux pas faire un de ces fichus films anti-militaristes à propos du Viêt-nam ! »

Sally se tourna, le visage en feu.

« Et pourquoi pas ?

— Tia, je dois aller à la bibliothèque après mes cours », annonça Chassi.

Elle préparait son exposé sur l'Italie. Elle avait une préférence pour l'Irlande, mais trop d'élèves choisissaient ce pays. Il fallut donc tirer au sort.

« Je t'emmène, dit Tia en versant du café dans la seconde tasse de Sally.

— Saul, je t'ai dit que je veux faire ce film pour Joey. »

Le ton de Sally était sans réplique.

Chassi n'ignorait rien de Joey. Elle avait vu toutes les photographies de son oncle, mort à la guerre. Le petit frère de maman, qu'elle suivait page à page dans les albums de Nana. Ce garçon au sourire en coin et aux cheveux roux.

« On ne mélange pas les sentiments et les affaires, objecta Saul.

— Chassi, ton petit-déjeuner !

— Oui, Tia, je mange, je mange. »

L'Italie valait tout de même mieux que l'Islande. Judgie Vallely avait eu l'Islande et piqué une crise de nerfs. Elle avait dit au professeur qu'elle refusait, et le professeur avait répondu qu'il n'en était pas question.

« Saul, je ferai ce film », répéta Sally.

Saul ne broncha pas.

« Saul, ma décision est prise.

— Je ne te laisserai pas faire.

— Saul ! »

La discussion s'arrêta là. Mais, à travers la cuisine, Chassi, penchée sur son bol de céréales, son jus d'orange et ses œufs brouillés, entendit son père dire « non » d'une voix ferme.

Chassi leva les yeux. Tia s'interrompit dans sa tâche au comptoir. Sally jeta un long regard à son mari et sortit. Saul s'immobilisa devant les portes-fenêtres, la cuillerée de céréales de Chassi resta en suspens, et Tia laissa retomber sa main qui serrait une éponge rose.

A partir de ce moment, le silence s'installa et la seconde tasse de café refroidit près du téléphone de la cuisine.

Devant le silence du soir, Chassi se tient sur le seuil, devant l'ancienne chambre de ses parents. Les lampes sont éteintes sur la coiffeuse ; Tia ne les allume plus jamais. Sa mère gagna, évidemment : il lui fallut quinze jours pour faire céder Saul. « Les femmes sont plus têtues que les hommes, ma chérie, confia-t-il à sa fille, elles arrivent toujours à leurs fins. » Chassi ignorait le sens d'« arriver à ses fins », mais elle savait que sa mère apprenait son nouveau rôle, allait à des essayages et se préparait à tourner. Sans l'ombre d'un doute, elle avait obtenu gain de cause...

Chassi s'éloigne de la porte, le scénario de *Sans tambour ni trompette* à la main. Son regard s'attarde au pied du grand lit double. Plus le moindre relent de gardénia, plus de bouton de manchette en or scintillant sur le tapis. Non seulement sa mère gagna, mais elle remporta l'Oscar.

Le fait que Sally exprime alors sa reconnaissance à Saul sembla un mystère à la petite Chassi âgée de onze ans. Debout deux pas en arrière, sa main dans la grosse patte de son père, elle vit sa mère – éblouissante dans sa robe de satin grenat – serrer dans ses bras le nabab et déclarer aux journalistes : « Sans Saul, je n'aurais jamais eu le courage de tourner *Sans tambour ni trompette.* » Un peu plus tard seulement, elle réalisa que le commentaire de sa mère aux journalistes aurait pu lui valoir un second Oscar.

15

Ionie est assise dans sa voiture, derrière le Ramada. Elle a garé sa Datsun à côté de l'Explorer de Jones. Elle aurait dû y aller : il est treize heures passées. Elle aurait vraiment dû y aller ! Le mot est bien en vue sur le pare-brise. Griffonné de son écriture irrégulière : *$ 25*, ce qui signifie qu'il occupe la chambre 250. C'est absurde. Croit-il vraiment qu'on les suit ?

Son téléphone mobile à la main, elle transpire en attendant que Nicki décroche. Et si elle achetait un trench-coat à Jones et, pour elle, un chapeau avec un voile ? Elle glisse son index dans un petit trou du siège recouvert de vinyle, sous sa cuisse, et tire dessus. Sa voiture se désagrège. Un dessin animé pourrait la représenter roulant sur la 101, les cheveux au vent, prenant la rampe de sortie de Cahuenga, à plus de cent dix kilomètres à l'heure, sa radio à fond. Il ne resterait plus que le volant, le tableau de bord et un morceau de la carrosserie, tandis que les pneus se détacheraient un à un.

— Allô, Ionie ?

Son cœur bondit dans sa poitrine.

— Oui, Nicki ?

— Elle est toujours en ligne. Nous vous recontacterons, ajoute l'assistante de Nicki, avec le ton d'un président-directeur général.

— Hum, je...

« Où sont passées les anciennes secrétaires ? demanda un jour Kitty Ray à sa fille. Et d'où viennent toutes ces assistantes ? Une bonne vieille secrétaire ne suffit donc plus à personne ? » Kitty Ray a été autrefois secrétaire. Une véritable perle, selon elle ; capable de prendre un texte en sténo plus vite que la lumière !

— Ionie, nous vous recontacterons.

— Je préfère attendre.

— Elle a du retard pour son déjeuner, dit la voix suffisante.

L'agence n'est-elle pas à son service ? Ne lui reverse-t-elle pas dix pour cent de l'argent qu'elle gagne ? D'accord, ce n'est pas grand-chose, mais tout de même...

— J'attendrai, répète Ionie, en empoignant son volant de l'autre main.

Ding, ding, ding, fait le compteur de son téléphone mobile : ça lui coûte une fortune d'attendre dans sa voiture, en plein milieu de Burbank, que cette femme qui travaille pour elle daigne lui répondre.

— Elle est censée se rendre au Dôme !

— Très bien.

— Ionie, je ne sais pas si elle aura le temps de vous parler ; elle devrait déjà être là-bas.

Le Dôme, le Dôme... Allons, vous n'allez pas me jouer ce tour-là.

— J'ai vraiment besoin de lui parler, insiste-t-elle d'une voix douce.

Son interlocutrice pousse un soupir.

— Nous vous rappellerons immédiatement après le déjeuner.

C'est ça, ils vont me rappeler ici, au Ramada, chambre 250. Si ça sonne, je dirai à Jones que c'est pour moi, et j'espère que nous aurons terminé, que je pourrai parler et que je n'aurai plus son sexe dans ma bou...

— Ionie ?

Mon Dieu, la voix de Nicki.

— Oui, c'est moi, Nicki.

— Qu'y a-t-il ?

Quelle question ! Ionie passe ses doigts sur son volant et essaye de respirer normalement.

— As-tu des nouvelles ?

— De quoi ?

— De *Sans tambour ni trompette.*

— Non.

— On est fin mai, presque en juin, et ils veulent commencer en août. Il faut qu'ils distribuent le rôle, non ?

Parasites sur la ligne.

— Je t'avais dis que je te rappellerais.

Encore des parasites. Ionie ouvre grand la portière, sort de sa voiture avec le téléphone et reste debout sur le gravier, une main sur la portière.

— Ils ont retenu quelqu'un ?

— Pas que je sache.

— Mais le saurais-tu ?

— Ionie, tout ce que je sais c'est qu'ils m'appelleront pour me faire une offre s'ils veulent de toi.

On pourrait s'étouffer, s'évanouir, avoir un infarctus sur le parking du Ramada, au centre de Burbank, sans que personne s'en aperçoive.

— Ils viennent de distribuer l'autre rôle, dit Nicki.

— Lequel ?

— Le soldat. Le premier rôle masculin, qui partage la

vedette avec Jennings. Ils ont engagé Tim Burke, comme ils le souhaitaient.

Tim Burke est un acteur connu, un nom...

— Oh, dit Ionie, la main tremblante.

Et elle ajoute, avec entrain :

— Très bien. Je voulais simplement me tenir au courant.

— Ça te dirait, une émission-pilote ?

— Hum, O.K.

Une émission-pilote... Est-ce la preuve que Nicki n'a plus d'espoir pour le film ? Pourvu qu'elle ne renonce pas à ce projet !

— Ecoute, je dois aller déjeuner, déclare Nicki. Le film de la semaine passe dans quinze jours et la chaîne mise dessus. Fais-moi confiance, Ionie.

— O.K.

— Je dois partir.

— Très bien, mais pourrais-tu...

Silence sur la ligne. Nicki a raccroché, à moins que le téléphone de Ionie ne soit déchargé. Elle s'effondre contre l'Explorer, observe le mot derrière le pare-brise et referme son téléphone. « Tim Burke », soupire-t-elle. Tim Burke est grand, mince et mystérieux. Il possède un visage de rêve et des yeux qui vous transpercent. Une grenade sur le point d'être dégoupillée...

Ionie sort son sac de la Datsun, ainsi que le papier jaune froissé de son *burrito* de Taco Bell et le reste de son Coca-Cola light. Tim Burke et Chassi Jennings sont des stars. La glace de sa boisson a fondu et elle ne pétille plus. Elle claque la portière ; un morceau de chrome se détache de la carrosserie. Immobile, son sac, sa boisson et le papier gras à la main, elle le regarde d'un air désemparé.

Elle se souvient d'un type, à son cours d'art dramatique, un vieux – il ne jouait pas comme un vieux et il était vraiment très drôle. Il avait une bonne soixantaine d'années. Ce type s'appelait Earl et racontait toujours des histoires sur « l'âge d'or » du cinéma. Sur des films de cow-boys ou de gangsters, réalisés en deux semaines à peine. Earl connaissait quelqu'un, un bon copain à lui, qui avait tourné entre autres avec John Wayne et Steve McQueen. Ionie n'avait jamais entendu parler de lui, mais, d'après Earl, il avait fait carrière... ou presque. Un de ces acteurs dont on reconnaît le visage tout en ignorant son nom, un « second rôle », gratifié, une fois, d'un premier rôle – mais ça s'était arrêté là. Au fil des ans, le déclin commençant, il eut des rôles de plus en plus minables, et puis plus rien du tout.

Une histoire classique, disait Earl, mais juste avant qu'elle s'achève, son copain et lui jouèrent dans un film sur les fonds sous-marins pour une compagnie qui n'avait pas les moyens de disposer du matériel nécessaire et encore moins d'aller tourner à San Pedro ou Santa Monica. Sous le plancher d'une misérable salle de tournage de Monogram – le dernier des studios – ce type et Earl, avec leur combinaison d'homme-grenouille et leurs palmes, attendaient, dans une obscurité à couper au couteau, le moment de lancer leur réplique à travers les lattes. Et ce type – qui faillit devenir quelqu'un – se tourna vers Earl en murmurant : « Sous le plancher de Monogram, on ne peut pas tomber plus bas. »

Sous le plancher de Monogram. Quelle horreur !

Le film de la semaine va être diffusé et ça ne changera rien, elle n'aura pas le rôle. Ils préféreront une actrice plus âgée, ou plus jeune, ou une petite brune, ou, cette fois-ci, sûrement un Noir. Le film de la semaine passe dans deux semaines et ils ne le verront même pas. Les gens du cinéma se fichent pas mal de la télévision ! « Cesse de te lamenter, Ionie, lui dirait probablement sa mère, compare avec tes semblables et tu verras la chance que tu as. » Mais elle n'est pas « tes semblables », elle est actrice et, brusquement, toute cette histoire lui fait horreur. Elle aurait dû étudier pour devenir... n'importe quoi, même une « assistante » parlant d'un ton sentencieux.

Après avoir donné un coup de pied dans le gravier, elle traverse le parking en pensant à son agent qui déjeune au Dôme.

— Et le réalisateur ? demande Andrew sans regarder Chassi, car il n'a d'yeux que pour les délicates racines du cyclamen qu'il est en train de dépoter.

Chassi tend la main.

— Laisse-moi faire.

— Chass...

— Tu détestes planter.

Elle lui pince l'épaule.

— Mais non.

Ils sont agenouillés côte à côte dans le cercle de briques, au tournant de la longue allée, parmi des plates-bandes de plantes blanches et mauves.

— Et le réalisateur ? répète Andrew. Tu le trouves sympathique ? Comment s'appelle-t-il ? Burrito ?

Chassi lui attrape l'épaule et le pousse avec force dans la terre fraîchement retournée.

— Peroni ! Pourquoi ne plantes-tu que des blanches ?

Andrew roule sur le dos dans l'herbe, en riant. Il lève les yeux vers elle et vers le ciel.

— Le blanc d'abord. Des cyclamens blancs, des pervenches mauves, c'est prévu. Il ne serait pas espagnol, ton *señor* Peroni ?

— Il n'existe pas de réalisateur espagnol.

— Allons, Chassi ! Tu oublies Buñuel ?

— Bon, et à part Buñuel ?

— Aldomovar.

Elle éclate de rire.

— Ce n'est pas son nom.

— Tu sais bien qui je veux dire. Ce film avec une femme dont le lit est en feu…

— Almodovar et qui ?

Andrew soulève un tendre cyclamen blanc qu'il serrait contre sa poitrine et le tend à Chassi.

— Jorge Semprun.

— Qui ?

— Jorge Semprun, *chica* ! Et Carlos Saura, qui a fait des films géniaux. Et Cassavetes.

Petit sourire suffisant de Chassi.

— John Cassavetes n'était pas espagnol.

— Sûre ? Secoue un peu la terre et pose la plante, ce n'est pas de la microchirurgie, Chassi.

— Oui, *jefe*. (Penchée en avant, Chassi place la plante dans le trou et pousse la terre autour des racines.) Il était grec.

— Bravo, tu as planté un cyclamen. Qui était grec ?

— Cassavetes. (Chassi regarde Andrew.) Et Thalosinos aussi. Tu te souviens de lui ?

— Non. Si, peut-être… Il répétait dans le jardin avec ta maman ? Un brun, qui fumait ?

Chassi donne de petits coups dans la terre avec la bêche.

— Ouais.

— Pop ne l'aimait pas.

— Ah bon, Baudelio ne l'aimait pas ?

— Non, il jetait ses mégots dans le jardin et il ignorait l'usage des cendriers. Et ce Burrito, il te plaît ?

— Oui.

Profond regard brun d'Andrew.

Chassi hausse les épaules.

— Non, pas de cette manière-là. Enfin, je ne sais pas…

— Voilà qui est clair !

— Il est… Je ne sais pas…

Elle s'affale comme une poupée de chiffon, la nuque sur la poitrine d'Andrew, les jambes perpendiculaires à lui. Tous deux ont le dos à terre et regardent le ciel.

— Que vois-tu ? demande Andrew.

— Trois éléphants, dit Chassi qui observe le défilé des nuages.

— Ce sont des chiens, *niña*.

— Des éléphants.

— Tu vas sortir avec ce Perino ?

— Peroni, *Andres*.

Andrew pose une main sur la tête de Chassi.

— Réponds-moi. Tu vas sortir avec lui ?

— Je ne sais pas. Tu sens le savon.

— J'ai lu des articles sur lui. Un mauvais garçon…

Chassi garde les yeux fixés sur les nuages.

— Pas particulièrement bel homme, ajoute Andrew.

— Non.

Un silence.

— Mais intelligent ? marmonne Andrew.

— Oui. Les éléphants ne sont plus que de la bouillie.

Andrew tire une mèche des cheveux de Chassi.

— Je sais que tu sortiras avec lui. Toutes les femmes tombent amoureuses de leur metteur en scène.

Chassi sent sa tête monter et descendre sur la poitrine d'Andrew, au rythme des battements de son cœur. Elle sent sa mèche de cheveux enroulée autour de l'un de ses longs doigts et la chaleur du soleil ; elle respire une odeur de terre, d'herbe et de fleurs.

— Je croyais que tous les patients tombaient amoureux de leur psy, plaisante Chassi.

Andrew éclate de rire.

Chassi n'avait pas de vues sur Peroni. Elle guide le crayon couleur taupe autour des cils de son œil droit, d'une main aussi sûre que celle de sa mère autrefois. Plus de risques de dérapage. Habituellement, elle n'a de vues sur aucun homme, jusqu'au moment où quelque chose arrive par hasard. Du bout du doigt, elle étale le trait de crayon en une tache floue et s'occupe de l'autre œil. Des rencontres imprévues sur les lieux de tournage... Jusque-là, conquérir les hommes n'a jamais été son problème, elle s'est contentée de jouer avec eux et de passer au suivant. Ni lien ni engagement. Elle peut coucher ou ne pas coucher, du moment qu'elle a Andrew à qui parler, et son travail.

Peroni serait évidemment une tout autre affaire. Elle tamponne son doigt sur un rouge à lèvres lavande pâle et en étale un peu sur ses pommettes. Elle ne s'est jamais prise pour... quoi ? Une femme fatale ? Une femme qui jette son dévolu sur un homme et fait tout ce qui est en son pouvoir pour le séduire. Les lèvres pincées, les yeux mi-clos, elle s'étire comme un chat devant son miroir. Puis elle prend son crayon à lèvres.

Peroni jouit d'une réputation douteuse. Comme dit Andrew, c'est un mauvais garçon. Trois divorces, trois ex-épouses, trois enfants. Mauvais, mauvais, mauvais ! Mais il possède du charme, une intelligence extraordinaire, pas une once d'arrogance et une certaine drôlerie... Et puis... C'est curieux, ce jugement d'Andrew au sujet des actrices et de leurs metteurs en scène. Elle n'est jamais sortie avec un metteur en scène, bon ou mauvais garçon. Elle se penche en avant, dirige vers le haut son crayon mauve. Un souvenir lui revient, avant même qu'elle ait fini de maquiller ses lèvres.

Ça se passait au restaurant du studio, dans le secteur « avec nappes ». Pas du côté du libre-service, qu'elle appréciait particulièrement. Des carrés tremblotants de gelée rouge dans un joli plat en verre, des parts de cantaloup, du pudding au chocolat, à la vanille ou même au caramel – le tout aligné sur de la glace. On pouvait se servir facilement et poser ce qu'on voulait sur son plateau. C'était son secteur préféré, mais sa mère n'y allait guère. Il y avait trop de monde. Trop de gens qui voulaient lui parler des films qu'ils avaient tournés avec elle ; et quand ils cessaient de l'accaparer, elle n'avait même plus le temps de déjeuner. Dans le secteur des nappes, personne ne la dérangeait, sauf, éventuellement, une autre star ou quelque abruti en costume-cravate – car on admettait tacitement, en ce lieu, qu'il fallait laisser les stars tranquilles. Bien sûr, on pouvait choisir du pudding au chocolat, mais une serveuse vous l'apportait, et c'était beaucoup moins drôle que de tout avoir sous les yeux et de planter son doigt dans la glace.

Ce jour-là, Chassi accompagnait sa maman et John Thalosinos, qui fumait en mangeant. Chassi le dévisagea jusqu'à ce que Sally intervienne. Une bouchée de sandwich, une bouffée de fumée aspirée et soufflée, une gorgée de café, deux autres grosses bouffées de fumée. « Chassi ! » Chassi baissa les yeux, étala le pudding au-dessus de l'entaille d'où elle venait de prélever une cuillerée. En déplaçant le pudding d'une certaine manière avec sa cuillère, on donnait l'impression de n'avoir rien mangé. Bien sûr, le niveau baissait, mais il n'existait aucun trou révélateur. Le niveau baissait sans cesse, jusqu'à ce qu'on fasse tinter son couvert sur le fond de l'assiette.

« Finis ton lait, Chassi. »

Thalosinos buvait beaucoup de café, et il avait des cheveux hirsutes. Chassi cognait ses talons – d'un pied, puis de l'autre – contre le box bien rembourré.

« Chérie, tu donnes des coups de pied », dit Sally.

207

Thalosinos avait un peu de barbe sur le visage, comme si son rasoir ne marchait pas. Chassi adorait regarder son père se raser. Il la laissait quelquefois étaler elle-même la mousse blanche, quand il n'était pas trop pressé.

« Chérie, arrête d'ouvrir des yeux pareils », dit Sally.

Et Thalosinos sentait la fumée.

« Un second pudding pour la petite ? » demanda la serveuse, souriante.

Bonnie était la serveuse favorite de Chassi. Elle débordait presque de son uniforme, comme si elle était faite de ballons, et on apercevait même sa combinaison rose.

Chassi recommença à cogner ses talons contre le cuir.

« Je peux, m'man ?

— Hum ! fit Sally. Chassi, tu donnes des coups de pied !

— Madame, demanda la serveuse, vous me permettez de lui donner un autre pudding ?

— Mais oui », répondit Sally.

Hourra ! Hourra pour Thalosinos, grâce à qui elle avait laissé tout cet affreux hamburger. Après l'avoir désintégré en tirant dessus, elle dissimula les morceaux sous une rondelle de tomate, un petit tas de ketchup, une feuille de laitue et sous la table. Elle en enfouit une partie sous l'affreuse salade de pommes de terre et cracha ce qu'elle avait mâché dans sa serviette, roulée sur ses genoux. Elle détestait toutes les viandes – y compris les hamburgers, les hot-dogs et les *chicken nuggets*, ces choses dégoûtantes qu'on essayait toujours de lui faire avaler. Le steak qu'il fallait mâcher et remâcher, et qui saignait dans les pommes de terre comme des écorchures au genou. Et les côtelettes d'agneau avec leur terrible odeur, quoi qu'en dise Tia. D'ailleurs, comment pouvait-on manger de petits agneaux ? Cette idée lui donnait la nausée.

D'habitude, sa mère découvrait sa ruse. Elle fouillait

sous les croûtes, dans les chips, et déplaçait tout avec ses ongles orange jusqu'à ce qu'elle ait retrouvé la viande cachée par Chassi. « Trois bouchées ; je t'en prie, ma chérie ! » lui susurrait-elle avec un regard suppliant de ses grands yeux verts. Chassi se tortilla dans le box, excitée et ravie à l'idée qu'elle demanderait toujours à sa mère d'emmener John Thalosinos déjeuner avec elles. Ce bon vieux Thalosinos, qui fumait comme une cheminée. Quand il déjeunait avec sa mère, c'est lui qu'elle regardait, au lieu de surveiller ce qui se passait dans l'assiette de sa fille.

Assise devant sa coiffeuse, Chassi, stupéfaite, observe dans son miroir la ligne de crayon mauve qui a dérapé de sa lèvre sur son menton.

Elle couche avec deux hommes, c'est clair. A moins que… Mais si, c'est bien ça ! Ionie fait un pas à droite : une femme avec un bébé dans une poussette et un bambin boudeur, empestant le jus de pomme, se faufile à côté d'elle par la porte de derrière de Cuppa Joe. Un soleil de plomb sur le parking ; elle marche entre les voitures garées, une main levée pour se protéger de la lumière éblouissante. Des hommes, il y en a toujours eu dans sa vie. Quand on est jolie, il y a toujours des hommes. « Tant d'hommes et si peu de temps », dit-elle tout haut, avec un fort accent du Sud. Deux voitures plus loin, un homme lève les yeux sur elle. Ionie le dévisage et sourit.

Derrière la porte de sa Datsun, elle passe son uniforme de Cuppa Joe par-dessus sa tête, le jette sur le siège avant droit, tire sur son tee-shirt et se glisse à l'intérieur. Elle garde les jambes dehors et la portière ouverte. Elle n'avait jamais eu deux hommes à la fois ; pas de cette manière en tout cas. Elle ouvre d'un coup sec son Coca-Cola light.

Avec Jones, elle peut parler de tout. De son travail, de ses rêves, de ses angoisses, de ses soucis. Les coudes sur les genoux, elle avale une grande gorgée de sa boisson fraîche. Il l'écoute, il sait beaucoup de choses, il est attentif. Et si elle prenait un sandwich ? Elle fait une pause d'une demi-heure avant d'affronter à nouveau les mokas glacés et la puanteur des grains de café. Elle pourrait s'acheter un sandwich au thon chez Art's. Elle avale une autre gorgée de Coca-Cola. Avec Jones elle parle de tout ; avec Al elle n'évoque que le présent. Que manger ? Quel film voir à sept heures ? Aller à la plage demain ou plutôt à la montagne ? Pourrais-tu récupérer mes chemises mardi ? Bien sûr, elle ira chercher ses chemises mardi.

Ils se disputent. Sans doute trop, mais ils possèdent tous les deux une « tête de cochon », lui a fait remarquer sa mère, quand elle lui a raconté leur dernière querelle par téléphone, tellement elle avait le cafard. Elle s'essuie les lèvres du dos de la main. Elle ne voudrait qu'une moitié de sandwich au thon. Pourquoi n'en servent-ils que des entiers ? Ah, les restaurants ! La plupart des personnes préfèrent la moitié d'un sandwich.

Ce n'est pas que Al soit indifférent. Il tient beaucoup à elle. Probablement il l'aime, bien qu'il n'en dise rien. Les sentiments, ce n'est pas son style ! Jones, en revanche, déborde de sentiments. Dans ses yeux, dans sa manière de la toucher, de la tenir, dans tout ce qu'il fait et dit. Ionie déplace ses Nike sur le bitume, les remonte dans la voiture. Jones dit des choses, il parvient à la faire vibrer par ses paroles ou à la faire fondre. Elle place la canette fraîche contre sa joue. Ah, si seulement elle ne devait pas retourner à son travail ! Si elle pouvait démarrer, s'en aller sous ce soleil de plomb et brûler cet uniforme hideux en plein milieu du parking, pour qu'il ne soit plus qu'un petit tas fumant ! Elle en disperserait les cendres au milieu des grains de Colombia Supremo. « Pour Rudy, avec les meilleurs sentiments de Ionie… »

Jones connaît l'existence d'Al. Il sait qu'il est son petit ami, mais il ne demande jamais de détails. Il sait aussi qu'ils ne vivent pas ensemble, mais elle ne lui a pas avoué qu'il voudrait qu'elle vienne s'installer chez lui. Tout n'est pas bon à dire. Jones l'appelle parfois quand Al est là. Comment faire autrement ? Il n'a pas de bureau et elle s'imagine en train de lui téléphoner à son domicile : « Allô, madame Jones ? – Oui, ici Linda », répondrait la blonde épouse à la maîtresse rousse de son mari… Jones l'appelle donc.

« Qui est-ce ? demandait Al, adossé au réfrigérateur.

— Mon prof de yoga. »

N'est-elle pas une bonne actrice ? Donc une bonne menteuse.

Ionie place la canette contre son autre joue et fait rouler l'aluminium glacé sur sa peau. Al aussi peut la faire fondre, mais ce n'est pas son cœur qui fond. Ça se passe ailleurs, et il n'a pas besoin de mots.

Penchée en avant, Ionie examine son visage dans le rétroviseur. Elle doit couper ses cheveux. Jones n'est pas un mauvais amant, si elle en croit sa vaste expérience. Ionie fait une grimace, se redresse et vide le reste de sa canette. Quinze hommes. Elle se demande si ça représente beaucoup pour une femme de vingt-huit ans – bon, presque vingt-neuf – qui a perdu sa virginité à treize ans. Un homme par an, si on calcule bien, quoique ça ne se soit pas passé ainsi. Avec du recul, certains ne faisaient vraiment pas le poids. Tiens, que dit sa mère à propos des regrets ? Elle ne s'en souvient plus. En tout cas, on ne peut pas revenir en arrière. Quinze hommes, quinze minutes avant de revenir à ses cafés. Tant pis, elle n'a plus le temps de prendre un sandwich au thon !

Elle empoigne le haut de son uniforme, sort de sa voiture et jette le vêtement sur le capot. L'essentiel, dit Jones en la regardant dans les yeux, est qu'il lui donne du bonheur – avec sa bouche, ses mains, tout. Elle sent ses doigts chauds sur sa peau. Elle fronce les sourcils, étend l'autre jambe. Jamais Al ne tiendrait ce genre de propos. Il lui dirait plutôt : « Poupée, je vais te faire jouir à la folie. »

Ionie claque la porte de sa Datsun et fait le tour du parking en un temps record. C'en est trop. Jones, Al ; et ce rôle, l'obtiendra-t-elle ou non ? Pas de nouvelles de Nicki, et elle n'a rien lu dans les journaux professionnels à propos de l'attribution du rôle, alors que la date du tournage approche. Elle essaye de ne plus y penser, mais c'est presque impossible.

« Qu'en dit ton agent ? lui a redemandé Kitty Ray.

— Je te répète qu'elle me tiendra au courant.

— Si tu le dis ! »

C'est intenable, cette attente, cet espoir, ces prières. « Ma petite, on ne prie jamais pour de l'argent », lui disait sa grand-mère. Prier pour avoir un rôle, est-ce la même chose que prier pour de l'argent ? Ionie en doute, mais elle ne peut plus, maintenant, poser la question à sa grand-mère.

Les yeux bleus d'Al. Le doux regard brun de Jones ; et pour comble elle est sa première liaison ! Il le prétend, et elle le croit. Il n'existe pas la moindre trace de duplicité chez lui. A vrai dire, elle ne se sent pas coupable. Absolument pas ! Pourquoi se ferait-elle du souci pour sa femme et ses enfants ? Ça ne la concerne pas, mon Dieu ! Elle n'avait pas l'intention de devenir la maîtresse d'un homme marié, ni de coucher avec deux hommes à la fois.

Sa mère en ferait une tête ! « Maman, j'ai un petit problème, en plus du rôle... – Ma chérie, dis-moi tout. »

Elle imagine sa mère en train d'allumer secrètement sa

Marlboro, son téléphone à la main. Non, elle se débrouillera toute seule, car on ne discute pas de certaines choses avec une mère.

Les poings serrés, elle hoche la tête et donne des coups dans l'air en courant.

Saul ne veut pas d'elle. La jeune fille de la cafétéria est parfaite, son débit aussi, ainsi que son physique, mais Saul dit non.

— Pareille à un grand verre d'eau, déclare-t-il.

Assise au bord de son bureau, Chassi essaye de se concentrer.

— Papa, elle est parfaite, insiste-t-elle.

— D'accord, elle a lu parfaitement son rôle. Mais, à quoi bon ?

Chassi regarde Robby qui fait les cent pas, la tête baissée.

— Nous n'en tirerons rien, ajoute Saul.

Robby lève les yeux.

— Vous voulez dire au box-office ?

Saul approuve d'un signe de tête.

— Je m'en fous, dit Robby.

— Vous avez tort, objecte Saul.

Le visage de Sally est partout – sur les affiches, les photographies.

— Tu n'as pas besoin d'elle pour le box-office, papa, dit Chassi. La presse parlera du film, il y a maman, il y a...

Robby l'interrompt.

— Vous avez votre fille pour le box-office, Saul. Et Tim Burke, et moi... (Il part d'un grand rire.) Vous avez assez de box-office pour étouffer un cheval ! Cette fille a quelque chose dans le ventre, donnons-lui sa chance.

Chassi observe le visage de Peroni ; il la surprend et lui

213

sourit. Ses deux incisives sont irrégulières, l'une d'elles, celle de gauche, fait légèrement saillie. Ça ne manque pas de charme, mais il n'est même pas beau. Ce qui compte, c'est son intelligence.

— Elle était très bonne dans le clip du film de la semaine, lance le type du casting, assis sur une chaise dans un coin.

Personne ne daigne se tourner vers lui.

— La télévision, marmonne Saul, d'un air écœuré.

Son père est à son affaire, se dit Chassi. Il prépare un film, se montre spirituel, énergique. On dirait qu'il sort du coma.

Saul regarde Peroni.

— Un grand verre d'eau.

— Elle a éclipsé toutes les autres, dit Robby, debout devant le bureau de Saul.

Chassi l'examine. Il est petit et maigre. Quel âge a-t-il ?

— Je ne sais pas, dit Saul.

— Vous ne savez pas quoi ?

Peroni, ce petit homme intelligent et talentueux, tient tête à son père comme s'il était son égal, constate Chassi. Mais il éprouve manifestement du respect pour lui. Cette incisive en saillie et ces cheveux bizarres...

Chassi sourit.

— Alors ? lui demande Saul, qui a remarqué son sourire.

Puis il ajoute, sans attendre sa réponse :

— Personne n'a jamais entendu parler d'elle. On a ici entre cinq et dix noms d'actrices qui meurent d'envie de jouer ce rôle. Un peu plus mûres, plus cotées. Tous les agents de la ville m'appellent, et vous...

— Je veux une inconnue, déclare Robby.

— Je sais, marmonne Saul. Mais pourquoi, bon Dieu ?

Robby prend un air entendu.

— Une inconnue entre deux stars ! Saul, un homme comme vous possède un tel pouvoir ! Vous l'engagez, elle jouera magnifiquement dans le film et elle vous sera redevable à vie. Vous ferez un miracle de plus. Pensez à la presse. Jennings n'a pas perdu la main... Jennings découvre une inconnue dans une boîte de nuit... Encore une trouvaille exceptionnelle...

Cet homme sait tout. La mère de Chassi fut la première trouvaille de Saul : au milieu d'une salle bondée, il remarqua cette belle rousse du Texas, aux gros seins, et il la fit jouer dans un grand film, entre deux vedettes masculines. Elle avait raconté tant de fois cette histoire à Chassi : « Il y avait des tas de filles dans cette boîte. Quand ton papa m'aperçut, il se dirigea vers moi. (Sally levait son joli bras et s'amusait à bourrer de coups de poing l'épaule de Saul.) Chéri, raconte-lui comment tu m'as donné mon premier rôle ! » Robby doit connaître l'anecdote, et il s'en sert judicieusement pour faire céder Saul.

Un sourire ourle les lèvres de Saul Jennings, qui se laisse aller en arrière dans son fauteuil.

— Bon, vous deux, arrêtez de vous liguer contre moi ! Rappelez-moi son nom.

— Ionie St John, murmure le type du casting, dans son coin.

— Ionie St John, répète Saul. Ça fait terriblement années cinquante. (Il rit très fort.) Facile à retenir et goy ! Donnons-leur un nom facile à retenir et goy, disait Freeman, et il avait le chic. Il a trouvé un nom pour les meilleures d'entre elles. Freeman, directeur de la publicité... Il portait toujours un chapeau, été comme hiver. Je le revois derrière ce bureau, avec son chapeau.

Chassi et Peroni le dévisagent. Il observe sa fille en fronçant les sourcils.

— Tu veux cette demoiselle St John, hein ?

— Oui.

— Pourquoi ?

Chassi sourit.

— Parce que c'est une bonne actrice, papa.

Regard de Saul à Peroni.

— Vous pensez que ça marchera ?

— Oui.

— Elle ne fera pas de tort à Chassi ?

— Il n'en est pas question, Saul.

Peroni regarde Chassi. Ses yeux ont quelque chose de particulier. Il est séduisant. Pas beau, mais séduisant. C'est vrai, même si ça n'a aucune importance.

Saul, toujours assis, hausse les épaules, pince les lèvres et hausse à nouveau les épaules.

— Bon, très bien, vous deux. (Il rit et grogne comme Rod Steiger dans *Sur les quais*.) Vous la voulez, vous l'aurez. C'est entendu, nous donnerons le rôle au grand verre d'eau.

16

La gloire, le tourbillon étourdissant de la gloire... Les articles dans les journaux, le public à affronter. Une femme vous reconnaît en achetant ses pommes de terre, rougit et pique un fou rire hystérique ; un homme vous demande un autographe d'une voix tremblante chez le teinturier et arrache son ticket pour que vous y écriviez votre nom. La sonnerie incessante du téléphone, les rendez-vous, les interviews et encore le téléphone. « Est-ce possible ? Serez-vous disponible ? Peut-on compter sur vous ? » Une intonation nouvelle, empreinte de respect, d'admiration, presque de vénération. Sentiment d'irréalité, vertige du pouvoir, ivresse de la célébrité. L'illusion : on ne sait plus qui on est, et on ne trouve plus sa place.

— Charmant, ma chère, charmant, charmant, dit Zuck, le photographe. (Il recule de quelques pas, l'œil sur son appareil, l'obturateur cliquetant encore tandis qu'il se déplace.) Charmant, levez le menton, à gauche. Voilà, charmant !

Son sourire émerge derrière l'objectif. Un grand sourire d'un grand type mal fagoté, avec de grandes dents ; un homme qu'on imagine mal prononçant le mot « charmant ». Il porte un pantalon de coton crasseux, une chemise blanche brillante – beaucoup trop large et à moitié rentrée – qu'il a dû arracher au mât d'un voilier et de grosses lunettes. Il a les cheveux en bataille et on dirait une sorte de Woody Allen poussé trop vite. Un chien-loup, avec d'énormes, de terribles chaussures.

— Charmant, dit-il encore. Et maintenant, une petite pause, ma chère.

Il dépose son appareil dans les bras de l'assistant qui voltige autour de lui, puis se dirige vers les bagels et le fromage blanc. Des bagels, du fromage blanc, du saumon fumé et des toasts de pain de seigle – coupés en triangles parfaits –, un plat de *frittata* aux courgettes et au riz, qui, dirait la mère de Ionie, a un goût d'œufs rancis. Un plateau de petits pains, de croissants, de confiture, de *cottage cheese* et de crème aigre – sur quoi doit-on la mettre ? se demande Ionie –, des plats de tomates et d'oignons en tranches, sept fromages – elle les a comptés –, du thé et du café, une caisse d'eau minérale, des sodas et un bar entier. Pour une séance de photographies à onze heures du matin, un bar entier.

Ionie descend du cube gris, va au vestiaire et tire le rideau. Elle retire le tee-shirt de soie bordeaux, Helmut Lang, et le pantalon de flanelle grise à pli, Ralph Lauren, qu'on lui a donnés. Elle enlève aussi les mocassins Gucci, se glisse dans le tube lisse et brillant de cashmere noir Jil Sander et enfile les chaussures en daim noir Manolo Blahnik. Elle détaille chacune des étiquettes, passe son doigt sur les boutonnières et les coutures, niche délicatement entre ses mains une poignée de soie assez fine pour tenir dans une enveloppe, respire le cashmere qui caresse ses seins. Une semaine plus tôt, elle poussait son Caddie dans les allées de Target en additionnant les prix et remettait en rayon trois articles qui auraient déséquilibré son budget. Elle porte maintenant des vêtements qui représentent plus d'un mois de salaire d'Al, des vêtements tout droit sortis des magazines à dix-sept dollars de Chassi Jennings.

Elle se retourne, s'examine dans le miroir. Une mèche rousse tombe sur son front d'une manière aguichante. Une mèche d'un beau roux sombre, récemment coiffée et teintée par Armando, caresse un sourcil récemment épilé par Marie, en travers d'un front poudré par Robin.

— Avez-vous besoin d'aide, mademoiselle St John ?

Un ongle rongé, couvert de vernis rouge écaillé, passe à travers le rideau ; l'ongle de l'une des assistantes de Zuckerman, *Zuck*. Puis l'extrémité d'une botte noire. Certainement pas une botte Gucci. Une assistante ne peut pas s'offrir des bottes Gucci : elles coûtent plus cher que des pneus.

— Non merci, répond Ionie en direction du rideau.

Elle n'a nullement l'intention de s'acheter des pneus neufs, car elle va brûler sa Datsun, lui tirer une balle si c'est possible, la pousser dans l'océan et la regarder sombrer. Elle va s'offrir une nouvelle voiture. Une Ford Explorer. Noire, à l'intérieur comme à l'extérieur. Ou peut-être rouge.

— Champagne ? s'enquiert l'ongle au vernis écarlate.

— Oh, non merci.

Finalement, noire. Une Ford Explorer noire, assortie à ses bottes Gucci noires.

La gloire, le tourbillon étourdissant de la gloire. Pas vraiment la gloire, en réalité, mais *quelque chose* qu'elle ne saurait nommer. L'offre de jouer dans « la trompette » – comme *ils* disent, en omettant le tambour – arriva alors qu'elle pensait qu'ils avaient choisi quelqu'un d'autre. Elle s'apprêtait à passer sous une voiture ou à rentrer à Tyler, ce qui revient à peu près au même, et cette offre finit par arriver.

Nicki, qui s'est chargée de négocier les moindres détails, lui a dit : « Ne t'en fais pas, mon chou, c'est pratiquement conclu. » Conclu... Elle va jouer dans un film avec Chassi Jennings et Tim Burke. Ionie St John, de Tyler, Texas, va jouer le troisième rôle d'un grand film produit par Saul Jennings et mis en scène par Robby Peroni. Ionie St John va gagner 225 000 dollars, plus une indemnité journalière. Elle aura un billet de première classe sur Philippines Airlines, une loge de luxe à Manille et un « encart » spécial, juste après le titre, et la mention *Avec Ionie St John*. Même dans son sommeil, elle croit voir *Avec Ionie St John* écrit devant ses yeux.

Et, avant qu'elle réalise ce qui lui arrivait, le film de la semaine passa à l'antenne. En *prime time*, un dimanche soir à neuf heures. Kitty Ray en pleura, et les critiques la remarquèrent. Vraiment. Dans le *New York Times*, le *Los Angeles Times*, le *Hollywood Reporter* et même le *Dallas Morning News*, auquel son père est toujours fidèle, on lit : « Miss St John est éblouissante », « Ionie St John vous brisera le cœur », « Vous allez découvrir une nouvelle venue, Ionie St John »...

« Tu n'as pas de fax ? » s'étonna Nicki.

Puis, à l'intention de son assistante :

« Fais-lui porter ça par coursier. »

Et même l'assistante, habituellement condescendante, mit son grain de sel :

« Vous étiez magnifique », dit-elle à Ionie.

Al faisant comme si elle appartenait tout à coup à l'équipe de *Friends*, sa mère au bord de l'hystérie, son père bégayant presque. Il y a de quoi avoir le souffle coupé... Et puis elle quitta Cuppa Joe ; elle dit à Rudy que ses grains de café, il pouvait se les garder. C'était encore plus extraordinaire que d'avoir été remarquée par les critiques : la crème Chantilly et la cerise sur le gâteau.

Ionie aspira l'intérieur de ses joues.

Dans ce cashmere, elle a l'air de valoir des millions de dollars. Un cashmere sans bretelles. Sa mère va en tomber à la renverse. Elle achètera une centaine d'exemplaires de *Marie Claire*, elle en tapissera les murs de sa salle de bains. Sa mère arrive d'ailleurs dans trois semaines.

— Mademoiselle St John ?

L'assistante aux ongles écaillés reparaît.

— Je viens, répond Ionie.

— Zuck sera prêt dans dix minutes, annonce la jeune femme avant de disparaître.

Ionie s'assied sur le tabouret, devant le miroir à trois faces. Sa mère arrive bientôt. Elle lève le menton.

« Je vais t'aider à déménager, couina Kitty Ray en apprenant que sa fille quittait son trou de souris pour s'installer dans une fabuleuse maison d'hôtes Tudor, à Brentwood.

— Il n'y a rien à déménager, maman. Je n'ai rien qui mérite d'être emporté.

— Alors, je plierai ton linge. »

Ionie, agrippée au combiné du téléphone.

« Je tapisserai tes tiroirs d'un papier neuf. Je sais, surtout pas de rose. »

Elle imagina sa mère penchée sur un tiroir de commode, examinant ses sous-vêtements, soulevant du bout du doigt – comme une méduse – un string de soie rouge : « Mon Dieu, Ionie St John, qu'est-ce que c'est que ça ? »

« Si tu attendais que je sois installée ?

— Je ne supporterai pas que ma petite chérie, ma petite star chérie, déménage toute seule.

— Maman, je ne pourrai pas passer une seconde avec

toi ! J'ai des essayages et des tas de rendez-vous prévus pour le film.

— Eh bien, je te déposerai en voiture et je viendrai te chercher quand tu auras fini. »

Ionie tremblante à l'idée d'entendre sa mère klaxonner de l'autre côté des grilles du studio. Elle en resta sans voix au bout du fil.

Sa mère, tout en allumant d'un coup sec son Zippo :

« Aurais-tu par hasard une raison de ne pas vouloir que je vienne ? »

Oh oui ! Je pourrais te faire une longue liste de raisons.

« Mais non, m'man, ne dis pas de bêtises. Bien sûr que je t'attends ! »

Ionie oriente son visage vers la gauche et se regarde dans le miroir. Zuck a raison : c'est son meilleur profil. La ride d'expression, entre son nez et son menton, est plus atténuée à droite. Elle se sourit dans la glace et laisse son sourire s'évanouir. Oui, nettement plus atténuée. Elle s'en souviendra. Non seulement elle s'en souviendra, mais elle fera face à la venue de sa mère et au fait que Al veuille s'installer dans son nouvel appartement (pour elle, il n'en est pas question !). Elle fera face au fait que Jones tourne « la trompette ». Ils se verront chaque jour. Follement amoureux d'elle, il la boit des yeux, la contemple avec gourmandise, avec le même air que sa grand-mère devant des bouchées à la cerise. Et elle trouvera un moyen de se lier avec Chassi Jennings, de devenir son amie…

— Mademoiselle St John, dit l'assistante aux ongles écarlates.

Chassi Jennings doit avoir besoin d'une amie ; elle paraît bien solitaire. « Ionie St John et Chassi Jennings ont été aperçues sortant de la Viper Room et se dirigeant vers le Sky Bar… »

— J'arrive, dit Ionie en se laissant glisser du tabouret.

Elle ajuste le cashmere moulant sur ses seins et sur sa croupe. Avant d'ouvrir le rideau, elle se souvient d'orienter son visage légèrement vers la gauche et de lever le menton.

— C'est la première fois que ça m'arrive, dit Chassi à Eleanor.

Cliquetis des bracelets. Elle s'est habituée à être allongée sur ce divan, à entendre le Dr Costello derrière elle, le bruissement du tissu quand elle croise les jambes, le glissement des bracelets d'argent.

— Racontez-moi, dit Eleanor.

— Je ne peux pas entrer dans mon personnage. C'est absurde. Ce rôle devrait m'aller comme un gant, mais je n'arrive pas à y *entrer*. Vous connaissez le sujet, non ? Exactement le même que quand ma mère tournait le film. Ils ont gardé le scénario original.

Silence. Le soleil est chaud, la lumière éblouissante. Ces petites particules de poussière, dans le rayon lumineux, passent à travers elle et le divan. Sa main se lève et elles se déchaînent autour de ses doigts, comme si elles étaient vivantes.

— D'ailleurs, je travaille avec le scénario de ma mère. Mon père me l'a donné. Elle l'a annoté. En principe, ça devrait être… stimulant.

Chassi a lu les notes sur le personnage, griffonnées à l'encre bleue par sa mère. La même encre bleue que sur les cartes postales. Cliquetis de bracelets derrière elle et bruissement de nylon. Un collant sans doute, pas des bas. Sally portait des bas ; mais plus personne n'en met, à part les danseuses, les girls de *Chicago* ou de *Cabaret*, ou les femmes qui veulent aguicher un homme et paraître le plus sexy possible. Ces femmes ont une intention précise, alors que c'était une habitude pour Sally. Si elle ne se promenait pas jambes nues, elle portait des bas. Elle disait que les collants manquaient d'attrait. Quand Chassi chercha le mot « attrait » dans le dictionnaire, elle vit qu'il était question de séduction. Fallait-il en déduire que sa mère cherchait toujours à séduire ?

— Chassi ? A quoi pensez-vous ?

— J'sais pas. Un truc idiot.

Des dentelles noires, du satin blanc, de la soie rouge. Les affriolants porte-jarretelles soigneusement empilés, comme des fleurs sans feuillage ; le glissement du tiroir ; la fraîcheur de la poignée en cuivre ; l'odeur du sachet parfumé. Tout était resté tel quel, puis avait disparu. Des cintres vides, des tiroirs vides, plus aucune odeur. Chassi fonçant à la cuisine en hurlant : « Tia, où sont les affaires de maman ? » Tia pleura et papa dit qu'il ne s'attendait pas à un pareil désespoir. Il s'étonna qu'elle ait trouvé tant de réconfort à rester debout dans ce dressing-room, au milieu des soieries et des derniers effluves de sa mère.

— Vraiment idiot, répète-t-elle.

Eleanor ne bronche pas.

— Je pensais à des bas, dit Chassi.

Deux semaines chez Nana et, à son retour, tout avait disparu.

Elle replie ses jambes à travers les rayons de lumière blanche, puis elle se penche et tire sur ses socquettes. Comment son père aurait-il pu se douter ? Elle n'avait dit à personne qu'elle se glissait là quand tout le monde la croyait dans sa chambre au fond du couloir. Son regard erre autour du bureau de la psy. Elle finit par aimer cette pièce : les livres, les meubles, la manière dont le soleil entre à flots ou dont des nuages gris s'amoncellent de l'autre côté de la vitre. Elle finit aussi par aimer ces bizarres sculptures de terre sombre, en haut d'une étagère.

— Je vous avais prévenue que c'était idiot !

Aucun tintement.

— Qui est cette petite fille sur la photographie, là-bas ?

Léger crissement de cuir.

— C'est votre fille ? insiste Chassi. Elle a fait ces sculptures quand elle était petite ?

Rien.

— Votre fille ?

— Oui.

— Ah bon !

Chassi se lève, s'approche de la bibliothèque et prend le petit cadre d'argent.

— Elle est jolie. Comment s'appelle-t-elle ?

Eleanor, les sourcils froncés :

— Pourquoi pensiez-vous à des bas ?

— J'sais pas.

— L'infirmière porte des bas dans le film ?

— J'sais pas.

Une petite fille de neuf ou dix ans. Elle a quelque chose du Dr Costello, mais elle doit surtout ressembler à son père. Elle-même ne ressemble ni à son père ni à sa mère. Ses parents lui ont dit qu'elle a les traits de Joey. La teinte de ses cheveux rappelle ceux de sa grand-mère paternelle, morte avant sa naissance. Quelle chance pour elle de ressembler à deux morts !

« Des cheveux couleur de miel, comme ceux de ma mère, *afasholem* », avait ajouté son père. Ce dernier mot est une sorte de bénédiction que prononcent les juifs quand ils parlent d'un mort. Son père ne lui en apprit pas beaucoup plus sur le judaïsme. Sa mère ne lui expliqua rien sur la religion presbytérienne, sinon qu'il fallait aller à l'église, mais elle cessa d'y aller quand elle quitta Gun Barrel et la maison de Nana. « Adieu, amen et au revoir ! disait-elle en riant. Plus d'église pour moi ! »

La petite fille sur la photographie possède la bouche du Dr Costello.

— Elle a votre bouche.

— Ce rôle vous pose des problèmes ?

— Peut-être.

Des problèmes ? Elle est si perturbée qu'elle a réellement *flairé* le scénario. Si on l'avait vue, debout dans la chambre à coucher de son père, le scénario pressé contre son visage, on l'aurait prise pour une folle.

— Comment s'appelle votre fille ?

— Chassi ?

— Oui ?

— Nous ne sommes pas ici pour parler de ma famille.

— Pourquoi pas ?

Oui, pourquoi tous ces mystères ?

— J'apprécierais que vous restiez assise.

— Plutôt allongée, non ? Quel âge-a-t-elle maintenant ?

C'est si difficile. Tout est si difficile… Pourquoi l'esprit de sa mère ne revenait-il pas l'aider à apprendre son rôle ? Elle avait de grands yeux et de longs cheveux, la fille du Dr Costello.

— Elle ne vous ressemble pas. Enfin, pas tellement, bien qu'elle soit brune. Elle ressemble plutôt à votre mari, non ? Dire que je ne sais même pas si vous êtes mariée !

— Chassi, nous n'avons pas beaucoup de temps.

— Etes-vous mariée ? (Ridicule, ce silence.) Je ne sais rien de vous.

Le Dr Costello soutient son retard et se tait.

— Ça vous pose un problème de me répondre ? demande Chassi.

Bruissement du nylon. Des bottes de daim, brun chocolat. Chassi ne les avait pas encore remarquées. Elle observe le visage de la fillette sur la photographie.

— Elle rit. Pourquoi ce rire ? Vous vous en souvenez ?

La psy garde un visage de marbre.

Chassi n'a aucune raison de pleurer, mais des larmes lui montent à la gorge. Ridicule ! Que lui arrive-t-il ? Pourquoi pleurerait-elle maintenant, elle qui n'a jamais pleuré ?

— Dites-moi au moins une chose ! (Ces larmes stupides ne changeront rien.) Elle vit avec vous ? Elle est mariée ?

Le Dr Costello se lève. Elles ont la même taille, réalise Chassi. Leurs yeux et leurs têtes se trouvent au même niveau, de chaque côté de la pièce.

— Comment vit-elle ? (Pas moyen d'arrêter ces larmes, c'est absurde.) Vous ne voulez vraiment rien dire ?

— Chassi...

— Comment est-ce d'avoir une mère quand on est adulte ? Est-ce que c'est... merveilleux ?

Elle se dirige vers la psy.

— Vous vous parlez souvent ? Vous êtes de grandes amies ?

Que c'est bête de s'essuyer le nez avec son tee-shirt et de saisir cette stupide photographie ! Comme le Dr Costello lui fait face et qu'elle ne peut s'en empêcher, Chassi s'agrippe à elle en pleurant.

Une mère et sa fille en Italie. Une mère et une fille, amies. Eleanor se tient devant les fenêtres de son bureau. Le brouillard, le *smog* et tout ce qui peut rendre le ciel terne, incolore et opaque.

Elle se rappelle, elle entend les paroles de Jimmy, près d'elle sur le divan du séjour.

« Tu es froide avec Caroline.

— Mais non ! »

Elle se replongea dans la lecture de son article, réalisa qu'elle l'avait terminé, froissa le journal en tournant la page.

Jimmy leva les yeux, regarda dans le vague et se replongea dans son magazine.

« Comment ? dit-elle.

— Rien.

— Je ne suis absolument pas froide avec elle.

— Hum, hum ! »

Eleanor plaqua ses pieds sur la table basse, Jimmy ne broncha pas. Elle replia son journal en faisant tinter ses bracelets. Il leva les yeux de son magazine, sans la regarder.

« Comment peux-tu lire un article sur le fumier ? demanda-t-elle.

— Sur le compost, El.

— Du pareil au même.

— Non. (Jimmy se pencha pour lui expliquer ; il se concentra.) Les débris organiques… »

Elle l'interrompit.

« Non, je n'ai pas besoin de détails !

— Furieuse, hein ?

— Je ne suis pas furieuse et je ne suis pas froide avec elle. »

Jimmy referma son magazine et le lança sur la table basse, aux pieds d'Eleanor.

« O.K., ce n'est pas le mot juste. Tu n'es pas froide, mais irritable.

— Elle dit qu'elle va rentrer et elle ne rentre pas. Elle ne prévient pas non plus. C'est vrai, elle m'irrite.

— C'est presque tout le temps comme ça.

— Quoi ?

— Tu es presque tout le temps irritée par Caroline. »

Debout devant les fenêtres de son bureau, Eleanor se remémore cette conversation, les yeux fixés sur le ciel laiteux. Les mots de Jimmy résonnent dans sa tête.

« Tu exagères, Jimmy.

— O.K. »

Il prit la télécommande et mit la télévision en marche.

« Moins fort, dit-elle. Je ne suis irritée que quand elle est irritante.

— O.K. (Jimmy zappa d'une chaîne à l'autre et baissa le son.) Je ne trouve pas le mot exact. Sur quelle chaîne est ce truc avec des flics ?

— Quel truc ?

— Il y a des flics, El ; ce type à moustache et cette fille avec une voix... »

Eleanor le dévisagea et il ajouta :

« Amicale.

— Comment ?

— *Amicale*, c'est le mot que je cherchais. Tu as l'air toujours irritée par elle, comme si vous n'étiez pas amies.

— Je ne suis pas son amie, mais sa mère. »

Jimmy fit un geste avec la télécommande.

« Je maintiens ce que j'ai dit.

— Comment ? Je suis censée être son amie ?

— Elle va t'entendre.

— Elle n'entend rien dans sa chambre, à part cette musique qui fait fondre la peinture sur les murs.

— C'est déjà ça. »

Eleanor ne répondit pas.

« Tu lui fais toujours des reproches, ajouta Jimmy.

— Les reproches qu'elle mérite ! Si elle ne les méritait pas je la laisserais tranquille.

— Elle a seize ans.

— Et alors ?

— O.K., El. (Jimmy prit le journal.) Je cherche le programme de télévision.

— Tu voudrais que je ferme les yeux sur sa conduite ?

— Tu parles comme un médecin ; je n'ai jamais dit ça !

— Je ne peux pas être à la fois son amie et sa mère.

— Pourquoi ?

— C'est impossible. »

Eleanor savait qu'elle avait répondu maladroitement, bêtement même ; d'une manière indigne de son bagage intellectuel. Caroline avait beau être une révoltée de seize ans, comme elle avait été une obstinée de onze ans, une capricieuse de sept ans et une enfant gâtée de trois ans, elle savait que son attitude n'avait rien à voir avec l'âge de sa fille. Elle ne pouvait pas être son amie parce qu'elle ne l'avait jamais été, parce que Caroline la prenait depuis toujours pour « la mauvaise ».

Debout devant son panneau vitré, Eleanor ne voit plus que le visage de Caroline.

Toc, toc, toc, faisaient les petites chaussures de tennis rouges. « M'man, j'suis pas ton amie. » Les sourcils froncés, la lèvre inférieure boudeuse, avec la pétulance d'un enfant de deux ans : « M'man, va-t'en de ma chambre. »

Tout commença avant sa première invitation à dormir chez une copine de classe ; avant qu'elle insiste pour aller sur le Matterhorn à Disneyland ou sur le « machin volant » de la Montagne magique ; avant qu'elle reprenne un soda ; avant qu'elle se couche tard ; avant qu'elle voie des films effrayants ou qu'elle fasse quoi que ce soit de dangereux ou de stupide aux yeux d'Eleanor… C'était leur seul point de friction : Jimmy disait toujours oui et elle attendait le moment d'interdire.

Quand Caroline entra dans l'adolescence, la faille devint un précipice. Ou plutôt une fosse aux parois abruptes : impossible de les escalader, car on tombe en arrière sous une pluie de gravier ! Toujours à l'affût de ce qui se produirait si elle perdait de vue sa fille, Eleanor la tint à l'œil, et c'est peut-être cet œil qui poussa Caroline à bout. Les garçons, l'herbe, l'alcool, les mensonges – surtout les mensonges, sa spécialité : « Je vais chez Susan », « Je serai rentrée à neuf heures », « Je n'en avais pas », « C'est pas moi, m'man, je n'ai pas fait ça. » Le visage impassible, elle niait en fixant sa mère de ses grands yeux bruns. Y aurait-il eu une différence si elle s'était montrée moins mère et plus amie ? Pouvait-elle être les deux à la fois ? Dès le début elle marcha sur des œufs. Et même sur des coquilles d'œuf, peut-être la coquille de l'œuf qui se brisa à la naissance de Caroline.

Elle ne l'avait pas désirée. Elle ne désirait pas être mère. Debout devant les fenêtres, cette pensée la torture encore, cette vérité la culpabilise... Elle ne voulait personne en plus de Jimmy et elle, près d'eux, entre eux. Personne ! Elle eut Caroline *pour* Jimmy. Elle croyait avoir surmonté, résolu, assimilé, dissimulé, enfoui, étouffé cela, mais Caroline l'a peut-être toujours su. L'amour qui s'épanouit en elle pour sa fille n'effaça peut-être pas sa rage initiale. Elle n'éprouva pas immédiatement un sentiment maternel, elle fonça avec des cris silencieux dans la direction opposée, elle se laissa distancer, et elle ne regagna jamais le terrain perdu. Elles ne furent plus amies du jour où Caroline sut dire « papa ». « Non, maman, laisse faire papa », « J'attendrai papa », « Je veux papa »...

Et si « Je veux papa » avait voulu dire en réalité « Maman ne veut pas de moi » ? Avait-elle incité Caroline à croire cela ?

17

Al jeta le téléphone mobile dans le lierre. Ionie n'avait pas envisagé une telle fin, mais c'était ainsi… Le téléphone mobile dans le lierre ! Sur les deux marches qui mènent à son appartement, elle lui lança à la tête ses chemises sorties du pressing ; ils s'insultèrent dans la nuit.

Ionie s'attendait à une soirée orageuse. Elle aurait préféré ne pas l'emmener, mais il se trouvait juste à côté d'elle quand elle reçut le coup de fil. Un dîner chez Ago. « Pourriez-vous assister à un dîner chez Ago, donné par Saul Jennings ? » demanda l'assistante de Nicki. Tu parles ! « Vous et un invité », ajouta la voix suave. Ionie griffonna cela sur son bloc, avec le nom du restaurant, l'heure et l'adresse. Elle exultait. *Vous et un invité.* Pour un peu, elle aurait rampé. Avant même qu'elle réalise, Al lisait ce qu'elle venait de noter. Que faire ?

« Formidable, avait-il dit, un dîner avec les frimeurs.

— Tu n'es pas obligé de venir.

— Pourquoi ? Tu as quelqu'un d'autre à emmener ? »

Regard appuyé des yeux bleus d'Al. Elle n'avait vraiment plus le choix.

Lumières clignotantes, valets espagnols du service de parking qui échangèrent un sourire au-dessus du pick-up d'Al. Ionie n'avait pas encore reçu son Explorer : le concessionnaire faisait noircir les chromes. Peinture noire, chromes noirs, cuir noir à l'intérieur. Dark Vador dans *La Guerre des étoiles*. Faute de mieux, ils prirent le pick-up d'Al. Il l'avait lavé et briqué ; il avait même lessivé les pneus. Il portait une veste et une cravate, et ils arrivèrent en avance.

« Pas en avance, à l'heure ! proclama Al. Huit heures. Si c'était huit heures et quart, ils n'avaient qu'à le dire ! »

Le front plissé.

« Trop tard, de toute façon ; on ne devrait pas dîner si tard ! »

Il dévisageait les gens installés au bar. Les mains dans les poches, il observa la salle en fronçant les sourcils. Elle ne dit rien. Inutile de lui rappeler qu'il n'avait pas besoin de l'accompagner et qu'elle pouvait sortir seule. C'était une grande soirée pour elle. Surtout ne pas la gâcher ! D'ailleurs, elle le voyait nerveux. Malgré son air fanfaron, il ne se sentait sûrement pas à son aise.

On les mena à une table. « Par ici, signorina », une table pour sept, au second niveau. Catégorie A, supposa Ionie, étant donné le standing des invités. Une table ronde pour sept. Saul et Chassi, Robby Peroni, peut-être avec une invitée, Al et elle, et qui encore ? Sûrement pas Tim Burke, car il tournait dans l'Utah jusqu'aux répétitions de juillet. Jamais Ionie n'aurait imaginé que son dîner de rêve inclurait M. et *Mme* David Jones. « Linda Jones », annonça celle-ci en lui tendant la main.

Une pâle blonde, aux yeux clairs sans mascara, constata Ionie. Des cils courts et fins, de minuscules diamants, un pull ivoire. Anguleuse et toute en os, comme Jones. Pas aussi grande qu'elle, beaucoup plus que Chassi : elle devait porter de très hauts talons. Bonjour, bonjour. On repoussa les chaises, les hommes se levèrent, on se serra la main : « Enchantée de faire votre connaissance. » Ionie avait une boule dans la gorge. La main tiède de Linda dans la sienne. Pour finir, elle se retrouva assise à côté de Jones.

Jones, qui fuyait son regard, à sa droite ; et Al à sa gauche, à côté de Chassi, puis Peroni, venu seul, et enfin Linda. Jones se trouvait donc entre Linda et elle. Al lui adressa un clin d'œil. Jones lui effleura les genoux de sa paume et, l'espace d'une seconde, ses doigts agrippèrent ses cuisses. Rien de sensuel ou même d'intime. On aurait plutôt dit un naufragé sur le point de couler. Quand le garçon se tint entre eux, il se pencha et murmura : « Ionie, je ne savais pas. »

Ionie sourit et hocha la tête, comme s'il lui avait dit un mot aimable.

Elle essaya de surmonter son trouble proche de la panique avec une première gorgée d'alcool. Elle n'avait pas parlé à Jones depuis quatre jours. Ils ne se parlaient jamais pendant les week-ends qu'il passait à Santa Barbara avec Linda et ses fils. Il lui avait laissé un message le vendredi précédent et ils se ratèrent le lundi. Elle apprit par la suite que Peroni pria Saul, à la dernière minute, d'inviter Jones. De cette soirée, elle ne garde qu'un souvenir accéléré et confus.

Elle hésita à prendre du risotto et Chassi voulut partager son escalope. Ce petit espace entre les incisives de Peroni, ses cheveux en brosse dans lesquels elle avait bien envie de passer la main. Qu'avait-il de si troublant ? Al examinant le menu. Son expression quand Saul lui demanda s'il avait déjà construit des décors. L'after-shave de Jones mêlé à l'odeur de la *marinara*. Les yeux d'un bleu aquatique de Linda tournés vers Jones, qui racontait une histoire. Chassi rit. Saul plaisanta, nouveaux rires. Peroni exposa sa conception du film, la manière dont il le voyait ; Jones l'écoutait attentivement, penché en avant. Les pieds des chaises se déplacèrent, ils esquissèrent à la hâte quelques croquis sur la nappe, parlèrent entre initiés d'ombre et de lumière. Le scintillement des boutons de manchette de Saul, ses grosses lunettes noires et ses grands doigts qui caressaient les cheveux brillants de sa fille. Le visage de Chassi quand elle lui parla du Texas, de sa mère. Le genou d'Al contre le sien sous la table, l'épaule de Jones, le bord de sa veste effleurant son bras, la saveur du veau, l'amertume du café, un baiser dans les airs sur la pommette de Linda au moment des adieux, comme des basketteurs dans la mêlée. Au revoir, au revoir. Une immense confusion…

Le retour dans le pick-up, la pluie. Invraisemblable, la pluie en juin ! Le ronronnement du chauffage, et ça commença. Mais comment ? Elle essaye de s'en souvenir.

C'est ça, elle lui demanda s'il l'avait trouvée drôle. Drôle, vivante, intéressante. Surtout drôle. Ça s'était bien passé, non ?

« Drôle ! se récria Al. Bon Dieu, Ionie, tu étais bourrée ! »

Elle lissa son sac posé sur ses genoux, ajusta sa jupe sur le siège. Pas question de mordre à l'hameçon ! Silence.

« Ce Peroni est soûlant, dit Al.

— Ses histoires m'ont paru fascinantes.

— Je sais bien que tu étais fascinée. Tu bavais d'admiration devant lui. »

Ionie regardait fixement la vitre. Les voitures, sur Melrose, avaient l'air de glisser. Les feux luisaient sous la pluie.

Al repartit à l'attaque :

« Tu as trébuché quand tu t'es levée pour aller aux toilettes avec – comment s'appelle-t-elle ? – Linda. Je te signale que tu n'arrivais plus à articuler. Pourquoi as-tu pris tous ces Martini, toi qui n'en bois jamais ? »

Ionie croisa à nouveau ses jambes, augmenta le chauffage. Elle croyait s'être tirée honorablement de la périlleuse expédition aux toilettes avec Linda Jones. Etait-elle ivre ? Peut-être perturbée par la personne avec qui elle se trouvait. Alors qu'elle suivait dans la salle les chaussures noires à hauts talons, les jambes minces, le dos bien droit dans le pull ivoire et ce sillage parfumé – un parfum qu'elle sentait parfois sur Jones –, elle avait de bonnes raisons de chercher ses mots. Elle était confrontée à la réalité de ce visage dont la photographie trônait dans le portefeuille de Jones. Un visage intelligent, les cils pâles d'une avocate qui était aussi la femme de Jones, celle qui partageait son lit, préparait son dîner, pliait ses chaussettes et élevait ses enfants. Cette femme lui tendit une serviette en papier, se retourna pour lui sourire et lui tint la porte aimablement. Il ne fallait pas s'étonner qu'elle ait eu du mal à articuler. Al lui-même aurait eu cette réaction s'il avait su ce qui se passait.

Ionie baissa le miroir de courtoisie et vérifia sa coiffure.

« Saul était correct », admit Al.

Une issue...

« J'espère qu'il réalise à quel point je lui suis reconnaissante.

— "Redevable" est le mot que tu as employé, minauda Al avec un battement de cils et en ridiculisant l'accent d'Ionie. "Je me sens si redevable, Saul."

— Oui, je me sens redevable. C'est un mot comme un autre, tu sais.

— Tu n'avais pas besoin d'en faire tant ! »

Les essuie-glaces allaient et venaient. Ionie se passa la main sur le visage, dégagea ses cheveux.

« Tu aurais dû éviter cette allusion à Sally Brash, ajouta

Al. Ça a troublé Chassi et tout le monde se fiche que tu viennes du Texas. Veux-tu baisser ce chauffage ? Ça brûle mon pantalon. »

Non, ils ne se foutaient pas qu'elle vienne du Texas ! Qu'elle vienne du Texas comme Sally Brash, qu'elle soit rousse comme Sally Brash et que son propre père ait connu Sally Brash. Une telle coïncidence à Tyler, Texas ! A un endroit pareil ! Elle n'avait aucune raison de ne pas évoquer ce fait.

Elle leva le menton, appliqua son rouge à lèvres. Elle était certaine de ne pas avoir été indélicate. Penchée en avant, ses beaux cheveux tombant sur l'une de ses pommettes, Chassi avait écouté cette anecdote au sujet de sa mère, lycéenne. Elle ne semblait pas « troublée ». Que savait Al des sentiments éprouvés par les autres ? Rien. Les essuie-glaces allaient et venaient, une montée d'adrénaline la secoua et lui inspira des paroles désagréables.

Elle dit à Al qu'il n'avait pas à critiquer cette soirée car il n'y avait rien compris. « Ah bon ? » fit-il. Elle lui déclara que sa place n'était pas dans ce monde-là. Il répondit qu'il ne voudrait pas descendre aussi bas. Elle l'accusa de se montrer snob à sa manière. Ces gens qu'elle fréquentait faisaient partie de sa nouvelle vie, dont elle rêvait depuis toujours. Il lui conseilla de leur tourner le dos pendant qu'il en était encore temps. Des frimeurs, en particulier ce Jones qui lui mettait sans arrêt la main dans le dos – ce qui était vrai. Elle lui reprocha de n'avoir eu d'yeux que pour Chassi – ce qui était faux. Il prétendit qu'elle perdait la tête.

Et, bon Dieu, que devait-il faire quand elle passait une soirée sans lui adresser un mot ou même un regard ? Justement, son problème se résumait à cela : il était trop stupide pour participer à la conversation. Elle n'était tout de même pas censée le materner ! La prochaine fois, elle sortirait seule. Si elle le trouvait *stupide*, il n'y aurait pas de prochaine fois, et ça lui était bien égal, conclut Al.

Ils arrivaient juste à la maison, toujours sous la pluie. Les portes de la voiture claquèrent. Elle attrapa ses clefs. Elle allait l'interrompre et lui expliquer qu'elle ne voulait pas dire « stupide », mais « peu sophistiqué ». Son geste dévia et, par mégarde, elle lui érafla la joue avec ses ongles. Il la repoussa énergiquement, jeta le téléphone mobile, puis trébucha sur le béton et tomba dans le lierre à côté du portable. Il chercha à la rejoindre, elle s'éloigna en courant, entra dans l'appartement, revint en hurlant et lui lança ses chemises à la tête. Cette dispute couvait depuis longtemps ; une goutte d'eau avait fait déborder le vase.

Ça s'arrêta là. Ça devait s'arrêter là, car, quoi qu'ils disent ou fassent ensuite, ils étaient déjà allés trop loin.

— Son père connaissait ma mère.

Eleanor lève les yeux de son bloc.

— Elle me l'a dit pendant le dîner. Papa avait organisé un dîner chez Ago. C'est étrange, non ? Moi je la connais, pas vraiment, mais je l'avais déjà rencontrée. Et son père a connu ma mère.

Ago... Eleanor n'y est jamais allée. Pourquoi irait-elle seule dans ce fabuleux restaurant ?

— Comment se sont-ils connus ?

— Au lycée, à Tyler, Texas, répond Chassi. Ils gagnè-rent un concours de danse. Les champions texans du swing ! (Un soupir.) Leur avant-dernière année de lycée.

— Continuez.

— Ma mère...

— Oui ?

— ... je pense à tout ce que faisait ma mère. Le chant, la danse, les concours d'éloquence. Elle était la meneuse des *cheerleaders*, la reine du Flutter Ball et une Apache Belle. Toutes ces photographies, sur les murs de la maison de Nana...

Silence d'Eleanor. Chassi bouge sur le divan.

— Une Apache Belle, ça vous dit quelque chose ?

— Non.

— C'est une spécialité texane, ce qu'une fille née au Texas doit devenir à tout prix. Pratiquement, on vous forme dès la naissance, quand vous êtes encore un bébé au berceau, avec des petits chaussons...

Chassi s'interrompt et reprend, en haussant les épaules :

— Chaque ville du Texas a son équipe. Elles défilent en bottes blanches à pompons, et en jupes courtes et sexy. Elles lancent haut les jambes dans le ciel nocturne, avec des trombones, des tambours. Elles sont assises dans les gradins, dévorées par les aoûtats, dans une odeur de feu de bois. Maman et Nana m'y emmenaient souvent. (Chassi soupire.) « Les Apache Belles sont les meilleures », disait maman.

Eleanor acquiesce. Elle ne s'imagine pas avec des bottes blanches à pompons. Existe-t-il l'équivalent à New York ?

Silence.

Les Rockettes du Radio City Music Hall sont probablement les seules New-Yorkaises à avoir jamais porté des bottes blanches. Eleanor fronce les sourcils. Elle essaye d'ajouter un pompon à la botte qu'elle vient de dessiner sur son bloc. Une botte au trait tremblé, avec un talon trop haut, peut-être à cause des erreurs de perspective ; en tout cas c'est un affreux dessin. Elle griffonne sur la botte informe, la recouvre d'encre noire pour en faire un énorme nuage, sur lequel elle écrit *Tyler, Texas* trois fois.

— Des roses... Tyler croule sous les roses, les arbres et surtout les roses. Il y fait plus chaud qu'en enfer, comme disait Nana. Charlie et elle vivaient là-bas, jusqu'à ce que maman sorte du lycée. Ensuite, ils s'installèrent à Gun Barrel, pour être au bord d'un lac, et maman partit pour la Californie ; mais elle m'emmenait très souvent à Tyler. Donc son père et ma mère faisaient un numéro ensemble au lycée. Comme elle dit, ils étaient des fous de danse.

— Ils se sont revus ensuite ?

— Non. Pas que je sache.

Chassi se sent nerveuse ; quelque chose ne tourne pas rond. Eleanor pose son stylo.

— Cette fille, l'actrice-serveuse dont vous m'avez parlé, elle va jouer l'autre rôle ? L'infirmière du film ?

— Oui. Elle s'appelle Ionie St John.

Chassi croise les chevilles. Ses grosses baskets marsh-mallow ont fait place, aujourd'hui, à des chaussures noires et basses de cosmonaute – rien à voir avec des bottes blanches. Ionie… Eleanor n'a jamais entendu ce prénom.

— Vous l'aimez bien ? demande-t-elle.

— Elle est très… chaleureuse.

Silence. Eleanor dessine une étoile à six branches – obtenue en superposant deux triangles –, comme les insignes de shérif ou l'étoile de David ; ce qui est étrange.

— Assez aguichante. Grande et drôle. (Après une inter-ruption, elle ajoute :) C'est une vraie rousse, comme ma mère.

Silence.

— Vous n'appréciez pas qu'elle soit « aguichante » ?

— Qu'est-ce que vous voulez dire ?

— Vous avez dit « aguichante » comme si ça ne vous plaisait pas.

— Oh !

— Elle a flirté pendant le dîner ?

— Oui.

— Avec quelqu'un en particulier ?

Chassi hausse les épaules en riant.

— Avec tout le monde, il me semble.

— Etait-elle une « Apache Belle » au lycée ?

— Je ne sais pas, dit Chassi, riant toujours.

Eleanor ne se rappelle plus le nom de l'actrice qui jouait le second rôle féminin la première fois, mais elle se souvient vaguement de son visage. Cette fois-ci, ce rôle sera joué par une jeune femme que Chassi voyait souvent dans une cafétéria, sans se douter le moins du monde qu'elle était actrice. Un peu comme la jeune serveuse qui travaillait en bas, une gamine naïve et pleine d'illusions, venue d'un village perdu pour tenter sa chance à Hollywood. Dans son village, cette Ionie devait porter des bottes de cow-boy et conduire des camions. En été, elle était la proie des aoûtats. (Eleanor trace une grille de morpion sur son bloc.) Elle va devenir une star et jamais plus elle ne rentrera dans son village. Jamais plus elle ne portera des bottes de cow-boy, jamais plus elle ne conduira un camion.

Eleanor essaya une fois de conduire un camion, mais elle renonça vite : elle croyait voir un animal étrange, avec un capot en guise de museau.

Chassi se soulève sur le divan et croise ses chevilles.

— Vous allez peut-être devenir amies, vous et Ionie, dit Eleanor.

Chassi ne répond pas.

— Ça paraît probable, ajoute Eleanor.

— Vous savez, quand j'étais enfant, je faisais le tour du jardin de Nana en portant les bottes d'Apache Belle de maman. Elles étaient rangées dans le placard de son ancienne chambre.

Silence.

— Mes pieds étaient trop petits. Ils faisaient flac flac à l'intérieur, contre le cuir. Et je sentais mes orteils bouger.

Eleanor place un *x* au centre de sa grille. Caroline aimait elle aussi se promener avec ses chaussures. Un talon haut résonnait sur le sol de la cuisine et un petit pied nu de bébé faisait flac flac.

— Maman me suivait des yeux. Je sentais son regard sur moi depuis la fenêtre.

Eleanor observe l'arrière de la tête de la jeune fille, la ligne de ses cheveux d'or à la coupe parfaite.

— Parfois elle s'asseyait sur les marches. Sur les marches, derrière la maison de Nana, et elle me regardait parader le long de la haie dans ses bottes. Maman, pieds nus et en short court, m'applaudissait.

Silence. Chassi retient son souffle et revoit sa mère sur les marches.

La plume d'Eleanor s'immobilise sur le papier. Elle essaye d'imaginer les marches : peut-être des marches dont la peinture bleue s'écaillait sous le vaste ciel. Le Texas... Que sait-elle du Texas ?

Elle pose son bloc et son stylo sur ses genoux et sent leur poids peser légèrement sur ses cuisses, à travers le tissu de la jupe.

— Vous vous amusiez bien, votre mère et vous, dit-elle en direction de la nuque de Chassi.

— Oui.

— Vous étiez proches l'une de l'autre.

— Oui.

— Vous l'aimiez.

— Oui.

Eleanor passe ses doigts sur ses lèvres.

— Vous est-il jamais arrivé de ne pas l'aimer ?

— Non, répond Chassi après un instant de silence.

— Vous voulez dire que vous n'étiez jamais furieuse contre elle ?

Elles restent toutes les deux immobiles, le regard d'Eleanor fixé sur les cheveux de sa patiente.

— Ça ne vous arrivait vraiment jamais ? demande Eleanor.

— Je ne sais pas. (Chassi remue sur le divan et se soulève un peu.) Ça arrive à tous les enfants d'être furieux contre leur mère, non ?

— Vous m'avez dit que vous vous rappeliez que votre mère, à Rome, vous tenait la main. Pas le bras, mais la main. Vous vous en souvenez, n'est-ce pas ?

La tête de Chassi s'incline à peine.

— Vous avez eu du bon temps à Rome.

Chassi hausse légèrement l'épaule droite.

— Vous vous rappelez la rue ?

Silence.

— Où étiez-vous exactement ? Je veux dire, avant la voiture...

Chassi ne bronche pas.

— Vous vous souvenez du restaurant ?

— Oui.

— Que s'est-il passé ce jour-là ?

— Rien.

Eleanor attend.

— Je me rappelle que nous avions visité un musée ou quelque chose... Oh ! (Chassi s'interrompt et reprend :) Dans le Trastevere. Nous étions près d'une fontaine avec le vieil homme et son chien.

Eleanor écoute. Rire étouffé de Chassi.

— Il avait mis son chien dans la fontaine. C'est sur la carte postale ; je n'y pensais plus.

Eleanor, penchée en avant, s'interroge. Une carte postale ? Quelle carte postale ?

— Il faisait chaud et il le plongea dans l'eau. Un vilain chien noir, qui s'appelait... (Elle hésite.) J'ai oublié son nom, mais je me souviens de l'homme, Pasquale. Il ne connaissait pas maman. Je veux dire qu'il ne savait pas

243

qu'elle était célèbre. D'habitude, les gens savaient. Ils prenaient un drôle d'air et ils ouvraient de grands yeux en faisant semblant de ne pas la dévisager. Pasquale ne l'avait pas reconnue. Il l'appelait « *la bellissima donna* » et moi « *la bellissima figlia* ».

Chassi, radieuse, se tourne vers Eleanor.

— Oui, c'est comme ça qu'il m'appelait.

— La carte postale ? dit Eleanor.

Chassi se contente de la regarder.

— Quelle carte postale, Chassi ?

— Les cartes postales qu'envoyait ma mère...

Eleanor attend un instant.

— A qui les envoyait-elle ? A votre père ?

— Non, à moi.

Désorientée, Chassi se détourne. Eleanor aurait dû savoir et ne pas l'interrompre.

— La belle dame et sa jolie fille, c'est comme ça qu'il nous appelait. Il avait des cheveux blancs et une barbe de plusieurs jours, et il portait une casquette. Il nous a épluché une orange qu'il conservait dans la poche de sa chemise. (Rire de Chassi.) Je croyais que c'était une balle pour son chien.

— Pourquoi vous envoyait-elle des cartes postales ?

Chassi hausse les épaules.

— Je ne sais pas. Pour que je me souvienne du voyage, je suppose. Pour que je rédige « Deux filles en Italie », que je n'ai jamais commencé, bien sûr.

— Vous n'avez jamais rédigé quoi ?

— « Deux filles en Italie », une sorte de liste de tout ce que nous avions vu en Italie.

— Quand avez-vous reçu ces cartes ?

— Après sa mort.

Eleanor se frotte le genou. Elle peut enchaîner avec les cartes postales, les « Deux filles en Italie » ou les souvenirs enfouis de Chassi. Un psychanalyste et ses patients disposent toujours d'un choix entre plusieurs pistes. Mais l'effort de mémoire demeure primordial, et plus que jamais dans le cas de Chassi.

— Que s'est-il passé à la fontaine ?

— Nous avons joué avec le chien. Et puis mangé l'orange, rincé nos doigts dans l'eau, parlé à Pasquale. Ensuite, nous sommes rentrées à l'hôtel. (Chassi réfléchit et se rappelle :) Elle m'a permis de sortir toute seule pour m'acheter une glace dans la rue.

Chassi soulève ses jambes et décroise ses chevilles.

— Nous avons marché jusqu'au restaurant. A Los Angeles, les gens auraient bondi sur elle si elle avait marché dans la rue, mais à Rome elle pouvait.

— Les gens bondissent sur vous quand vous marchez dans la rue ?

— Parfois.

D'après l'inclinaison de sa tête, Eleanor devine que Chassi est plongée dans ses pensées.

— Parlez-moi du restaurant.

Silence.

— Chassi ?

— Quoi ?

— Vous vous souvenez du restaurant ?

— Je ne crois pas.

— Parlez-moi du restaurant.

Chassi bouge, inspire puis expire profondément.

— C'était un endroit agréable.

— A quoi ressemblait-il ?

— Je ne sais plus.

— Mais si !

Silence.

— Quand vous avez ouvert la porte, qu'avez-vous vu ?

Pas de réponse.

— Chassi, la porte s'ouvre. Vous pouvez vous en souvenir. Que voyez-vous, votre mère et vous ?

Chassi se retourne.

— Qu'est-ce que c'est ? Un nouveau jeu de mémoire ?

Eleanor attend.

— Quelques pas sur le chemin qui vous ramène au moment de la mort de votre mère, dit-elle enfin.

Une étincelle s'allume dans les yeux de Chassi.

— Et moi je dois accepter de jouer à ce jeu ? Vous allez me mettre quelque chose sous les yeux pour que j'entre en transes ?

— Vous avez peur de vous souvenir du restaurant ?

— Je vous dis que je connais la chanson. J'ai déjà eu une analyste de grande classe. Ça ne m'impressionne pas.

— Que faites-vous sur ce divan si vous refusez de vous souvenir du passé ?

— Pourquoi me forcez-vous ?

— Je ne vous force pas : vous êtes libre de partir quand vous voulez. Avez-vous peur de vous souvenir du restaurant ?

« C'est ça, mon chou, aurait dit Jimmy, tu es médecin, ne te laisse pas démonter. »

— Pourquoi aurais-je peur de me rappeler ce fichu restaurant ?

« Bien, bien. »

Regard furieux. La soie blonde de ses cheveux tombe en cascade autour de son visage.

— Un carrelage noir et blanc, comme une marelle.

Je vais vous raconter, disent les yeux rivés à ceux d'Eleanor.

— Ça sentait bon... Une longue table avec des hors-d'œuvre... Des fleurs...

« Tu l'as eue, mon chou ! » Eleanor, immobile dans son fauteuil.

— ... les garçons étaient petits, pas beaux... et aimables. Ils se pressaient autour de nous en souriant, et tous parlaient italien. (Chassi reprend son souffle.) On avait dû leur annoncer l'arrivée de ma mère. Il y avait le maître d'hôtel, les garçons, le propriétaire, peut-être sa femme, sa mère. Tout le monde se tenait là.

La colère de Chassi se dissipe...

— Ma mère semblait tourbillonner sur elle-même. Elle avait l'air si heureuse. Sa robe blanche... Sa jupe large... (Chassi inspire une bouffée d'air.) Sa jupe formait comme un nuage autour d'elle...

Un nuage sur le point d'être anéanti, pense Eleanor.

— Maman essayait de parler italien. (Chassi rit.) C'était désespérant ! Et un garçon tentait de parler anglais. Il avait les cheveux peignés, vous savez... (Sa main balaye d'un trait le sommet de sa tête.) Comme des cordelettes noires d'une oreille à l'autre.

Plongée dans ses souvenirs, elle sourit maintenant.

— On m'a servi mon artichaut. Et un verre de vin pour moi toute seule. Elle m'avait permis...

Soudain, Chassi s'interrompt, mais sa pensée progresse. On dirait une glissade, impossible à contrôler, qui l'entraîne ailleurs. Pete Rose – le célèbre joueur de base-ball américain – filant vers le *homeplate*, au milieu d'éclaboussures de boue et dans un tonnerre d'applaudissements, aurait dit Jimmy.

Chassi, toujours assise, se penche et baisse la tête. La masse de ses cheveux se sépare et coule comme de l'eau le long de ses joues.

Quels souvenirs retrouve-t-elle ? Allons, allons... Mais le silence persiste.

— Elle me traitait comme une adulte, dit-elle finalement d'une voix songeuse.

— Par exemple ? demande Eleanor dans un souffle.

247

Chassi relève la tête.

— Oui, elle me laissait…

— Faire quoi ?

Chassi réfléchit, ses yeux en amande cherchent le regard d'Eleanor.

— Pourquoi me laissait-elle…

— Boire du vin ?

Pas de réponse.

— En quoi vous traitait-elle comme une adulte ?

Les yeux en amande de Chassi ne cillent pas. Aucune réponse.

— Elle n'aurait pas dû vous permettre de boire du vin ?

Chassi reste muette.

— Elle n'aurait pas dû vous permettre d'aller toute seule acheter une glace ?

Chassi toujours muette.

— Que s'est-il passé quand vous êtes allée acheter une glace toute seule ?

Chassi se mord la lèvre inférieure.

— Existe-t-il des choses que votre mère n'aurait pas dû vous permettre ?

Chassi se lève, fait quelques pas le long du divan et revient.

« Du calme, mon chou, du calme… »

Les chaussures noires et plates vont et viennent silencieusement sur la moquette d'Eleanor.

Des chaussures… La mère de Chassi lui avait permis d'acheter ses premières chaussures à talons. A la séance initiale, elle lui a dit qu'elle portait ces chaussures à l'enterrement de sa mère, que l'herbe collait à ses talons, et qu'elles n'étaient plus jamais sorties de leur boîte. Bon, Sally Brash avait laissé sa fille acheter ses premières chaussures à talons quand elle était un peu trop jeune ; elle l'autorisait à avoir son verre de vin dans les grandes occasions et à aller toute seule s'acheter une glace au coin de la rue. Mais qu'avait-elle fait d'autre ?

— Je n'avais que douze ans.

Eleanor se penche en avant.

— Je n'avais que douze ans, répète Chassi.

Douze ans, douze ans…

— Je ne pouvais pas être sa copine, ajoute la jeune fille.

La lumière jaune s'allume comme du néon sur le mur d'Eleanor, au-dessus de la tête de Chassi. Un autre patient est arrivé et attend son tour. Elle a oublié de regarder l'heure.

Chassi, les yeux fixés sur elle et la pendule – sa nouvelle pendule –, reste silencieuse. Pas le moindre tic tac ! Quelle idée d'avoir remplacé l'ancienne ! C'est pour cela qu'elle n'a pas tenu le rythme. L'arrivée de « Lacet de soulier » interrompt la séance et le flot de souvenirs sur le point de resurgir.

18

« Les copines, c'est ce qui compte le plus au monde »,
disait Sally. Chassi eut des copines dès son plus jeune âge.
Danielle, au jardin d'enfants, avait de grands yeux bruns et
son papa et sa maman ne travaillaient pas « dans le
cinéma ». A l'époque, le fait d'être ou de ne pas être « dans
le cinéma » caractérisait les gens à ses yeux. Ensuite, son
point de vue devint plus nuancé. Il y avait ceux dont le nom
se situait au-dessus ou en dessous de la ligne : c'est ainsi
que l'on désignait à Hollywood les gens dont le nom apparaissait avant ou après le titre du film – ce qui dépendait
uniquement des films dans lesquels ils avaient joué et de
leur carrière. Leur mère venait chercher certaines de ses
copines au lieu du chauffeur, préparait leur goûter au lieu
de Tia. Elles n'habitaient pas une maison individuelle,
mais un appartement, et elles n'avaient pas de piscine
privée. Sally ne manifestait aucun snobisme quant aux
amies de sa fille ; elle ouvrait ses bras – quand ses films le
lui permettaient – à tous les enfants, d'une condition inférieure ou supérieure.

La mère de Danielle travaillait au jardin d'enfants et son

père dans une banque. Après le divorce de ses parents, Danielle partit vivre avec sa mère chez sa grand-mère, très loin dans le Bronx. Des adieux déchirants dans l'allée de Chassi, avec un échange d'animaux en peluche et des tas de sanglots en présence de Sally.

Sa première année d'école primaire fut marquée par Allison, une fillette aux yeux bleus et aux cheveux blonds – avec deux nattes si serrées qu'elles donnaient l'impression d'étirer ses yeux. Allison ne portait que des pantalons et détestait tous les colifichets. Elle se souciait comme d'une guigne – une expression que lui avait apprise sa mère – d'apprendre à lire, parce qu'elle voulait devenir « joueur de base-ball ». Son père travaillait sur le plateau. Il était donc « dans le cinéma » et « en dessous de la ligne ». Elle jouait dans le camion du père d'Allison si elle ne voulait pas rester dans la caravane de sa mère, quand elle allait lui rendre visite sur le tournage. Leur amitié ne dura que le temps d'un film. Elle ne savait pas encore que la plupart des amitiés nouées dans le milieu du cinéma ne durent pas plus.

L'année suivante, Mara fut sa meilleure amie. Mara, dont la mère était une star comme Sally et le père un producteur comme Saul ; elle habitait une grande maison, comparable à celle de Chassi, à seulement trois rues de chez elle. Les après-midi ensoleillés, elle filait chez Mara sur sa bicyclette. Elle devait attendre Tia qui s'essoufflait derrière, car elle ne pouvait se rendre seule nulle part, à cause des risques de kidnapping. Sally ne prononçait jamais ce mot, mais Chassi savait. Malheureusement, Saul se disputa avec le père de Mara à propos d'une affaire, et elles ne se revirent plus jamais.

En troisième année d'école primaire, Janie sembla un peu terne à Chassi et, en quatrième année, Suze lui parut trop extravagante. Avec Joy, elle eut ce que Sally nommait une « idylle estivale » : elles se jurèrent une amitié éternelle en colonie de vacances, et tout s'évanouit avant même que Tia ait secoué le sable du short de Chassi.

En cinquième année, son amie Maggie avait des taches de rousseur partout, même sur les orteils. Son grand-père, qui vivait sous le même toit qu'elle, était un acteur de vaudeville. Il apprit aux deux gamines toutes les paroles de « *How Ya Gonna Keep'Em down at the Farm ?* », ainsi qu'à jouer au casino et au gin-rummy. « Cachez vos cartes contre votre poitrine, mes petites ! » chuchotait-il, et elles pouffaient de rire comme des malades.

En sixième année, Maggie devint la « seconde meilleure amie » de Chassi, car elle fut détrônée par Sissy Danzinger. Sissy disposait d'une immense chambre et d'un immense lit où elle pouvait rester dormir, et ses parents n'étaient jamais là. Sa grand-mère, plantée comme un géranium flétri devant la télévision, n'entendait pas ce qui se passait à l'étage supérieur ou s'en moquait éperdument. Sissy présentait aussi l'avantage d'avoir une cuisinière qui leur préparait des pizzas, des crêpes au chocolat ou tout ce qui leur passait par la tête en plein milieu de la nuit.

Du jardin d'enfants à la sixième, Chassi eut une multitude de copines. Ensuite, elle partit pour Rome.

Elle s'affale sur la banquette près de la fenêtre, les genoux légèrement surélevés par des coussins, les jambes en l'air et ses socquettes à plat sur la vitre. C'est une nuit claire et parfumée ; on pourrait presque compter les étoiles. Elle donne un coup de poing dans le traversin, derrière sa tête, et étale ses cheveux de chaque côté de ses oreilles.

Le collège aurait dû lui procurer une flopée de nouvelles copines, mais si la mort de Sally lui donna un cachet supplémentaire et ajouta à son image un halo de mysticisme rare à douze ans, elle l'enferma également dans un nouveau rôle : l'inaccessible. La fille blessée d'une star défunte. Personne n'osait approcher la lointaine et mélancolique Chassi Jennings, qui avait vu sa mère s'envoler dans les airs et retomber inerte. Ni bavardages au téléphone, ni fous rires, ni ragots au sujet des garçons en se mettant des bigoudis. Jamais d'invitations à dormir chez des copines, de batailles d'oreillers, de séances de vernis à ongles, de shopping, d'interminables échanges de secrets en buvant des Coca-Cola. A la différence des autres filles de son âge, pas trace de *Grease*, d'images de *Bye-Bye Birdie* ou même de pages jaunissantes de *The Group*, le roman à la mode, dans son esprit.

Marion, la détestable analyste, essayait de la stimuler : « Parlez aux autres, organisez une grande soirée, entrez dans un groupe. » Un groupe ! Chassi faisait le point et concluait à sa nullité. Elle n'était ni sportive, ni brillante élève, ni populaire ; ni inscrite au club d'espagnol, ni membre du club de théâtre. Elle n'était même pas une Apache Belle. (A cette idée elle sourit, en observant le ciel nocturne à travers la fenêtre.) Donc, elle n'aurait plus d'amies et c'était très bien ainsi, elle s'en passerait. Elle allait au lycée, à ses séances avec la pénible Marion, elle dînait avec son père et elle restait seule dans sa chambre.

Les orteils de Chassi frétillent dans ses socquettes. Elle soulève le petit livre posé sur sa poitrine pour le feuilleter. Le papier n'a pas de lignes – un épais papier ivoire, rouge sur les bords, avec un mince ruban rouge en guise de marque-page. Sa couverture lisse et brillante porte un motif cachemire rouge et or, sur fond ivoire.

« C'est un journal », a dit Ionie.

Un charmant sourire sur ses lèvres :

« Je parle toujours trop vite, sans laisser aux gens le temps d'ouvrir leur cadeau.

— Merci. »

Cette rouquine au teint clair est belle, vraiment belle.

« Je m'achète souvent des carnets, ajouta Ionie, mais je n'écris jamais rien dedans. C'est absurde.

— Je n'en ai jamais possédé.

— Ah bon ? Je croyais… Je ne te connais pas bien, et je pensais que…

— Je n'ai jamais acheté ce genre de carnet, mais je suis absolument ravie.

— Tu n'écrivais pas ton journal quand tu étais enfant ?

— Non.

— Moi si. J'avais un journal, avec une adorable petite clé. J'ai souvent envie d'écrire, mais je n'ose pas me laisser aller. Au moment de me lancer, je me demande si je ne vais pas me trouver stupide en me relisant. Et on ne peut même pas arracher les pages. A moins que… »

Nouveau sourire d'Ionie.

« Je manque peut-être de courage. J'ai plutôt tendance à griffonner sur tout ce qui me tombe sous la main – serviettes de cocktail, bouts de papier retrouvés au fond de mes poches. (Elle sortit un chiffon de papier d'une poche de son pull.) Même un vieux Kleenex froissé ! »

Prudente, mais expansive dans ses manœuvres d'approche. Chassi croyait entendre Deborah Kerr chantant pour les enfants du *Roi et Moi*. Deborah Kerr aux belles mains, à la peau comme de l'ivoire, aux cheveux roux… Comme Ionie… Comme sa mère. Le sourire de Sally – un vague vertige. Chassi avala une grande gorgée de Coca-Cola. Elles étaient assises face à face, dans un box orange pour quatre au Swingers, un restaurant sur Beverly. Une idée de Robby.

« Vous deux, ça devrait coller. »

Saul écarquilla les yeux, Robby éclata de rire.

« Coller, au sens de "bien vous entendre".

— Etrange expression », observa Saul.

Chassi suggéra de prendre un café.

« Oh, non ! gémit Ionie. Tout sauf du café ! Je n'en boirai plus jamais une goutte. (Petit sourire.) D'où te vient ce nom, qui rappelle le cadre d'une voiture ? Mon père m'a tout appris sur les voitures. »

Chassi hocha la tête en grimaçant.

« Mon grand-père, Charlie, travaillait à la chaîne chez Ford, il y a bien cent ans. Il aurait dit un jour à ma mère : "Sans un châssis, on n'a rien, Sal." (Haussement d'épaules.) Mon père a protesté, mais elle a obtenu gain de cause.

— Les mères ! s'exclama Ionie. St John sonne comme un nom de strip-teaseuse. J'ai dit à ma mère : "Avec un nom pareil, il ne me manque plus que des éventails et des paillettes !" »

Ionie était drôle et exubérante. Désinvolte et bavarde. Elle parlait sans retenue et n'avait rien à cacher, sembla-t-il à Chassi. Elle découvrait en Ionie l'inverse d'elle-même...

« Tu sors avec lui ?

— Avec qui ? demanda Chassi.

— Robby Peroni, répondit Ionie, l'œil brillant.

— Oh non !

— Tu ne le trouves pas remarquable ? Tout sauf beau, et pourtant si séduisant ! Je n'ai jamais vu un homme pareil. Il t'attire ? Je t'en prie, mange mes frites : je me tue si je les avale toutes.

— Hum... »

Ionie se mordit les lèvres.

« Pardon, je ne voulais pas te choquer en te posant des questions indiscrètes. Ça ne me regarde absolument pas. »

Elle tâtait le terrain, cherchait ses limites.

« Pas de problème, dit Chassi.

— Onassis devait être comme ça, non ? (Elle croqua

255

une frite.) Carlo Ponti aussi. Des hommes séduisants grâce à leur immense talent, leur intelligence...

— Leur argent, suggéra Chassi.

— Oui, leur argent. Des tonnes d'argent... Tu crois que Peroni a de l'argent ? Il doit payer d'énormes pensions alimentaires et des allocations à ses enfants. Trois épouses, trois enfants. Un "chenapan", dirait ma mère. Veux-tu du ketchup ?

— Je veux bien.

— Comment trouves-tu mon accent ? (Le regard de Ionie s'alluma et elle éclata de rire.) On devine que je viens du Texas ? »

Chassi sourit.

« C'est toujours comme ça quand je me sens en confiance. Il faudra que tu m'aides, parce que mon personnage dans le film est new-yorkais ! »

Chassi se sentait grisée, comme si elle avait bu trop de champagne. Leurs rapports étaient amicaux, familiers et intimes. On aurait dit qu'elles se connaissaient depuis toujours. Pourtant, elles échangeaient des secrets pour la première fois. C'était aussi la première fois qu'elles déjeunaient ensemble et partageaient un Coca-Cola. Comme deux copines. Chassi n'avait plus de copine depuis la sixième...

Elle examine le carnet, le retourne, tire sur le fin marque-page en soie. *Made in Italy*, indique la petite étiquette collée au dos de la couverture. Chassi sourit, les yeux au ciel, depuis sa banquette sous la fenêtre. Serait-ce un heureux présage ? Ces mots imprimés signifient peut-être que sa mère lui a envoyé une amie.

— Chassi a un tempérament calme, dit Ionie à Jones qu'elle aperçoit dans le miroir.

Ils se tiennent côte à côte, face au lavabo du Ramada. Jones se recoiffe et Ionie applique son pinceau de rouge à lèvres dans un tube rouge sang.

— Elle est blessée.

— Jésus, soupire Ionie. (Avec le pinceau sur la bouche, elle prononce « Chésus ».) Je l'aime bien.

Jones fronce les sourcils, tire sur le col de sa chemise. Ionie l'observe.

— Ça ne va pas ?

Il tourne le cou, se redresse, agite les épaules.

— Cette chemise me donne la chair de poule. Je me demande pourquoi.

— Montre-moi.

Jones se tourne et se baisse. Ionie, derrière lui, passe ses doigts sous son col.

— C'est l'étiquette. As-tu des ciseaux ?

— Pas que je sache.

Il se redresse, se tourne à nouveau vers la glace. Ses seins contre son dos, Ionie l'entoure de ses deux bras, les mains jointes sur sa poitrine. Elle passe la tête du côté de son avant-bras droit ; des boucles rousses frôlent son œil droit et le coude de Jones.

— Coucou, lui dit-elle dans le miroir.

Sourire de Jones et rougissement fugitif. Sourire maquillé de rouge sang de Ionie.

— Tu rougis ? lui demande-t-elle.

Jones pose ses mains sur les siennes.

— J'ai un rendez-vous chez Technicolor dans vingt-cinq minutes. Ionie ? ajoute-t-il après un silence.

— Quoi ?

Il se balance d'un pied sur l'autre.

— Je devrais acheter des actions du Ramada.

— Nicki m'attend à l'agence, réplique-t-elle en riant.

Elle doit me présenter tous les gens du département cinéma ; du beau monde…

— Il est temps !

Ionie prend une profonde inspiration. Ses mamelons se durcissent contre le cashmere gris de son pull, et elle sent les muscles du dos de Jones.

— Ton rendez-vous chez Technicolor est maintenant dans vingt-trois minutes.

Il ne répond pas, mais son regard adorateur fixe Ionie dans la glace.

— Tu sais, c'est différent maintenant que je la connais.

Il hoche la tête.

— Je parle de Mme Jones, pas de Chassi.

Jones la contemple, ses mains toujours sur les siennes.

— Je sais.

— Tant qu'on n'a pas vu quelqu'un, c'est comme si… (Imperceptible froncement de sourcils de Ionie.) Comme si la personne n'existait pas.

Jones approuve.

— Maintenant, je la connais.

Jones serre les mains de Ionie et presse sa joue contre son avant-bras.

— Tu ne dois pas tomber amoureux de moi. Jones, m'entends-tu ? Tu ne dois pas tomber amoureux de moi !

— Dès que je t'ai vue pour la première fois, j'ai…

— Jones, il ne…

Jones l'interrompt, les doigts serrés avec force.

— Je t'aime, dit-il.

Les yeux dans les yeux, ils oscillent devant le miroir. Que dire de plus, à moins de tout se dire ? C'est justement cela qu'ils veulent éviter. Finalement, Ionie sourit, Jones desserre ses mains et elle fait un pas sur le côté.

Elle dégage ses cheveux, il glisse son peigne dans sa poche. Elle sort un Kleenex d'une boîte et se tamponne les lèvres, il se tourne et se dirige vers la commode. Le bien-être qu'elle éprouve avec lui, son attitude chaleureuse la rassurent et masquent la réalité. Elle saisit son sac, lui ses clés de voiture et ses lunettes de soleil. Il se baisse pour ramasser le couvre-lit glissé à terre, elle replace les oreillers. Leurs regards se croisent au-dessus du lit. Ils sont venus si souvent dans cette chambre ! Leur intimité est si profonde qu'elle a parfois la sensation qu'ils sont mariés. Elle s'interdit ces pensées-là.

La main dans la main, ils se dirigent vers la porte. Jones la prend dans ses bras.

— Je ne veux surtout pas voir tes fils, lui souffle-t-elle. Je ne le supporterais pas. (Il se penche pour l'embrasser.) Chéri, tu vas aller à ton rendez-vous avec des traces de mon rouge à lèvres…

L'a-t-il seulement entendue ?

Ionie ne regrette pas trop Al, elle ne se le permettrait pas. D'ailleurs il n'est question que du film, de l'arrivée de sa mère, de son emménagement, de ses rendez-vous avec Jones, de ses rapports avec Chassi. Elle court à la gymnastique et au yoga, apprend son rôle. Quand Al lui manque, elle regrette son solide bon sens, sa capacité à voir le monde en noir et blanc, à distinguer le bien du mal. Pas de gris et pas d'hésitation. Parfois cette attitude simplifie la vie, parfois elle la rend intenable. Al n'aurait jamais eu une aventure avec une femme mariée. Jamais !

Quand elle pense à Jones, Ionie essaye d'oublier Linda, de diluer sa pâleur ivoire en une masse floue. Mme Jones, une créature lointaine, et non la blonde Linda aux cils pâles et aux jolis mollets, l'épouse de Jones, la première personne qu'il a sous les yeux à son réveil, et la dernière avant de s'endormir. Ces images de Linda en évoquent d'autres : le soir où le téléphone atterrit dans le lierre et le visage bouleversé d'Al. Ionie souffre aussi de retrouver ses traces quand elle trie ses affaires.

Elle a jeté un tee-shirt blanc avec une tache de graisse grande comme la main, une notice pour l'installation d'une platine laser dans sa camionnette, quatre exemplaires du magazine *Men's Health*, sa brosse à dents, son shampoing pour cheveux gris ou argentés, son after-shave Mennen, son stick déodorant, son peigne. Elle a gardé ses trois cure-pipes, son marteau, la toute petite radio portable qu'il posait près du lit pour écouter les résultats des matches de base-ball et le morceau de papier de verre qu'il utilisa pour sa porte de placard. En retrouvant l'étoile de shérif qu'elle lui avait offerte, elle se dit qu'ils n'étaient pas faits pour s'entendre et qu'ils appartenaient à deux univers différents.

Elle conserva l'étoile métallique pendant trois jours. En franchissant sa porte une dernière fois pour suivre les déménageurs dans son nouvel appartement, elle la jeta aux ordures.

— Vous avez un joli pantalon, dit Eleanor.

— Comment ? Oh, merci.

Chassi porte un nouveau pantalon pour le sport, le yoga et tout ce qu'elle devra faire pour se « requinquer » avant le tournage, aurait dit sa mère. Il est en coton bleu marine, évasé aux chevilles. Elle se sent comme un marin prêt à passer le faubert sur le pont.

— Je n'ai jamais compris pourquoi les gens portent des pantalons serrés qui leur donnent l'air d'une poire, marmonne Eleanor.

Elle pivote légèrement en s'asseyant dans son fauteuil.

Chassi est habituée à ce crissement. Maintenant elle sait

presque toujours, sans se retourner, ce que fait Eleanor derrière son dos. Elle s'allonge sur le divan, s'étire, sent la fraîcheur du cuir sous sa tête. Elle lève les jambes et aperçoit le bord évasé de son pantalon en croisant ses chevilles. Elle n'aime pas non plus les pantalons serrés ; elle préfère les pattes d'éléphant... Mais attention ! La psy ne lui avait encore jamais fait de remarque personnelle. Elle ne lui donne pas son point de vue. Alors, que se passe-t-il ? Une gaffe ? Une gaffe de psy ? C'est bizarre, elle n'imagine pas la psy portant autre chose que sa longue jupe... ou des pantalons évasés.

— Vous portiez des pattes d'éléphant dans les années soixante ?

— Oui. Nous parlions de votre mère et de vous.

— Des pattes d'éléphant ? Formidable.

Chassi se retourne : elle veut voir Eleanor.

— Et des tissus peints à la main, de longs colliers, des fleurs dans les cheveux ?

— Je portais une chaîne avec une médaille, sur laquelle était gravé : « La guerre est malsaine pour les enfants et les autres créatures vivantes. »

— Vraiment ?

— Oui.

La psy, une main sur son genou, se frotte la rotule d'un air absent. Elle le fait souvent.

— Et un bracelet en cuivre, ajoute-t-elle.

Chassi s'assied à demi, appuyée sur un coude.

— Un bracelet en cuivre ?

— Pour un soldat. Chassi, nous parlions de votre mère et de vous.

C'est étrange : on pense connaître quelqu'un, mais on n'en connaît qu'une infime partie, et dans l'instant.

— Vous vous rappelez son nom ?

— Le major Leonard Rubin, de l'armée américaine, porté disparu en mission le 2 septembre 1968.

Un murmure d'enfant à qui l'on a demandé de réciter un poème. Encore plus étrange...

— On l'a retrouvé ?

— Non. (Eleanor inspire profondément.) Chassi, il faut...

— Vous manifestiez comme dans les films ?

La psy garde le silence. Elle bouge la tête, à peine.

— Vous avez porté ce bracelet combien de temps ?

— Un certain temps.

— Vous l'avez encore ?

— Nous parlions de votre mère et de vous.

— Je sais. Mais avez-vous gardé ce bracelet ?

Le Dr Costello soupire et se penche en avant.

— Pourquoi attachez-vous une telle importance à ce bracelet ?

— Je ne sais pas. Je me disais que vous me laisseriez peut-être le porter dans le film. Vous savez, c'est un film sur le Viêt-nam. Ça me donnerait peut-être... J'ai tant de mal à apprendre mon rôle...

Chassi sent le regard d'Eleanor posé sur elle. A l'époque, elle devait se passer du noir autour des yeux. Un eye-liner noir ? Elle mettait un rouge à lèvres pâle ou peut-être pas de rouge à lèvres. La psy en hippie, avec de longs cheveux dans le dos ou nattés, fuyant les gaz lacrymogènes dans ses pantalons pattes d'éléphant. « Hé, LBJ, combien de gars as-tu tués aujourd'hui ? » Elle connaît tous ces films d'actualités. Robby lui en a envoyé des boîtes entières. La psy courant, criant, levant le poing contre la guerre, une étincelle de lumière sur le bracelet qu'elle portait pour le major Leonard Rubin, tombé par la suite au champ d'honneur.

— Hé, pourquoi avez-vous cessé de le porter si on n'a pas retrouvé son corps ?

— Chassi…

— Je voudrais savoir !

— Chassi, je n'aurais jamais dû…

— Je vous en prie, docteur Costello.

La psy lève les yeux et attend.

— Je vous en prie, répète Chassi.

— Je l'ai enlevé quand j'ai rencontré mon mari, parce qu'il était allé au Viêt-nam.

— Ah oui ? (C'est incroyable, ce qu'on apprend sur les gens ! Son mari a combattu au Viêt-nam.) Mais ils n'avaient toujours pas retrouvé le corps…

— Chassi…

— Je ne comprends pas. Vous voulez dire que votre mari ne voulait pas que vous portiez ce bracelet ?

— Voyons, Chassi…

La psy se défile. Si elle refuse de répondre, c'est son problème, mais quelle ineptie de commencer une conversation et de s'interrompre brusquement !

— Nous parlions de Rome.

Elle croit vraiment qu'on change si facilement de sujet ?

— Pas moi !

— La dernière fois, nous parlions du restaurant. Je vous en prie, essayez de vous concentrer.

Chassi se rallonge sur le divan ; elle évite le regard de la psy.

— Vous m'aviez dit que vous ne pouviez pas être la copine de votre mère, non ?

Un fugitif vertige, et le calme revient.

Crissement du fauteuil tournant. Si ça l'amuse de virevolter sur son siège… Elle aussi pourrait avoir des vertiges !

— Chassi ?

— Quoi ?

Un peu de patience, la psy ! Cliquetis des bracelets...

Elle a un rôle à apprendre, des essais à faire devant la caméra. Pourquoi perdre son temps avec ce satané jeu du restaurant ? Nouveau vertige. Si ça continue, elle ne pourra pas tourner ce film...

— Chassi ?

Pas question de céder.

— Comment ?

— Dans ce restaurant, de quoi vous parlait votre mère ?

— Comment ?

— Essayez de vous concentrer. Il était question de Rome.

— Nous parlions du Viêt-nam.

— Une erreur de ma part.

— Au contraire, c'est tout à fait à propos.

— Mais non !

Chassi s'assied et se tourne.

— C'est exactement le sujet du film dans lequel je vais jouer... (Non, ça ne va pas se remettre à tourner ! Chassi se cache le visage dans les mains. Elle va finir par tomber du divan.) C'est mon travail, vous comprenez ? Il faut que je me prépare et j'ai beaucoup de mal. Vous pourriez m'aider, alors pourquoi me refusez-vous votre aide ?

Chassi essaye de se concentrer, de fermer les yeux, de poser ses pieds bien à plat. Ça se calme un peu... Ça va mieux...

Silence.

— Comment pourrais-je vous aider ? demande Eleanor. Ce film vous pose des problèmes. Savez-vous pourquoi ?

Maintenant, tu peux ouvrir les yeux. Voilà, ça ne va pas si mal.

— J'aimerais parler de la guerre avec votre mari.

Le doux visage d'Eleanor apparaît, entre les doigts de

Chassi, encore plus doux, presque fondu. Elle a probablement l'âge qu'aurait sa mère si... Cette idée frappe soudain Chassi. Elle écarte ses doigts avant de s'adresser au Dr Costello :

— Quel âge avez-vous ?

— Ça va, Chassi ?

— Le même âge que ma mère ?

— Je ne sais pas. Des vertiges ?

— Je viens d'en avoir.

— Dites-moi ce que vous ressentez à propos de ce film.

Chassi s'immobilise, le menton sur ses paumes, les coudes sur ses genoux, penchée en avant.

— Mon esprit s'emballe, dit-elle au bout d'un moment.

— Racontez-moi.

— Le visage de ma mère si elle vivait, si elle avait votre âge au lieu de celui qu'elle avait quand... Comment serait son visage ? Qu'est-ce que je lui dirais ? Mon Dieu, quel chaos ! Je vous en prie, docteur Costello, autorisez-moi à parler du Viêt-nam avec votre mari.

Un instant, à peine un instant s'écoule et, face à Chassi, Eleanor murmure :

— Chassi, mon mari est mort.

« Sors avec *lui,* mais ne l'épouse pas ; il n'est pas ton type ! » avait conseillé à Eleanor sa meilleure amie, Iva.

Eleanor l'observait, assis à une petite table du bistrot grec trop bruyant, tandis qu'elle revenait des toilettes. James George Costello casait tant bien que mal son mètre quatre-vingt-treize dans le box rouge ; ses genoux débordaient de l'espace exigu. Cheveux bruns, raides comme des baguettes, regard brun langoureux, des cils extraordinaires qui devaient rendre malades d'envie toutes les filles. Il était grand de partout : grands bras, grands muscles frôlés au passage quand il lui tint la porte. Grandes épaules, grandes mains sur le menu, grands doigts ouvrant les minuscules sachets de sucre et tournant la cuillère, grands pieds qui dépassaient de la table dans d'immenses chaussures noires.

Un garçon portant trois sandwichs Rubens évita de justesse Eleanor, à demi dissimulée par la vitrine réfrigérée. James George Costello, à travers la vitre striée, de l'autre côté des demi-cantaloups, des carrés de gelée rouge, des montagnes de riz au lait et des cruches de thé glacé. Elle mangea sa salade du bout des lèvres, il se régala de son rosbif-purée, avec des tonnes de sauce. Il but deux verres de lait, une tasse de café ,et termina par une grande part de tarte aux myrtilles, alors qu'elle finit avec peine son Coca-Cola.

Il ne possédait aucun point commun avec le monde habituel d'Eleanor. Il n'était ni intellectuel, ni engagé, ni juif. Il n'habitait pas Greenwich Village, il n'était même pas citadin. Il se montrait timide, conservateur, démodé. Italien... Il venait de Brooklyn. Un enfant des rues. Il aimait sa mère, bien qu'elle soit « un peu autoritaire », ajoutait-il en souriant, après avoir pesé ses mots. Il avait perdu son père. Il était fils unique. Il vivait avec sa mère, dans son ancienne chambre d'enfant, et ses pieds dépassaient de son lit. Il affichait un sourire irrésistible. Il travaillait « à la boîte » pour ses oncles, Vinny et Frank, les deux frères de son père. La « boîte » était un discount de petit matériel électrique – batteurs, fers à repasser, grille-pain, Mixmasters, etc. – dont il gérait l'entrepôt ; mais ça ne dura pas. Il parlait avec un fort accent de Brooklyn et de grands gestes, la tête baissée, en fixant son interlocuteur de son regard brun.

Quand elle le questionnait, il répondait qu'il n'avait pas de projets précis. Mais il aimait le grand air et il ignorait où ça le mènerait : on ne recrutait pas beaucoup de gardes forestiers à New York, or il lui fallait absolument un travail en extérieur, pour pouvoir profiter du soleil, de la pluie ou de la neige... S'il possédait un cheval, il pourrait conduire un fiacre. Eleanor, émue, l'imaginait aussitôt coiffé d'un haut-de-forme, tenant les rênes d'un cheval brun, assorti à ses yeux.

Elle se sentit soudain stupide, se réinstalla sur le cuir collant du box et posa une serviette en papier sous son verre. Il réfléchissait avant de parler, il se montrait attentif, sensible, et... bon. Ce mot n'était jamais venu à l'esprit d'Eleanor à propos de quelqu'un de son âge. Il avait fait la guerre. A vingt-six ans, il avait déjà fait la guerre, ce qui choquait Eleanor, mais il prétendait ne pas y penser souvent... même s'il en rêvait, murmurait-il en haussant les épaules. Un infime haussement de ses larges épaules, la ligne de son menton, son regard chaleureux. Ce qu'il avait dû voir le bouleversait. Ne sachant que dire, elle lui effleurait l'épaule ; il couvrait sa main de la sienne. A cet instant, dans ce bistrot bondé, à l'angle de la 64ᵉ Rue et de Madison, au milieu des serveurs grecs qui vociféraient et des clients qui leur enviaient leur petit box, Eleanor décida que James George Costello était tout à fait son type et donna tort à son amie Iva.

Elle ne changea pas d'avis. Jamais elle ne se lassa, jamais il ne cessa de l'intéresser, malgré les années, ainsi que les hauts et les bas de leur vie conjugale. Ils sortirent ensemble du bistrot et ne se quittèrent plus jusqu'à ce petit matin où il partit faire de la voile. L'odeur du café et du savon de sa douche, quand il se penchait pour l'embrasser, sa main chaude sur sa croupe à travers l'édredon, ses lèvres sur son cou. Elle n'avait jamais songé qu'il pourrait mourir avant elle ; à vrai dire, elle n'avait même pas réalisé qu'il était mortel...

Elle traverse son bureau, jette le couvercle de son yaourt dans la corbeille et s'assied dans son fauteuil. Une thérapeute ne donne pas d'informations sur sa vie privée à son patient ; une thérapeute ne raconte pas que son mari est mort. N'encaissez pas deux cents dollars, et filez tout droit dans la prison pour psy ! Eleanor plonge sa banane dans son yaourt, essaye de récupérer quelques morceaux de pêche au fond, mais tout s'écroule à mi-chemin. Pourquoi oublie-t-elle toujours de s'acheter des cuillères en plastique ? Il suffirait même d'en piquer une à la cafétéria, quand elle prend son cappuccino. Le doigt dans son yaourt, elle appuie sur le bout de la banane, qui s'enfonce. Bravo ! Pour rattraper sa banane, elle doit y mettre la main tout entière.

Quelle mouche l'a piquée ? Ça a commencé avec le pantalon. Elle papotait avec Chassi comme avec une amie. Elles parlaient chiffons, elle lui faisait des confidences sur sa jeunesse – des confidences qu'elle n'avait jamais faites à Caroline. Par principe, elle se garde bien d'aborder des sujets personnels avec ses patients. Jimmy, la guerre, les pattes d'éléphant. Il lui semble être tombée plus bas que terre. Que s'est-il passé ? La solitude… Elle se sentait si seule qu'elle a parlé à Chassi comme à une amie.

Comme à une fille. Eleanor retient son souffle. Est-ce bien cela ?

Elle n'a pas eu la force de cacher la vérité à sa patiente, de ne pas lui répondre quand elle a exprimé le désir de parler du Viêt-nam avec Jimmy. Elle n'a pas pu refuser sans lui expliquer pourquoi. Son instinct maternel l'a poussée à parler.

Aurait-elle donc cédé à son instinct maternel ? se demande-t-elle, assise, les doigts plongés dans son yaourt. L'instinct maternel… Elle n'en est pas dépourvue, malgré son échec en tant que mère. « Maman, j'veux pas te parler ; j'veux pas te voir. » Quelle preuve de plus lui faut-il ?

Bon, elle doit se contrôler et éviter le piège du transfert. Elle n'a pas su rester à sa place, mais une fois suffit. Elle ne récidivera pas. Plus jamais elle ne parlera ainsi à Chassi.

Elle repose à terre ses pieds calés sur son bureau et fait pivoter son fauteuil vers les fenêtres. Elle n'est pas la mère de Chassi, ne peut ni ne veut l'être. Elle saisit entre deux doigts le morceau de banane et le porte à ses lèvres.

A vrai dire, elle veut être la mère de Caroline. Et ne sait pas comment s'y prendre.

19

— J'aurais pu pourrir sur place en attendant que le téléphone sonne ! lança Kitty Ray, à peine arrivée depuis
quarante minutes chez sa fille.

Tout en parlant à Ionie, elle fouillait dans un vanity-case
rose pâle, son cadeau de sortie du lycée. Elle étalait toutes
ses affaires autour d'elle, sur le nouveau canapé recouvert
de soie beige.

— Voyons, maman !

— Et quand je parle à ton père, j'ai l'impression de me
taper la tête contre les murs. « Kitty Ray, me dit-il, tu ferais
mieux de sortir de cette maison, au lieu de regarder ce
satané téléphone. » La semaine dernière, je t'avais laissé
trois messages à propos de mon avion, auxquels tu n'as pas
jugé bon de répondre, bien que je ne t'aie pas élevée
comme ça, ma petite. J'ai fini par te rappeler et tu m'as
répondu : « Maman, je n'ai pas le temps de te parler. » Eh
bien, devine ce qu'il m'a rétorqué : « Kitty Ray, si elle n'a
pas le temps de te parler, tu ne devrais pas y aller. »

Ces mots s'enfoncèrent comme des clous dans la

cervelle de Ionie, qui écoutait avec un pénible sentiment de culpabilité, en se mordant la lèvre inférieure.

— Maman, j'avais une séance de photographies.

— C'est déjà ça !

Des tubes, des pots, des mouchoirs en papier pliés et fermés par du ruban adhésif s'éparpillèrent sur les genoux de Kitty Ray et sur le canapé. Ionie hésitait entre les remords et l'agacement, car sa mère était en train de tacher la soie de son nouveau canapé.

— Que cherches-tu ? lui demanda-t-elle.

Kitty Ray la regarda, les lèvres pincées. Deux profonds sillons se creusèrent entre ses yeux et elle fixa sa fille en fronçant les sourcils.

— Je ne sais plus. Je suis si tendue que je ne sais plus !

Ionie éclata de rire. Ce fut plus fort qu'elle.

— Tu cherches tes cigarettes, non ?

— Je ne fume pas.

Ionie en tomba de son nouveau fauteuil club beige. Secouée par le rire, elle se laissa entraîner dans cette bonne vieille danse bizarre entre mère et fille : elle ressentait l'envie à la fois d'étrangler sa mère et de l'embrasser…

Kitty Ray lança un de ses mouchoirs en papier pliés sur sa fille, qui riait, toujours à terre.

— Ça suffit, Ionie.

Ionie retrouva son sérieux et tâta du doigt le petit paquet souple et soigneusement collé, qui venait de heurter sa poitrine.

— Qu'est-ce que c'est ?

— Rien du tout.

— Maman, dis-moi !

— Des herbes, dit Kitty Ray en rentrant dans son chignon une mèche rebelle d'un blond vénitien.

Ionie se redressa et souleva le ruban adhésif.

— Je n'y crois pas. Tu prends des herbes ?

271

— Ta tante Dorothy est allée à une réunion de femmes sur tous ces problèmes de ménopause. Ces herbes sont censées calmer les nerfs.

— On ne dirait pas.

— Ionie, rends-moi ça !

Sa mère s'était mise aux herbes chinoises, songeait Ionie. Une femme des années quatre-vingt-dix, avec un vanity-case rose datant de 1954, prenait des herbes…

— Tu ne veux pas arrêter ?

— Sûrement pas, déclara Kitty Ray. Allons, rends-les-moi !

L'appartement de sa fille lui parut trop blanc.

— Des couleurs t'auraient coûté plus cher ? demanda-t-elle à Ionie après une inspection approfondie.

Elle explora tous les tiroirs et les placards, passa la main sur la moindre moulure et, de haut en bas, sur chacune des fenêtres. Elle critiqua, dans le désordre : la cuisinière électrique – « Il faudra faire mettre le gaz » –, les robinets trop durs de la salle de bains – « Je ne sais pas, c'est peut-être à cause de mon arthrite » –, le parquet en bois blond – « Tu ne trouves pas que la moquette a plus de classe ? » Néanmoins, elle approuva les vastes placards – « Plus grands que chez ta tante Dorothy à Dallas, et si tu savais combien ça leur a coûté ! » –, la cuisine – « Les plantes ne demanderont qu'à pousser sur ce rebord de fenêtre » – et le broyeur à ordures – « Ta grand-mère aurait adoré en avoir un ! »

Le fait que son appartement se trouve dans une maison d'hôtes la troubla un peu : « Dois-tu entretenir des relations amicales avec les propriétaires ? », « Sont-ils sympathiques ? », « Et tes allées et venues ? », « Que font-ils dans la vie ? »… Ionie la rassura en lui apprenant que le Dr Fox et sa femme étaient des retraités d'un certain âge, et des amis d'une amie d'une amie… Elle évita de préciser qu'elle avait eu la chance de trouver cet appartement grâce à l'aide de Jones.

Sa mère se préparait à affronter Hollywood. Elle apportait son vanity-case rose pâle et son tailleur-pantalon bleu pâle, son tee-shirt brodé d'un chien d'arrêt à paillettes d'or (« Tout le portrait de mon Sparky ! »), ses Reebok blanches qu'elle portait avec un pantalon de survêtement noir pour la marche. Elle comptait assister au tournage du film – « Comme la fois où j'ai vu Channel 2 couvrir cet incendie à Lubbock » – et aller chez Spago – « On en parlait récemment dans *Enquirer*. » Elle espérait aussi rencontrer Chassi Jennings et son père. Avec un peu de chance, elle visiterait leur maison – « Il paraît qu'il y a dans leur salon une photographie de Sally Brash (qu'elle repose en paix !) de la taille du Taj Mahal. »

Ionie se demanda s'il valait mieux faire semblant de ne pas connaître sa mère ou quitter la ville.

Après trois jours de tourisme – une visite des studios Universal, où sa mère passa six bonnes heures (« Inutile de m'accompagner, je me débrouillerai toute seule ! »), une visite au Mann's Chinese Theatre, où Kitty Ray posa le pied dans chacune des empreintes en ciment, y compris celle de John Wayne (« Il portait sûrement des bottes, pas des chaussures »), une virée à la plage, où sa mère remonta délicatement le bas de son pantalon et avança d'un pas assuré dans l'eau, tandis que les vagues éclaboussaient ses mollets –, Ionie s'autorisa à la laisser seule à la maison pendant quelques heures. « Tu peux vaquer à tes petites affaires, je n'ai pas besoin d'une baby-sitter ! » lui dit-elle.

— Un pot chez Saul Jennings, annonça Kitty Ray, rayonnante, à sa fille de retour.

Ionie ferma la porte d'entrée, laissa tomber son sac, posa

sa bouteille d'eau et essuya son visage avec la manche de son tee-shirt. Comment sa mère s'y était-elle prise pour déplacer seule le canapé ? Au moment de son départ, il se trouvait face aux fenêtres. Et où avait-elle trouvé les camélias qui emplissaient ce vase ?

— Maman, je t'avais demandé de laisser le répondeur branché…

— Oui, mais je me trouvais juste à côté quand le téléphone a sonné. Je me serais sentie stupide si je n'avais pas décroché. (Elle agita sous les yeux de Ionie le papier qu'elle tenait dans une main.) Et les messages, ça me connaît ! J'en ai pris pendant plus de quinze ans chez Milvain, Hall et Thompson. Tu devrais le savoir.

— Je sais !

Kitty Ray haussa le menton.

— En tout cas, je suis ravie d'être invitée.

— Tu es invitée ? !

— C'est ce qu'elle m'a dit. Elle va vérifier, mais elle est sûre que ça ne posera pas de problème. Après tout, je te rends visite, et tu n'aurais pas le cœur à abandonner ta maman ! D'autant plus qu'il ne s'agit pas d'un rendez-vous d'affaires, mais d'un pot.

— Qui est *elle* ?

— La personne qui a appelé, Ionie. Une charmante jeune femme qui travaille pour ton agent. Elle s'appelle Cheryl.

— Ah, la prétentieuse ?

— Comment ? Elle m'a paru charmante et extrêmement efficace. A propos, il te faut un bloc-notes près de ton téléphone. J'ai dû chercher partout un papier pour écrire. Je t'en trouverai un chez Neiman's quand j'irai me faire coiffer. Quelle histoire elle a avec ce garçon !

La prétentieuse avait donc un petit ami.

— Quel garçon ? s'étonna Ionie.

— Ce type qui veut revenir. Il se drogue, bien qu'il prétende s'être abstenu depuis trois semaines. Je lui ai parlé du cousin Earl de papa, qui buvait ; on ne peut pas se fier à ces gens-là, quoi qu'ils racontent. C'est bizarre ! ricana Kitty Ray. Les jeunes s'imaginent toujours que les conduites obsessionnelles sont le propre des années quatre-vingt-dix. Comme si les gens de ma génération n'étaient pas capables de faire la différence entre leur… tu vois ce que je veux dire, et un trou dans la terre…

Etait-ce l'effet du yoga ou avait-elle trop bu ? s'interrogea Ionie.

— Quand vas-tu te faire coiffer ?

— Avant le pot, bien sûr. Et surtout ne te dérange pas pour moi, je me débrouillerai toute seule. Il y a un bus qui file droit sur Sunset. Je descends à Bedford Drive, ajouta Kitty Ray en consultant un second chiffon de papier. Je marche ensuite jusqu'à Wilshire, et c'est là. (Elle rayonnait à nouveau.) La standardiste de Neiman's a été très serviable ; elle s'est mise en quatre pour moi.

C'en était trop. Le canapé, la conversation avec la prétentieuse, l'invitation chez Saul Jennings…

— Nous avons cueilli ces camélias ensemble, Mme Fox et moi, après avoir déjeuné dans son jardin, poursuivit Kitty Ray. Ils sont beaux, non ? Une femme charmante… Quel dommage qu'elle n'ait pas d'enfants ! Et savais-tu, Ionie, que son mari a été chef du service pédiatrique, pendant plus de trente ans, dans ce grand hôpital juif des environs ?

Pour un peu, sa mère promettait son premier enfant à M. et Mme Fox ! Ionie se jura de ne plus jamais la laisser seule.

Après avoir observé un moment la grande femme maigre, aux cheveux blonds vénitiens laqués, qui lui souriait, elle reprit une gorgée d'eau et s'assit.

Ensuite vint le pot chez Saul Jennings.

Kitty Ray ne comprit pas qu'on serve ces horribles petits cornichons – « Je me moque qu'ils soient français ; depuis quand sert-on des cornichons à l'apéritif ? » Elle n'apprécia pas non plus la mozzarella, arrosée d'huile d'olive – « Ça n'a même pas un goût de fromage. » Elle fit chercher à la cuisine la recette du cocktail de whisky, et on envoya probablement un coursier acheter des cerises au marasquin. Pour finir, elle déclara au garçon, la tête haute dans le salon de Saul Jennings : « Mais non, je le voulais avec de la glace. »

Quand elle fit la connaissance de Chassi, elle lui tapota l'épaule en susurrant, la larme à l'œil : « Mon petit, vous êtes tout le portrait de votre maman ; Dieu vous protège. » Elle manipula chacune des photographies posées sur le piano et les remit, Ionie l'aurait juré, à une place légèrement différente. Elle s'assit ensuite à côté du pianiste et lui demanda s'il connaissait « *Many a New Day* », un air d'*Oklahoma*, qu'elle chantait sur scène quand elle était au lycée.

A l'autre bout de la pièce, Jones adressa un sourire rassurant à Ionie, qui fit mine de s'effondrer. Mais ce n'était pas fini : Kitty Ray suggéra timidement à Saul Jennings de l'emmener faire le « tour du propriétaire ». « Le grand tour », ajouta-t-elle en battant des cils. Ionie chancela, comme si on l'avait frappée au visage.

— « Maman, je ne pense pas que M. Jennings…

Saul Jennings avait bondi comme un ressort et tendait déjà son bras à Kitty Ray :

— Bien volontiers, madame. Le grand tour, avec la piscine et le cabanon. Appelez-moi Saul, je vous en prie !

— Tout va bien, murmura Jones à Ionie.

— Je vais me jeter sous une voiture, répondit-elle, les dents serrées.

— Comment feras-tu ? Il n'y a pas beaucoup de circulation à Holmby Hills.

Elle soupira.

— Tout va bien, répéta-t-il en effleurant son bras du bout des doigts.

Il était très difficile de se prononcer sur la banalité, ou non, de ce geste. Un geste pareil pouvait sembler banal entre amis, et tout le monde savait que Jones et Ionie avaient tourné ensemble un film pour la télévision. Mais suffisait-il d'avoir tourné ensemble pour effleurer le bras de sa partenaire ?

— Eh bien, alors ? demanda une voix, derrière eux.

Ionie se retourna et aperçut le sourire sardonique de Robby Peroni.

— Bonjour, dit-il.

— Oui, bonjour.

— Quoi de neuf, Jones ?

Les deux hommes se serrèrent la main.

— Ta mère a un succès fou, déclara Peroni à Ionie.

— C'est exactement ce que je lui disais, acquiesça Jones.

Ionie finit par rire. Elle n'avait aucun moyen de savoir ce que lui apporterait cette soirée.

— Tu flirtais avec lui. Je t'attendais à l'autre bout de la pièce, et tu n'as pas levé les yeux vers moi.

— Voyons, Jones !

Cachés, Ionie et Jones distinguaient le vacarme des invités, deux pièces plus loin.

— J'étais sur le point de te frapper. Oui, et de le frapper lui aussi, ajouta Jones, le visage livide.

— On va nous entendre.

Ils se tenaient côte à côte dans le couloir, derrière la

porte des toilettes, comme s'ils attendaient pour y entrer, venaient d'en sortir, ou bien s'étaient rencontrés là par hasard et parlaient. Mais de quoi ?

— Voyons, Jones ! répéta Ionie.

— C'est intolérable. (La main de Jones se posa sur Ionie.) Je suis venu sans Linda. (Son regard !) Et je n'ai pas envie de rentrer chez moi. Mon Dieu ! murmura-t-il, ses doigts laissant une marque sur le bras de Ionie.

Une femme portant un plateau leur fit un signe de tête en passant ; Ionie lui sourit.

— Sors-tu avec Peroni ?

— Non.

Accepterait-elle s'il le lui demandait ? Oui. Non. Oui.

— Je t'aime, dit Jones.

Elle détourna les yeux.

— Je t'aime, répéta Jones.

— Cet homme est marié, dit Kitty Ray.

Ionie envoya promener sa chaussure d'un coup de pied et regarda sa mère.

— Quel homme ?

— Tu comprends parfaitement ce que je veux dire. Je ne t'ai pas élevée comme je l'ai fait pour que tu ailles voler le mari d'une autre femme. C'est clair ?

— Mais, maman…

— Tu ferais bien de rompre avant que j'aie honte d'être ta mère.

Le visage de Kitty Ray avait perdu ses couleurs et elle foudroyait sa fille du regard. Puis elle lui tourna le dos et alla dans la cuisine. Ionie ne broncha pas. Elle entendit la porte du réfrigérateur s'ouvrir ; le bruit des bocaux disposés sur le comptoir, du tiroir qui glissait. Ionie plaça une main contre le stuc froid du mur. Surtout ne pas bouger !

Kitty Ray, sur le pas de la porte, agitant un paquet de jambon de Parme.

— Qu'est-ce que tu t'imagines ? J'ai des yeux pour voir !

Elle partit et revint aussitôt. On aurait dit un montage de film, quand il y a un saut d'image. Bizarrement, Ionie se souvenait des explications données par Jones, alors que sa mère, le dos contre la porte, tenait le pain niché entre ses mains.

— De qui te moques-tu ? lança Kitty Ray.

Sueurs froides, dont une goutte roula sur la robe de soie vert olive de Ionie, qu'elle allait sûrement tacher. Elle avait la gorge serrée, comme une enfant de six ans surprise en train de manger du beurre de cacahouètes et du chocolat au lait. La claque de Kitty Ray... Si seulement ça pouvait être aussi simple. Cette fois-ci, il n'y aurait que le choc des mots.

Ionie essaya de retrouver son calme. Où aller ? Elle n'avait pas le choix. Elle traversa la pièce et s'avança jusqu'à la porte de la cuisine. La déchirure de l'emballage de cellophane, le cliquetis du couteau dans le pot de mayonnaise.

Kitty Ray, effondrée sur un siège de cuisine, ne leva même pas la tête. Elle tourna autour de sa chaise.

— Ça m'est bien égal que tu l'aimes, dit-elle à sa fille.

Pas un mot ! décida Ionie.

— A-t-il des enfants ?

— Deux fils.

Une expression de dégoût, aussi violente que l'odeur du jambon de Parme, apparut sur le visage de Kitty Ray. Elle posa le second morceau de pain sur la tranche de jambon, coupa le sandwich en diagonale et en propulsa une moitié vers sa fille, à travers la planche à découper.

— Voilà.

— Je n'ai pas faim.

— Mais si ! Tu n'as mangé que quelques cornichons et deux crevettes. Ton double jeu doit te couper l'appétit.

Ionie prit le sandwich en triangle : soudain, elle mourait de faim. Elle en dévora une grande bouchée.

— Tu joues là un jeu dangereux.

— Je ne l'ai pas fait exprès.

— Alors, explique-moi ! C'est un accident ? Tu as atterri par hasard dans ses bras ?

— Il m'aime.

— Tu parles comme une midinette !

Kitty Ray s'approcha du réfrigérateur, saisit un Pepsi light, le décapsula et le posa sur la table devant sa fille.

— Tu m'entends, il est marié ! Tu as pourtant l'embarras du choix, ici.

Ionie, debout, attrapa l'autre moitié du sandwich et la reposa. Elle ne voyait pas comment expliquer à sa mère ce qui lui arrivait. Pourquoi c'était allé si loin. Et toutes ces complications, la manière dont il la regardait, ce qu'il lui disait.

— Tu ne peux pas comprendre, murmura-t-elle après avoir bu une grande gorgée de Pepsi.

— Essaye de m'expliquer !

— Tu vis dans un autre monde.

— Tu ne me crois pas assez sophistiquée pour comprendre l'adultère ?

— Je n'ai pas voulu dire ça. Nous sommes différentes, nous ne menons pas la même vie.

— En effet.

— C'est arrivé par hasard. Nous étions ensemble, et...

— Tu penses à elle, quelquefois ?

L'estomac de Ionie se serra.

— Tu penses à ce qu'elle éprouve ? (Regard foudroyant de Kitty Ray.) Jamais, non ?

Ionie, les mains moites.

— Quelquefois.

— Alors comment as-tu *osé* ?

— Je ne sais pas.

— Mais si, dis-moi !

Ionie pâlit, puis se sentit rougir. De quel droit sa mère l'interrogeait-elle ? De quel droit se mêlait-elle de sa vie ? Elle n'était plus une enfant.

— Que veux-tu ? Des détails ?

— C'est ça, raconte-moi. Je ne connais que l'autre côté de la médaille.

Des marbrures roses sur le visage pâle de Kitty Ray.

— Bon Dieu, je ne te donnerai pas de détails.

— Je te prie de ne pas jurer en ma présence !

— Maman, pas de ça !

Brusquement, une sensation pénible. Ionie eut envie de fuir et elle regarda sa mère.

— Qu'as-tu dit ? Tu ne connais que l'autre côté de la médaille ?

— Ionie, si tu savais comme tu me déçois !

Les yeux de Kitty Ray et cette sensation poignante, dans les entrailles de Ionie.

— Quand tu avais sept ans, ton père a eu une liaison avec sa bibliothécaire. Ça a duré quatre ans. (Haussement de menton de Kitty Ray. Long regard à sa fille.) Tu sais, ça n'arrive pas qu'aux autres.

Son père couchant avec une autre femme que sa mère ! Mon Dieu ! Ionie se retourne. Elle ne veut pas s'imaginer son père au lit avec sa mère, mais encore moins avec quelqu'un d'autre. Les larmes de Kitty Ray, qui se reprochait d'en avoir trop dit : elle s'était laissée aller, racontant à sa fille ce qu'avait fait son père, lui parlant comme à une copine. Elle n'aurait pas dû...

Ionie donne un coup de poing dans son oreiller. Comment a-t-il osé ? Elle avait sept ans. Quels souvenirs garde-t-elle de cette année-là ? Aucun. Elle n'était qu'une petite fille. Nouveau coup de poing dans l'oreiller. Elle lisse le tissu de coton sous sa joue. Son père embrassait sa mère dans la cuisine ; elle tenait le saladier entre eux, dans ses bras. « Ionie, si tu veux lécher le batteur, c'est le moment ! »

La porte claquait, elle fonçait dans la cuisine avec ses nouvelles sandales à fines lanières. Comment a-t-il osé ? *Son* papa à elle ? *Sa* maman ? La détresse, dans les yeux de sa mère, à l'idée que sa propre fille avait « osé ».

Une aventure extraconjugale. Une aventure... Ce mot ne lui convient pas. Absolument pas ! Elle repousse son oreiller et déplace ses jambes sur le drap. Il ne s'agit pas d'une aventure. Une aventure suppose un jeu où le cœur n'est pour rien. Elle aime Jones. Sincèrement. L'aube transparaît à travers les rideaux. Cette grisaille au bord des fenêtres, c'est l'aube. Elle doit fermer les yeux et arrêter de penser, dormir un peu.

Ionie soupire et tourne le dos à la fenêtre.

Comment est-ce arrivé ? Elle n'est même pas sûre de le savoir. Bon, elle a couché avec lui. Elle voulait qu'il l'aide et ils couchèrent ensemble, mais il lui inspirait aussi des sentiments. Est-elle pour autant une femme indigne ? Elle a été charmée dès le début par sa douceur et sa gentillesse, et elle n'a pas pensé un instant à la suite des événements. Après tout, les femmes aussi ressentent des besoins. Des manques et des besoins... Ionie repousse son oreiller. Le problème est que Jones s'est entiché d'elle, pour de bon.

Leur relation s'est emballée, a fait boule de neige, franchi une ligne invisible qu'elle ne devait pas dépasser.

Chez Saul, le visage de Jones, ravagé par le chagrin, ses épaules affaissées. « Je n'ai pas envie de rentrer chez moi. » Que répondre à cela ? Au fond d'elle-même, elle ne souhaite pas vivre avec lui. Elle aime Jones, mais... La main glissée sous la taie d'oreiller, elle desserre son poing. « Ne triche pas, ma petite ; il faut appeler un chat un chat », disait sa grand-mère. En son âme et conscience, elle sait qu'elle ne l'aimera pas toute sa vie. Elle roule de l'autre côté. Elle ne rêve pas de ne jamais le quitter, elle ne désire même pas qu'il quitte Linda. Ni rêves, ni souhaits, une simple appréhension.

D'une chiquenaude, elle retourne son oreiller. Une simple appréhension. Elle imagine Jones à sa porte, avec ses valises, les yeux emplis d'espoir et les bras grands ouverts. Que dirait-elle ? Désolée, j'ai eu tort... Je n'avais pas assez réfléchi... Tu ferais mieux de rentrer chez toi... Elle ne peut tout de même pas lui faire ça. « Ne triche pas, ma petite. » Elle ne s'imagine pas une seconde vivant avec Jones dans la maison d'hôtes exiguë, recevant ses fils chaque week-end et un mois en été, les emmenant chez McDonald's, les déposant sur le terrain de football, leur découpant une part de gâteau, et tout ce qui s'ensuit. Elle ne se sent pas prête à élever deux jeunes garçons, elle n'en a pas la moindre envie. Si Jones se libérait pour elle, ce serait un désastre. Elle veut vivre sa vie.

Ionie roule sur le dos. Le jour se lève vraiment et éclaire sa chambre. Elle tire l'édredon sur son visage et sent son propre souffle lui revenir. Jones, partageant son lit. Jones, devant sa tasse de café, coupant le poulet du dimanche soir, sous la douche, dans la voiture, dans la cuisine. Jones, le samedi, le mardi, en septembre, en décembre, et l'année suivante. Elle ne souhaite pas cela. L'année prochaine, elle sera peut-être en train de devenir une star. Le film sera sorti et sa vie pourrait bien changer. Elle va changer, et que fera-t-elle de lui ?

Elle éloigne l'édredon de son visage et apprécie la douceur du tissu sous son menton.

Elle n'a fait aucune promesse à Jones, elle ne l'a pas supplié de l'épouser, de venir vivre avec elle. Alors, que lui veut-il ?

Ionie se concentre. Soudain, elle y voit clair, étrangement clair ; mais elle trouve incongru – et même tout à fait absurde – que sa mère soit à l'origine de sa lucidité. Les yeux fermés, elle essaye de respirer calmement, et elle s'avoue qu'elle n'a pas le choix : elle doit rompre avec Jones.

20

— Prends ton temps, dit Ionie à Chassi. Concentre-toi,
et détends-toi.

Assises face à face, les jambes croisées sur de minces
tapis en caoutchouc du même violet que le collant de
Chassi, elles respirèrent. Elles firent la salutation au soleil,
les mains jointes, « haut, encore plus haut », insista Chassi ;
puis, penchées en avant, la tête au niveau des genoux.
Enfin, la tête de Ionie, car celle de Chassi ne descendait pas
tout à fait aussi bas.

— Depuis combien de temps pratiques-tu le yoga ?
demanda-t-elle.

— Depuis toujours, répondit Ionie en souriant sous une
cascade de cheveux roux.

Elles firent le cobra, le chat, le chien.

— Même Stanislavsky n'imitait pas autant d'animaux,
remarqua Ionie.

Elles agitèrent les mains comme si elles enfilaient des
perles ; un nom bizarre, que Chassi ne retint pas. Elles
adoptèrent ensuite une posture en triangle, à travers les

larges rais de soleil qui inondaient le petit salon de Saul Jennings.

— Bien, très bien, répéta Ionie en poussant la jambe de Chassi d'une main sûre.

Quand, les pieds en éventail, elles tinrent leurs chevilles dans leurs mains et passèrent la jambe droite derrière la gauche – à moins qu'elle n'ait mal écouté et que ce ne soit la gauche derrière la droite –, Chassi s'écroula par terre. Pour finir, elles s'allongèrent sur le dos, bras et jambes détendus. Ionie s'endormit avec un léger ronflement.

Chassi adorait ça.

— Du yoga ! dit Saul d'un air méprisant.

— Papa...

Cliquetis des glaçons dans son verre de cristal. Il avala une gorgée de whisky et l'observa depuis sa bergère.

— Qu'est-ce que ça t'apporte ?

— Ça m'aide à me recentrer.

— Tout le monde sait que le centre se trouve... au milieu.

— Papa...

— Bon, d'accord. Alors, c'est la spécialité du « verre d'eau » ?

Chassi fit mine de bourrer de coups de poings l'épaule de son père.

— Papa, il ne faut plus l'appeler comme ça !

— Je sais ; appelons-la Ionie.

— Elle dit que ça donne un plus grand calme.

— Depuis quand as-tu besoin de te calmer ?

— Le stress, papa.

— Chassi, ma chérie. Tu vis dans un cocon ; que sais-tu du stress ?

Si elle ignore le stress, pourquoi se rend-elle encore chez le Dr Costello, à son avis ? Chassi tourne le dos aux jets d'eau dirigés vers son visage et arrête la douche.

Evidemment, il ne pense qu'à son film : on est déjà dans la deuxième semaine de juillet et il s'est rendu deux fois à Manille avec Peroni pour les repérages. Elle pousse la porte vitrée et attrape sa serviette.

Elle a ressenti de nouveaux vertiges, le jour où elle parlait à Ionie dans le jardin et en d'autres circonstances. Ça ne rime à rien. Elle a beau essayer de déterminer ce qui les déclenche, la cause lui échappe. C'est un fait en rapport avec le film ou avec sa mère, et puis ce n'est plus ça. Ses vertiges peuvent survenir au cours des essais devant la caméra, des séances de coiffure ou de maquillage. Elle n'y comprend rien, mais elle ne va pas s'inquiéter puisque, pour l'instant, elle se sent bien.

Elle prend son séchoir à cheveux dans son tiroir.

C'est la troisième fois que Ionie vient chez elle pour lui apprendre le yoga. Elle l'a emmenée deux fois à son cours, mais il y avait trop de curieux. « Regardons la star en faisant comme si nous ne l'avions pas remarquée ! » Chassi lui a demandé de venir lui donner des cours à domicile pour qu'elle ne se sente pas observée.

Chassi baisse les yeux et scrute son image dans le miroir de la salle de bains. Elle ne voit que du beige : ses cheveux, sa peau, toute sa personne. Bon, de beaux yeux. Un corps normal, peut-être trop mince, mais normal. Une star de cinéma banale, rien à voir avec sa mère ! Elle ébouriffe ses cheveux avec le jet d'air chaud, roule une mèche épaisse autour de sa brosse. Ni son visage, ni son corps, ni ses cheveux ne rappellent sa mère.

C'est comme ça que leur discussion commença. Ionie parlait de sa mère, repartie au Texas, en insistant sur sa force. Chassi objecta que Kitty Ray lui semblait plus nerveuse que *forte*.

— De l'acier ! affirma Ionie. Les femmes du Sud sont des dures, même si elles n'en donnent pas l'impression.

Chassi lui dit alors qu'elle ressemblait à une version plus longue et plus mince de sa mère.

Une fraise entre les dents, Ionie s'étonna.

— Je lui ressemble ?

— Hum, hum.

— Au moins, je ne m'habille pas comme elle. Pour rien au monde elle ne renoncerait à ses pantalons de survêtement ! Sais-tu ce qu'on dit au Texas ? « Il suffit d'un coup d'œil à la mère pour savoir ce que sera la fille dans vingt ans. »

— En tout cas, déclara Chassi, je ne ressemble pas à ma mère.

— Mais si !

— Non.

— Bien sûr, vous n'êtes pas identiques, dit Ionie, la main tendue vers la coupe, mais vous avez un air de famille. Je t'en prie, arrache-moi à cette crème fouettée.

— Notre air de famille ne m'a jamais frappée quand je me regarde dans la glace.

— Tu as son éclat. Bien sûr, je ne l'ai vue qu'au cinéma. Une femme superbe, si je peux me permettre.

Le soleil était agréable, le ciel bleu pâle, et un colibri dansait devant elles, au milieu des fleurs d'orangers. Allongées paresseusement sur deux chaises longues vert bouteille bien rembourrées, elles se détendaient à l'ombre, après le yoga, dans le jardin de Saul. Elles picoraient des fraises dans une immense coupe ; Ionie les inondait de crème fouettée, Chassi les trempait dans du thé froid.

— Ta mère m'a plu, dit Chassi.

— Elle s'est entichée de toi et elle a dépensé près de quatre-vingt-trois dollars au téléphone, quand elle a appelé mon père à Tyler pour lui raconter le cocktail. Il sait que tu as tenu à lui montrer ta chambre.

Un silence. Ionie léchait la crème fouettée sur son doigt.

— J'avais l'impression qu'elle ne partirait jamais.

— Sérieusement ?

— Presque.

— Je n'imagine pas ce que ça signifie d'avoir une mère quand on est une adulte, murmura Chassi.

Ionie la regarda en riant.

— C'est l'enfer ! Tu te souviens de ta mère ? Ma question te semble peut-être indiscrète, ajouta-t-elle, les doigts sur les lèvres.

— Pas du tout. Je me souviens très bien d'elle. J'avais douze ans quand elle est morte.

— Mon Dieu ! Quand j'avais douze ans, on a bien failli s'étrangler, Kitty Ray et moi.

Chassi éclata de rire.

— Je ne plaisante pas, insista Ionie. Je venais de découvrir les garçons, et toutes les bonnes choses qui vont avec : les cigarettes et les garçons, les voitures décapotables et les garçons, la bière et les garçons…

— Pourtant, vous vous entendez bien maintenant.

— Dans l'ensemble. Mais je t'ai dit qu'elle est plus dure qu'elle n'en a l'air.

— Toi aussi, observa Chassi.

— Tu crois ? (Ionie avala une grande gorgée de thé.) Il faut être dur pour être actrice.

— Ta mère aurait aimé être actrice ?

— Sûrement pas. Kitty Ray est une femme d'affaires.

Chassi laissa tomber une fraise dans son thé, frotta une feuille de menthe sur le bord de son verre, but une gorgée.

— Et toi, tu as toujours voulu devenir actrice ?

— Dès que j'ai tenu sur mes deux jambes. Avant même

289

de connaître le sens de ce mot, je rêvais d'être sur scène face au public. Je n'ai jamais ressenti d'autre envie.

Chassi avala encore une gorgée de thé.

— Je serais prête à tout pour être actrice, dit Ionie.

— A tout ?

— Dans des limites raisonnables. Pas au point de tuer. (Elle mangea une fraise, étira ses bras au-dessus de sa tête et ébouriffa ses boucles rousses.) Quoique…

Un éclair dans l'œil de Chassi.

— Je plaisantais, dit Ionie en soupirant. Tu ne te doutes pas de la chance que tu as.

Chassi leva les yeux.

— Tu as tout de suite été dans le bain, tu n'as jamais connu la torture des refus, insista Ionie.

— Non.

— Les auditions, l'attente, les prières, l'espoir, tu ne te doutes pas de ce que ça représente. Ta mère a connu ça ?

— Non, je ne pense pas.

Sa dernière mèche de cheveux séchée, Chassi scrute son visage dans les différents miroirs de la salle de bains, à la recherche d'une éventuelle ressemblance avec sa mère. Le carrelage est froid contre ses cuisses ; elle tire énergiquement ses cheveux en arrière d'un coup de brosse.

Deux cerfs broutent les roses de la haie d'Eleanor. Immobiles sur le fond brun et vert de la montagne, ils mâchent tranquillement. Sans un bruit, de peur de les effaroucher, elle les regarde. Dimanche, encore un affreux dimanche. Son menton repose sur sa main. Jimmy est mort un dimanche. Tous les drames se produisent le dimanche.

Les lettres de ses mots croisés s'estompent. Elle avale ses aspirines, pose son stylo.

« Caroline, que fais-tu ? »

Un lointain dimanche... Un de ces redoutables dimanches.

« Je prépare un autel pour papa. »

Eberluée, Eleanor pénétra dans la pièce, posa son sac et ses clefs.

« Un autel ? »

La scène se passait un mois après les obsèques. Caroline vivait avec elle. Elle dormait la plupart du temps à la maison, mais à contrecœur, cela va sans dire. Elle tournait en rond dans sa chambre, déplaçait ses vêtements. Eleanor savait qu'elle aurait dû la laisser partir, mais l'idée de rester seule dans cette maison – pour toujours, pensait-elle – l'empêchait de lui rendre sa liberté. Un unique steak dans la poêle, une unique pomme de terre au four, une unique serviette de bain, une unique brosse à dents. Cette idée la terrifiait.

« Un autel ? répéta-t-elle.

— Pour l'aider à partir. »

Eleanor crut rêver.

« Maman, il faut le lâcher. »

Eleanor, le visage en feu.

« Qu'est-ce que tu racontes ? Je ne *lâcherai* jamais ton père.

— Je ne te dis pas de l'oublier, mais de le laisser échapper à ton champ énergétique. Il a besoin d'une transition pour s'en aller et il faut que tu l'aides. »

Ce même dimanche lugubre, sa crise dans un grand magasin.

Se forçant à sortir, elle avait pris sa voiture jusqu'au centre commercial. Caroline restait introuvable et elle avait traîné un bon moment dans la maison avec sa tasse de café. Allons, secoue-toi, Eleanor ; arrête de guetter les pas de Jimmy ! Alors, elle s'habilla à la hâte et elle se mit en route.

Elle dériva d'un magasin à l'autre sans regarder, sans même savoir où elle était, et elle se retrouva à la caisse du rayon hommes, deux chemises serrées contre sa poitrine. Deux chemises polo en solde. Exactement comme il les aimait : souples et à manches courtes, une bleu marine et une verte. Fière de sa trouvaille, elle tendit sa carte de crédit. « Oh, il va les adorer ! », s'exclama la vendeuse, avec une parfaite amabilité commerciale. « Il va les adorer. » Elle ne connaissait pas Jimmy, elle n'avait jamais connu Jimmy ; alors de quel droit osait-elle lui dire une chose pareille à elle, Eleanor ? Comment pouvait-il les adorer, puisqu'il était mort ?

Anéantie, elle tituba comme il dut tituber quand il tomba à l'eau. Elle l'imagina en train de tomber par-dessus bord et elle lâcha les chemises. D'après la réaction de la vendeuse, elle devait être livide. Son mauvais genou céda et elle tomba. Quelle idée d'aller acheter des chemises au rayon hommes alors que son mari était mort ? Une folle en larmes, écroulée sur le plancher de Macy's.

Un peu plus tard dans la journée…

« Tu vois maman ? » demanda Caroline, souriante. Ce tissu, qu'est-ce que c'était ? Ah oui, une étoffe de Bali, rapportée par Sis de l'un de ses voyages. Elle se demandait ce qu'elle pourrait bien en faire, et Caroline dit : « Je le prends, maman ; je le mettrai dans ma chambre. » Sa fille, la pilleuse de poubelles. Eleanor examina le carré de soie lavande et violette – avec un fil mordoré – qui recouvrait la table branlante que Caroline avait descendue de sa chambre. Sur cette table, trois roses flottaient dans une coupelle. Trois roses lavande, cueillies dans la haie, garnissaient la coupe Peter Rabbit que Jimmy lui avait achetée pour ses premières céréales. Sa première banane écrasée, sa première sauce tomate... La minuscule cuillère dans la grosse main de Jimmy et le bébé, assis en face de lui dans sa chaise haute, qui ouvrait de grands yeux et riait de ses mimiques.

De l'encens brûlait à côté de la coupelle, et il y avait aussi une bougie. Ou plutôt l'un de ces grands cierges, vendus dans les épiceries espagnoles, avec un ange portant un glaive de feu peint sur le verre. Un autel pour aider son défunt mari ! Elle se retint de frapper Caroline. Elle remarqua une photographie : Jimmy avec sa fille, bébé, dans les bras. Comme il semblait grand et souriant ! Il la tenait au creux de son bras comme un ballon de football ! Se pouvait-il qu'il soit mort ? Ecœurée par l'odeur sucrée de l'encens, Eleanor s'assit.

« Tu vois, dit Caroline, ça permettra à son esprit de s'échapper. »

Eleanor ne voulait pas que son esprit s'échappe. Elle désirait qu'il revienne, qu'il l'enlace. Elle eut envie de renverser tout ce qu'elle voyait sur cette table. Elle tremblait. Cet autel, pour le laisser partir, allait à l'encontre de tout ce qu'elle souhaitait.

« Enlève ça !

— Comment ?

— Enlève ça de mon salon ! »

Caroline, le regard buté.

« Je vais le mettre dans ma chambre. »

Eleanor ne trouvait plus ses mots ; elle manquait d'air.

Sa fille nicha son matériel dans ses bras, comme elle-même était nichée dans ceux de son père.

« C'est toujours toi qui décides. Tu ne veux pas m'écouter.

— Non, je ne veux pas.

— Tu cherches à le retenir.

— Evidemment ! »

Des larmes, le fracas de la coupelle roulant par terre, les roses dispersées.

« Tu lui fais du mal, dit Caroline à ses pieds.

— Ne me dis pas ça ! C'est toi qui lui as fait du mal.

— Tu veux tout remettre sur le tapis ? Tu me reproches d'avoir arrêté mes études, d'être partie avec Jono… Quoi encore, m'man ? Tu veux faire la liste de mes erreurs ? »

Eleanor continuait à manquer d'air.

« J'ai changé, m'man.

— Des conneries New Age », répliqua Eleanor, tremblante.

Caroline, le visage cramoisi.

« Quoi que je fasse, ce n'est jamais assez bien pour toi. »

Eleanor crut étouffer.

« Pourquoi veux-tu que je reste ? demanda Caroline, toujours à genoux. Si tout ce que je fais et ce que je dis te paraît nul, ma place n'est pas ici.

— Je monte dans ma chambre », souffla Eleanor.

Elle s'arracha à son siège et contourna Caroline d'un pas hésitant, puis elle sortit de la pièce. Si elle était restée, elle aurait giflé sa fille.

— C'est fini ? demande Kitty Ray d'une voix claire et nette, au bout du fil.

Elle pose la question pour la troisième fois à sa fille depuis le début de la semaine.

— Je le lui ai dit.

— Tu lui as dit quoi ? De retourner avec sa femme ?

— Je le lui ai dit, maman, articule distinctement Ionie.

Elle est assise avec son téléphone sur le balcon de son appartement. Ses pieds nus reposent sur la balustrade. Debout au milieu des camélias, Mme Fox lui adresse un signe amical.

— Ton amie est au jardin.

— Qu'as-tu dit ?

— Je te disais que Mme Fox est dans son jardin. Elle porte un large chapeau de soleil et de grandes bottes. On dirait une publicité.

— N'essaye pas de changer de sujet.

Ionie éclate de rire.

— Il y a des parasites, dit Kitty Ray.

— Effectivement, répond Ionie. Et je vais être en retard, m'man. Je dois partir.

— Un instant, Ionie. Es-tu sortie avec Peroni ? Il te l'a proposé ?

— Je...

— A mon avis, tu devrais. Il peut faire beaucoup pour toi. Il n'est pas beau, mais c'est un homme si intéressant ! Tu ne dois pas perdre de vue ton objectif, Ionie. Ta carrière avant tout !

— Maman, je te rappellerai plus tard. Au revoir.

Ionie raccroche.

Elle se balance un moment sur son siège, tout en observant Mme Fox qui s'affaire dans son jardin. Elle prend ensuite son vernis à ongles bleu pâle et s'attaque à son autre main. Elle a dit à Jones qu'ils devaient rompre, qu'elle l'aimait, mais que ce n'était plus possible... Ses paroles n'ont pas suffi, Jones s'accroche. Il multiplie les coups de téléphone pour l'assurer de son amour et la supplier de revenir sur sa décision. Il lui affirme qu'il ne sera pas en état de la regarder, pendant le tournage, s'il sait qu'elle ne veut plus de lui.

« Jones...

— Non, Ionie, pas maintenant, je t'en prie ! »

Après qu'elle lui eut parlé, il surgit devant sa porte, sa silhouette voûtée se détachant dans la clarté de l'aube. Les yeux embués de sommeil, les cheveux emmêlés, elle serrait son pull sur sa poitrine. Jones marchait de long en large et, comme de juste, elle le fit entrer. Il l'avait prise au dépourvu – ou peut-être pas. Elle tient à lui. Comment pourrait-elle le blesser ? Ce serait plus simple si elle était indifférente ou si elle avait quelqu'un d'autre. La douceur de son étreinte quand il la serre maladroitement dans ses bras. Elle se sent bien, il la sécurise.

Pourtant, elle lui a parlé…

« Tu es mon univers.

— Mais, Jones…

— Mais quoi ? Dans moins d'un mois nous serons à Manille. Ensemble. On verra bien ce qui se passera, Ionie.

— Tu es censé te trouver au studio.

— Je t'aime. »

Effluves de Brise marine et de café.

« Jones… »

Ses lèvres, ses mains, ses doigts.

« A quelle heure es-tu convoquée ? demanda-t-il d'une voix grave.

— Après le déjeuner. Moi d'abord, ensuite Chassi.

— Une grande journée pour moi. »

Elle leva la tête et lui adressa un clin d'œil.

« Tu as fait des milliards de tests caméra.

— C'est toi que je photographie.

— Tu l'as déjà fait pour la télévision. »

Ses lèvres sur son épaule.

« A l'époque, je ne t'aimais pas encore.

— Tu ne m'aimais pas ? »

Elle lui avait dit qu'elle voulait rompre, mais il se tenait là. Il l'embrassa sous l'édredon, qu'il remonta vers son menton. Une chaleur rassurante. Il promena lentement ses doigts sur elle en se levant.

« A cet après-midi, mon amour ! »

Un plateau, deux chaises, une toile de fond noire. Deux maquilleurs, deux coiffeuses, deux doublures, Mme Marley, la costumière, et Bud, son assistant, l'habilleuse qui s'occupera de Ionie et de Chassi, toute une équipe d'éclairagistes et de cameramen sous la direction de Jones, et Peroni qui se tient en retrait. Froncements de sourcils, grognements, discussions techniques à propos des filtres. Faut-il filmer les uniformes des infirmières en chaud ou en froid ? « Trop lumineux, Ruth », dit Jones ; un objectif de 24 au lieu de 100. Et la peau de Chassi a plus de vert olive, celle de Ionie plus de rouge. Le maquilleur essaye des tons différents, Ionie sent les éponges avant qu'elles touchent sa peau. Temps de pose et contrastes, Chassi à gauche, Ionie à droite, la silhouette de Jones derrière son appareil, sa manière de se baisser sur les objectifs, de plier les genoux, de relever le menton.

Ionie fait des grimaces à Chassi pendant qu'on raidit ses cheveux bouclés, plaisante avec Bud, essaye de chiper le posemètre de l'électricien de plateau, tiraille son uniforme – « J'ai le teint terreux en blanc » –, sourit devant l'objectif, joue avec son accent new-yorkais, roule des yeux bizarres, lèche les miettes de chocolat de son beignet, se gorge de Coca-Cola light et finit par embrasser Peroni derrière la toile de fond. Il l'a attirée vers lui. Contact inattendu de ses mains sur son dos. Dans le noir et le silence, son corps jeune et solide contre le sien. Le choc, la chaleur, le souffle de Peroni, dont elle sent le sexe durcir. Elle ne le repousse pas. Pourquoi se laisse-t-elle fondre dans ses bras, alors que Jones est à deux pas ?

Puis son visage s'éloigne de celui de Peroni, ses lèvres sont humides, son cœur bat à cent à l'heure. Peroni tourne la tête sur le côté et regarde quelqu'un au-dessus de son épaule droite – quelqu'un qui se trouve derrière elle. Il dit, sans lâcher Ionie, et le plus naturellement du monde : « Hé, Jones, qu'y a-t-il ? Tu as besoin de moi ? »

Elle l'avait pourtant prévenu. Elle lui avait dit que ça ne pouvait plus durer, que ce n'était pas bien, qu'il fallait rompre. Combien de fois le lui avait-elle dit ? se demande-t-elle en croisant son regard.

— Tu tromperais Blanca ?

— Quoi ? s'étonne Andrew.

— Tu la tromperais ?

Chassi pose sa main sur son bras, à travers la vitre baissée de la camionnette. Il arrête le moteur, derrière le pick-up rouge de Baudelio.

— Une discussion trop sérieuse pour cette allée, Chass.

Elle hausse les épaules. Il met sa main sur la sienne.

— Tu veux dire la tromper à l'instant présent, ou dans l'absolu, en tant qu'homme ?

— Ma question ne me semblait pas si compliquée.

— *Ay Dios*, c'est toujours compliqué.

Elle fait la grimace.

— Avec toi, j'en serais capable. (Il reprend son souffle.) Tu le sais bien.

Les yeux d'Andrew sont si profonds qu'on pourrait s'y noyer.

— Je suppose que tu le savais, ajoute-t-il.

Elle reste immobile et silencieuse.

— Chass ?

— Ionie a une aventure avec le directeur de la photographie. Un homme marié et plus vieux qu'elle. Un type gentil. Il a une femme, que j'ai rencontrée, et deux gosses.

— Ionie t'en a parlé ?

— Non.

Il passe son doigt sur les articulations des siens.

298

— J'ai deviné, ajoute-t-elle.

Paume contre paume, leurs doigts se nouent. Ceux d'Andrew sont calleux, il a de la terre du jardin sous les ongles. Elle réalise qu'elle a toujours connu ces mains-là.

— Et alors ? demande Andrew.

Chassi soupire et fronce les sourcils.

— Je ne sais pas. Il est amoureux d'elle. Il la regarde avec passion.

— Amoureuse, elle aussi ?

— Je n'en ai pas l'impression.

— Pauvre mec ! dit Andrew.

Il serre les doigts de Chassi. Les yeux dans les yeux, ils se sourient.

— Mais enfin, Chass, ce n'est pas une nouveauté pour toi !

— Non, bien sûr.

— Hollywood, Hollywood... Connais-tu cette vieille histoire ? Une star, qui a une liaison avec un homme marié, va à une soirée où elle rencontre par hasard la femme de ce type. Celle-ci lui demande comment elle peut « oser » faire une chose pareille. « Madame, lui répond la star, si votre mari n'a aucun respect pour votre union, pourquoi en aurais-je, moi ? »

Chassi garde un visage sombre.

— Ça ne t'amuse pas ? demande Andrew.

— Ça m'attriste plutôt, répond-elle, perplexe.

21

Chassi était bouleversée. Une cascade d'émotions déferlait dans sa poitrine, dans son ventre. Ses oreilles bourdonnaient.

Le visage de sa mère, de l'autre côté de la table. Elle n'entendait pas les paroles que prononçaient ses lèvres orange, mais ce bruit quand elle se leva et déplaça sa chaise. Elle courait, le carrelage noir et blanc défilait à toute allure. « Non, pas ça ! » Les garçons en noir et blanc, leurs tabliers et leurs cheveux gominés. « Chassi, ma chérie, je t'en prie ! » Comme si elle était une grande fille. Mais elle n'était pas encore grande. « Ne t'en va pas ! » La chaleur de la rue. « Ne t'en va pas ! » Les vespas et les petites voitures rapides ; les klaxons, semblables aux bêlements des agneaux. Elle courait. La main de sa mère sur son bras, ses ongles rouge-orangé. Elle cria : « Chassi, attends ! » Elle s'agrippait, ses doigts s'enfonçaient dans sa chair. La tête de Chassi était pleine de bruits. Les gardénias et les artichauts panés. Chassi secoua son bras, tira sa mère avec elle, parvint à lui échapper, courut, glissa au milieu de cris stridents. Un brouillard, des hurlements. Derrière elle, sa mère s'envola dans les airs.

Les mots fusent tandis que le visage de Chassi blêmit. Eleanor, dans son fauteuil, se penche vers elle.

— Vous couriez ?

C'est le moment. Elle a poussé Chassi à parler, et les mots affluent...

Essoufflée, livide, Chassi va et vient devant la vitre. Elle se retourne.

— Oui.

Ses souvenirs déferlent, telle une bobine dont le fil se déroulerait dans la pièce.

— Vous couriez, répète Eleanor, le regard fixé sur Chassi. Vous n'étiez pas bras dessus, bras dessous, comme deux copines dans un film.

— Non, souffle Chassi du bout des lèvres.

— Très bien, Chassi.

La réalité se dessine sous leurs yeux, point par point.

Chassi, hébétée :

— Nous ne nous tenions pas par le bras.

— Je sais.

— Nous ne nous tenions pas par le bras. Je m'étais échappée.

Eleanor attend. Elle voit, elle commence à voir.

— Elle me serrait très fort, mais je m'étais échappée.

— Et vous avez couru.

— Oui.

Chassi de plus en plus pâle et recroquevillée sur elle-même.

— Dans la rue, dit Eleanor.

— Dans la rue, répète Chassi en sanglotant. Je ne savais pas que c'était la rue.

— Bien sûr que vous ne saviez pas !

Chassi s'étouffe presque.

— Vraiment, je ne savais pas.

— Bien sûr, vous ne pouviez pas savoir. Et elle vous a suivie.

Chassi tient à peine debout ; elle remue la tête de haut en bas.

— Je ne savais pas...

— La voiture l'a heurtée.

— La voiture l'a heurtée, répète Chassi comme si elle récitait un rôle.

Eleanor respire douloureusement.

— Dites-moi pourquoi vous couriez.

Chassi marche de long en large devant les fenêtres, la tête basse. On dirait un canard en fer-blanc dans un stand de tir.

— Je suis là, dit Eleanor, la gorge serrée. Allez-y, Chassi ! Je sais que ça vous fait peur, mais vous pouvez me dire pourquoi vous couriez.

— Je ne peux pas.

— Je vais vous aider.

La jeune fille s'arrête dans le flot de lumière venu des fenêtres, l'air hagarde.

— Je vais vous aider, répète Eleanor.

Chassi, apeurée et vulnérable :

— Je ne sais pas.

— Vous pouvez me le dire. Ma chérie, parlez-moi ; il suffit de me parler.

« Ma chérie ». Ces mots ont échappé à Eleanor, devant le visage angoissé de cette jeune fille en proie à de poignants souvenirs. Elle a dit « ma chérie » à quelqu'un qui n'est même pas sa fille.

« Il faut que je te parle, ma chérie », dit Sally. Bon, elle voulait bien être la copine de sa mère, écouter ses secrets. A douze ans, elle devenait une adolescente, et elles voyageaient toutes les deux à l'étranger. Elle glissa une autre feuille d'artichaut dans sa bouche, lécha l'huile d'olive au bout de ses doigts, scruta le beau visage de sa mère. Oui, à son âge, elle pouvait être la copine de sa mère...

Sally but une gorgée de vin et garda son verre dans sa main.

« Quelquefois, ma chérie, quand on est une adulte, une femme... (Sally eut un sourire entendu)... des choses imprévisibles peuvent se produire.

— Par exemple, si tu renversais ton verre sur ta robe ? »

Sally regarda sa fille en silence.

« Ça ferait une terrible tache, observa Chassi.

— En effet.

— Une tache qui ne partirait sans doute pas. Cet accident te mettrait très en colère.

— Oui, mais je voulais parler de choses imprévisibles qui concernent des personnes. (Sally porta son verre à ses lèvres.) Des personnes qui sont amies, qui s'aiment, qui sont mariées.

— Comme papa et toi.

— Comme papa et moi. »

Chassi sourit. Les lèvres de sa mère lui paraissaient plus rouges que d'habitude, ce soir-là. Rouges comme la sauce des spaghettis qu'elle laissait refroidir dans son assiette.

« J'aime bien quand il dit qu'il n'y a pas deux femmes comme toi.

— Quelquefois, les gens mariés s'aiment. »

Sa mère allait lui parler de l'amour, pensa Chassi ; de son père et d'elle. Alors, elle lui parlerait d'Andrew, de ce qu'elle éprouvait pour lui. Elle lui annoncerait qu'elle voulait l'épouser, plus tard, et sa mère comprendrait.

« Je peux goûter le vin, m'man ? »

Sally versa un peu de son vin dans le verre de Chassi, qui trinqua avec sa mère avant d'en avaler une gorgée. En réalité, elle ne l'appréciait guère, mais pour rien au monde elle ne l'avouerait. Elle fit comme s'il s'agissait du meilleur vin au monde. La première fois qu'elle en avait bu, c'était...

« Chassi, je te demande de m'écouter.

— Je t'écoute, mais tu ne dis rien. Pourquoi tu ne manges pas tes spaghettis ?

— Je... »

Sally s'interrompit.

— Je t'écoute, répéta Chassi en ouvrant de grands yeux.

— Je vais vous quitter, papa et toi.

Enfin, une conversation d'adultes.

« Tu tournes en extérieur ? Quand ? Après la rentrée scolaire ? Quel film ? Sur quoi ?

— Je ne tourne pas en extérieur.

— Oh ! Tu me permets de goûter tes spaghettis ?

— Chassi, écoute-moi ! »

Que se passait-il ? Elle ouvrit grand ses oreilles.

« Je t'écoute, maman. Je t'écoute.

— Je vais vous quitter, papa et toi.

— Tu viens de me le dire, maman. »

Chassi plongea sa fourchette dans l'assiette de sa mère et enroula soigneusement les pâtes autour de son couvert.

« Je suis tombée amoureuse. (Le visage de Sally était aussi blanc que sa robe.) Mon Dieu ! »

Chassi dévisagea sa mère, les yeux écarquillés et la bouche pleine de spaghettis.

« Bon, tu veux parler d'une seconde lune de miel avec papa ? Les parents de Sissy Danziger ont fait ça aussi ; ils sont allés à Negril. Je ne me rappelle plus très bien où se situe Negril. Oh, pardon ! »

Un spaghetti glissa le long de son menton. Elle tamponna son visage avec sa serviette. Ça manque de classe, quand on est une dame. Si elle ne faisait pas attention, sa mère ne la traiterait plus en adulte. Elle se tenait bien droite sur sa chaise, comme sa mère, et elle avala une autre gorgée de vin.

« Chassi. »

Elle posa son verre sur la nappe.

« Maman, ça ne va pas ? M'man ? »

Sa mère arborait une tête impossible ; elle ne l'avait jamais vue comme ça, même après la mort de son chien.

« Chassi.

— Tu n'arrêtes pas de dire "Chassi". »

Elle comprenait que c'était grave, très grave, ce secret que sa mère voulait lui confier. Penchée en avant, elle baissa les yeux et murmura pour que personne ne l'entende :

« Tu peux me parler, maman. Je te promets de ne rien dire. Vas-y !

— Oh, ma chérie ! »

Sally se pencha à son tour. Ses boucles rousses formaient des festons au-dessus de ses sourcils.

« Ce n'est pas de ton papa que je suis tombée amoureuse. Il s'agit de quelqu'un d'autre. »

Elle courait, elle criait. Sa mère allait partir, les quitter, son père et elle. Elle courait pour ne plus l'entendre lui dire qu'elle partait, qu'elle les abandonnait. « Maman, ne me quitte pas, tu ne peux pas me faire ça ! » Sa mère avait sa main sur son poignet et elles se bagarraient toutes les deux, en courant.

Je ne veux plus t'entendre, m'man ; lâche mon bras !

Ne m'abandonne pas, maman, je t'en prie.

305

Ne pars pas avec lui. Je le hais.

Tais-toi, je te hais toi aussi.

Ne pars pas !

Elle échappa à ses ongles orange. Sally cria, elle courut.

— J'ai couru, dit Chassi.

Dans le calme de la pièce paisible, Eleanor se lève.

— Je comprends.

— J'ai couru et elle a couru derrière moi.

— C'est ça.

— Elle voulait me dire… Elle cherchait à me dire…

Eleanor hoche la tête.

— Je ne voulais pas l'entendre.

— Je sais…

Ça y est, Chassi est sur le point de parler.

— Parlez-moi, Chassi. (Eleanor garde les yeux fixés sur sa patiente, qui revit chaque mot, chaque instant.) Allez-y, dites-moi ce qu'elle vous a dit.

— Elle voulait partir.

Dieu du ciel, c'est donc cela !

— Où voulait-elle partir ? demande doucement Eleanor.

Assise par terre dans le bureau d'Eleanor, Chassi fuit son regard.

— C'est bien, Chassi. Dites-le-moi !

Lentement, les cheveux de la jeune fille balayent son visage ; d'un côté, puis de l'autre.

— C'est bien, répète Eleanor.

— Je n'ai jamais…

— Je sais.

— Je ne l'ai jamais dit…

— Maintenant, vous pouvez me le dire.

Toutes les deux respirent au même rythme, dans la pièce lumineuse.

— Dites-le, Chassi.

Elle va céder. Eleanor se sent elle aussi à la limite de ses forces.

— Elle voulait aller vivre avec lui...

Les paroles de Chassi tombent de sa bouche comme si elle vomissait sur le tapis. Eleanor se lève et s'approche.

— Très bien, Chassi, murmure-t-elle, penchée vers sa patiente.

— Avec Thalosinos.

— Thalosinos, répète Eleanor en tendant une main vers Chassi.

— Elle voulait aller vivre avec lui...

— Continuez, murmure Eleanor.

— Elle voulait nous quitter, papa et moi.

Eleanor, une main sur l'épaule de Chassi :

— C'est ça.

— Je ne l'ai jamais dit...

— Ça va mieux maintenant.

— Jamais...

Les bras d'Eleanor enveloppent la jeune fille. Brisée, vidée comme si elle était au bord de l'asphyxie, celle-ci lève ses yeux en amande vers elle.

— Je n'ai jamais répété à papa ce qu'elle m'avait dit.

La rue et les serveurs du restaurant, le propriétaire, sa mère et sa femme, la police, l'ambulance, les voitures, les gens, les flashes. Le choc, le sang et l'horreur de ce qu'avaient vu les yeux de cette enfant. « Elle me tenait par le bras. Enfin, pas exactement. Nous étions un instant bras dessus, bras dessous. Pas comme mère et fille, mais plutôt comme deux copines... dans un film. » C'était avant le

307

restaurant. Eleanor avait toujours pensé que ce souvenir évoqué par Chassi datait d'avant le restaurant. Avant le choc des mots – certainement effroyables – prononcés ensuite par sa mère…

Combien de temps leur fallut-il pour joindre le père ? Et au bout de combien d'heures celui-ci arriva-t-il à Rome ? Que firent-ils de cette fillette sans mère, en attendant l'arrivée du père ? Quelqu'un prit-il cette enfant dans ses bras ? La femme ou la mère du restaurateur, peut-être. Eleanor reste clouée sur sa chaise.

« Je n'ai jamais répété à papa ce qu'elle m'avait dit. »

Les mots horribles que cette enfant ne répéta jamais à son père, ni à elle-même, vraisemblablement. Ces mots furent enterrés avec la femme qui les prononça et qui fut propulsée dans les airs.

Eleanor se lève et marche jusqu'aux fenêtres.

Quelqu'un ouvre la bouche, prononce quelques paroles et, à partir de cet instant, la vie ne sera plus jamais la même. Il suffit d'une seconde pour que tout change. Eleanor regarde les gens traverser la rue. La conduite de cette Sally Brash, qui aimait sûrement sa fille, n'était sûrement pas préméditée. Une simple erreur. Des paroles lui échappèrent et jaillirent comme la sauce rouge, éclaboussant la nappe blanche.

Des paroles irréparables.

Elle n'avait pas respecté les limites entre le statut de mère et celui de confidente, d'amie. Elle avait franchi une ligne qu'on ne doit *jamais* franchir. Il faudrait un guide avec des instructions précises, pense Eleanor. Elle ébauche un sourire : avec la chance qu'elle a, si un guide susceptible de faciliter sa relation avec Caroline avait existé, il aurait probablement été écrit en japonais.

Elle se penche vers le rebord de la fenêtre.

Des paroles irréparables…

Elle a commis une erreur, cette star prestigieuse qui était comme elle une mère aimante. Par maladresse, une mère aimante peut prononcer des paroles irréparables.

Ça se termina par le départ de Caroline, disant à Eleanor qu'elle ne voulait plus la voir et lui demandant de ne pas l'appeler. Ça avait débuté stupidement avec les meubles de la salle de séjour. Il s'agissait surtout du canapé ; en réalité, comme l'avait noté Caroline, « de toute la pièce, en fait ».

— Tu veux changer la salle de séjour ?

Caroline, un sourire optimiste aux lèvres :

— Si on commençait par le canapé ?

— Pourquoi ?

— Je viens de te l'expliquer. Pour favoriser le flux d'énergie.

— Il y a un problème d'énergie ?

— Tu ne laisses pas la bonne entrer.

— Vraiment ? s'étonna Eleanor, qui constata que sa fille ne plaisantait pas.

— Tu t'assieds le dos à la porte, maman.

— Qu'est-ce que ça peut faire ? Le séjour n'a pas changé depuis que nous avons acheté cette maison ; tu avais deux ans.

— Justement !

Eleanor se sentait lasse, si lasse. Elle n'avait pas le cœur à discuter. Elle se réveillait chaque nuit avec l'impression qu'il se trouvait là – son léger ronflement, son dos contre le sien, ses genoux, sa main, sa tête sur l'oreiller. Et elle redécouvrait chaque fois l'horrible réalité.

— Caroline, où placerais-tu le canapé ?

— De ce côté-ci, pour ouvrir la pièce.

Eleanor, la main agrippée au dossier de son siège :

— Alors, on n'est plus face à la cheminée.

— Pas tout à fait, mais on ne tourne pas le dos à la porte.

— Nous aimons nous asseoir face à la cheminée.

Ce « nous » incongru lui échappa. « Nous ». Il n'existe plus de « nous ». Elle a dit « nous » pendant tant d'années… Comment Jimmy avait-il pu l'abandonner et l'obliger à dire « je » ?

— Papa aimait cette disposition, reprit-elle.

Caroline s'obstina et empoigna un bras du canapé.

— Si on essayait ?

Eleanor ne ressentait aucune envie d'essayer. Sa maison devait rester la même. Elle y vivait avec Jimmy et tout lui rappelait les moments passés ensemble.

— Soulève l'autre bras pour m'aider ! insista Caroline. J'ai étudié ça, m'man. L'art de la disposition dans la Chine ancienne. C'est absolument passionnant ! On essaye ?

Elle souleva un côté du canapé et attendit que sa mère en fasse autant, mais Eleanor protesta :

— Non, je t'en prie.

— Maman, on pourra le remettre à sa place. Ce n'est pas si compliqué.

Eleanor revoyait Jimmy en train de lui sourire sur ce canapé. De rire avec elle, de se fâcher, de s'asseoir simplement, sa tête sur ses genoux, ou ses pieds à elle sur les siens. Ils y firent l'amour, y prirent de grandes décisions, y jouèrent aux dominos et au strip-poker quand Caroline était un bébé au berceau. Ils y lurent les journaux et leurs feuilles d'impôts. Ils y regardèrent la lumière de l'après-midi et les flammes dans l'âtre. Ils y burent, seuls ou avec des amis venus dîner. Ils y mangèrent des sandwichs. Ils y vécurent…

— N'y touche pas !

— Pourquoi fais-tu toutes ces histoires ?

— Ce canapé doit rester à la même place que quand papa nous a quittés.

Les yeux bruns de Jimmy regardaient Eleanor depuis le visage de sa fille.

— Tu ne déplaceras jamais rien ?

— Non.

— Tout restera à la même place qu'avant la mort de papa ?

— Oui.

— Tu ne parles pas sérieusement ?

Eleanor se dirigea vers l'escalier.

— Maman, tu déraisonnes.

— Dans ce cas, je n'ai plus qu'à consulter quelqu'un.

— Bonne idée.

— Tu n'y connais rien.

— Sa chemise sur la chaise ? Son rasoir sale dans la douche ? Ses lunettes de lecture dans chaque pièce ? Sa tondeuse au garage ? La Jeep garée de travers, qui empêche de sortir par l'autre porte ? Tu vas tout laisser comme ça ?

— Arrête !

— Tu ne toucheras à rien ?

— Non.

— Tu perds la tête.

— Perdre un mari, tu ne sais pas ce que c'est. Tu ne peux pas comprendre.

— Mon Dieu !

— Tu as perdu ton père, mais ce n'est pas la même chose.

— Tu ne vas pas comparer nos chagrins !

— Caroline…

— Laquelle de nous deux a le plus gros chagrin ? C'est une compétition entre nous ? Où vas-tu ?

— Dans ma chambre.

— Ne t'en va pas, s'il te plaît. Tu me fuis depuis mon retour. Pourquoi m'as-tu demandé de revenir ?

— Tout ce que tu fais me blesse.

311

Silence.

— Alors, ma place n'est pas ici.

Eleanor, la main sur la rampe, réfléchit. Sa fille et elle ne pouvaient rien l'une pour l'autre.

— Ma place n'est pas ici, répéta Caroline.

Eleanor aurait-pu lui répondre tant de choses !

Prétendre qu'elle n'avait pas voulu dire « ça » ou qu'elle se sentait fatiguée. Elle aurait pu lui demander pardon. Oui, pourquoi n'avait-elle pas dit à sa fille qu'elle regrettait ses paroles ?

— Si tout ce que je fais te blesse, il vaut mieux que je m'en aille, déclara calmement Caroline.

— Il vaut mieux que tu t'en ailles.

« Il vaut mieux que tu t'en ailles… » Au lieu de dire « Je regrette » ou « Je me suis mal exprimée, ma Caroline », elle gravit les marches de l'escalier et tourna le dos à sa fille unique. Elle prononça ces horribles paroles.

Comme si son chagrin n'avait rien à voir avec celui de Caroline, elle se sentit seule et inconsolable. Elle avait supplié sa fille de revenir à la maison et l'avait ensuite ignorée, comme si elle avait seulement voulu une présence physique pour atténuer son sentiment de solitude. Le front contre la vitre, Eleanor pleure en pensant à Sally Brash, à Chassi et à ce qu'elle a fait à Caroline. Elle a beau regarder dehors, elle ne voit que sa fille.

22

Chassi est submergée par ses souvenirs. Comme la mousse de savon qui remonte et danse sur l'eau du bain, il n'y a pas moyen de les maintenir en profondeur.

Elle fait couler un peu d'eau chaude et se laisse glisser : sa tête se trouve sous l'eau et ses cheveux flottent tout autour, pareils à des algues. Le Dr Costello lui a dit de ne pas refouler ses souvenirs, de les accueillir. Elle sort son visage de l'eau et appuie sa nuque sur le rebord de la baignoire. Puis elle couvre ses seins du gant de toilette imbibé de vapeur et remonte ses pieds sous les robinets d'eau chaude et froide. Elle ne ressent plus de vertiges. Ils ont cessé depuis ce jour où tout a resurgi, dans le bureau du Dr Costello. Une manifestation physique liée à une émotion... A-t-elle bien dit cela ? Peu importe les termes exacts ; tout ce qui compte, désormais, c'est qu'elle se laisse aller. « Chassi, laissez-vous aller. »

Elle soulève le gant de toilette posé sur sa poitrine et l'applique sur son visage. A travers le tissu éponge, elle respire l'air humide, qui embaume la lavande. Ce moment où elle était assise à table, face à sa mère... Elle refoulait ce souvenir depuis si longtemps. Lui avait-on jamais demandé ce qui s'était passé *avant* la rue ? Elle ne sait plus. Il y eut des instants affreusement pénibles, et puis son père arriva. Elle a oublié tout ce qui s'est passé entre-temps.

Elle trempe le gant de toilette sous le jet d'eau chaude et le replace sur sa poitrine. Le visage de sa mère, de l'autre côté de la table. Le rouge de sa bouche, le noir et le blanc des costumes des garçons, leurs cheveux gominés, le carrelage. Elle se laisse entraîner par ses souvenirs, elle rejoue la scène, la réentend, la repense. Elle a haï sa mère…

Chassi glisse à nouveau sous l'eau.

Le visage ravagé de son père. Enlaidi, méconnaissable, comme mort. Elle a raconté au Dr Costello ce qui la frappa le plus. Quand son père arriva, les épaules voûtées, le visage défait et ses grandes mains pendantes, elle fut épouvantée à l'idée qu'il allait mourir lui aussi.

Son père, brusquement vieilli et brisé. Elle se dit qu'elle l'empêcherait de mourir, qu'elle n'avait que ça à faire. Elle se souvient très bien de la décision qu'elle prit alors : ne plus penser à sa mère, ne penser qu'à lui. Lui éviter d'être trop triste, le rendre heureux, lui tenir compagnie, le protéger. Elle ne permettrait pas qu'il arrive quoi que ce soit à son père. Pendant les années qui s'écoulèrent ensuite, elle remplit sa mission.

« Je t'aimerai toujours. Ne l'oublie pas, quoi qu'il arrive », avait écrit sa mère sur la carte postale, dans des volutes d'encre bleue. « Quoi qu'il arrive ». Thalosinos. Sa mère voulait dire qu'elle l'aimait, qu'elle allait partir avec lui et la quitter. Chassi secoue énergiquement la tête ; ses cheveux humides s'envolent. Sa mère lui avait fait *ça*, et voilà ce qu'elle-même lui a fait !

Elle tourne le robinet d'eau chaude au maximum, jusqu'à ce qu'elle doive retirer ses pieds.

Pourquoi refuser de voir le danger ? Chassi Jennings peut la faire virer ; c'est l'évidence même. Chassi a le pouvoir, elle a son père, elle a tout ! Ionie avale une grande gorgée de sa bouteille d'eau, essuie son visage d'une main, prend une profonde inspiration et expire. Allons, Ionie, calme-toi et réfléchis tranquillement à tout cela.

On aurait dit que ça tombait du ciel. Chassi et elle étaient assises au coucher du soleil, paisibles après la natation, le yoga, le vin français dans des verres en cristal, en train d'admirer le ciel nocturne. Cette Chassi mène une vie de reine : elle n'a jamais connu le moindre problème matériel. Tia, tu peux nous servir du vin et du fromage dans le jardin ? Tia, tu peux nous faire un sandwich ? Tia, tu peux nous torcher le cul ? Elle considère les autres comme ses esclaves. Ionie, tu peux venir faire du yoga ? Ionie, tu peux venir répéter ? Il n'est même pas question de dire non ! Dans ce palais, où tout le monde se traîne à ses pieds, sa vie est comme une grande coupe de fraises à la crème. Elle n'a même pas besoin de préparer elle-même les fraises, elle n'a sans doute jamais fait ça et probablement jamais fait son marché.

Ionie soupire, tape ses pieds sur la balustrade, vide le fond de sa bouteille d'eau. Ah, si seulement elle avait un père aussi puissant et riche que Saul Jennings ! Son cœur continue à battre précipitamment. Elle ne se rappelle même pas son retour à la maison. Une main sur sa poitrine, elle décide de se concentrer. Allons, réfléchis et commence par le commencement !

« Que fais-tu avec Jones ? » Cette phrase tomba du ciel au milieu de leur conversation. Le regard de Chassi, une intonation inhabituelle. « Tu couches avec Jones ? Il est amoureux de toi ? Qu'attends-tu de lui ? » Fallait-il lui répondre qu'elle se trompait et qu'ils étaient simplement amis, Jones et elle ? Qu'entre copines elles n'avaient pas à parler de ces choses-là ?

De quel droit Chassi lui fit-elle la morale ? Ce discours culpabilisant sur sa responsabilité vis-à-vis de la femme de Jones et de ses enfants… Elle n'a jamais vu ses fils, elle ne leur fait aucun mal. Comment expliquer tout cela, et pourquoi ? D'ailleurs, elle avait essayé de rompre avec Jones, mais il était au bord du suicide après l'avoir vue embrasser Peroni. Il surgit chez elle au petit matin – heureusement qu'elle n'avait pas ramené Peroni ! –, bouleversé et presque en larmes. Une scène incroyable… Elle dut lui promettre de ne pas le quitter, au moins pendant la durée du tournage. Ils étaient à deux semaines de la répétition. Que faire d'autre ?

Elle se lève, marche en rond sur son balcon et se rassied. De quel droit Chassi Jennings lui reproche-t-elle la vie qu'elle mène ? Ça ne la regarde pas. Du haut de son éden, que sait cette princesse du commun des mortels ? Pour qui se prend-elle ?

Ionie se relève. Chassi Jennings a le pouvoir de la faire virer. Oui, de la faire virer alors que ce film représente peut-être la chance de sa vie. Son unique chance ! Ionie marche de long en large sur le balcon. Si on la vire juste avant cette satanée répétition, jamais plus on ne l'engagera. Nulle part. Nicki la laissera tomber. Tout sera fini avant même d'avoir commencé.

Une chose est sûre, elle ne peut pas laisser Jones la haïr : il va l'éclairer de manière à la désavantager dans le film. C'est en son pouvoir. Un acteur qui se fâche avec le directeur de la photographie risque de le payer cher. Non pas de ça ! Le plaquer serait trop dangereux maintenant. Mais, d'autre part, elle ne peut pas se faire une ennemie de Chassi Jennings. Elle devra se montrer prudente en sa présence, faire comme si elle avait rompu avec Jones. Elle

va tourner avec Chassi des pages et des pages de scénario…
Du calme, Ionie. Arrête de faire les cent pas et respire !

Les mains sur les hanches, elle contemple le jardin de Mme Fox, la lumière dorée sur les feuilles des citronniers.

Attention ! Quand Chassi, furieuse et excitée, parla de ses « arrière-pensées », elle se dit qu'elle envisageait de la faire virer. Et si par hasard elle avait mal compris ? Si par hasard Chassi… Quoi ? Ionie s'appuie sur la balustrade. Chassi aurait-elle des arrière-pensées à propos de Jones ? Est-ce lui qui risque d'être viré ? Dans ce cas, quel soulagement pour elle ! Elle pourrait peut-être faire croire à Chassi que Jones la harcelait et qu'il refusait de rompre malgré son insistance – ce qui n'est pas loin de la vérité. Alors, Chassi la débarrasserait de lui, et fini les soucis !

Elle se penche en avant, la tête au niveau des genoux et ses cheveux dans les yeux. Elle souffle dessus. Effluves de shampoing à la fleur d'oranger. Et si Chassi voulait se passer de Peroni ? Impossible ! Peroni compte parmi les réalisateurs les mieux cotés d'Hollywood ; il ne risque rien.

Elle se redresse.

Dernière hypothèse. Chassi aurait-elle eu une arrière-pensée à propos de son propre rôle dans le film ? Ionie regarde de tous ses yeux le ciel sombre. Ce serait la meilleure ; mais quelle idée absurde ! Pourquoi Chassi Jennings ne voudrait-elle plus y jouer ?

Ionie rentre chez elle en claquant la porte. Vraiment, elle perd la tête ! Elle ne prendra aucune décision avant d'avoir l'esprit plus clair, et elle espère que la nuit lui portera conseil.

— Allô ? Caroline ? Ah, c'est ton…

Bip, fait le répondeur, et Eleanor murmure :

— Ta mère…

Elle se lève avec peine et sourit à l'idée qu'elle titube dans sa propre cuisine, en jupe de tailleur et soutien-gorge, avec ses perles autour du cou. Elle glisse en collant sur le carrelage. Ses chaussures de daim noir gisent l'une au-dessus de l'autre, près de la porte du réfrigérateur, où elle les a laissées. Elle incline la bouteille de vin au-dessus de son verre, puis change d'avis et la porte à ses lèvres. Que dirait Caroline si elle voyait sa mère en train de boire à la bouteille ? Une femme prude ne fait pas ça ! Eleanor éclate de rire et balaye d'un revers de main sa blouse de soie, qui tombe à terre. Rigide… C'est ainsi que sa fille la voit. Une femme rigide, puritaine, fermée… Hop là, attention à la porte !

Elle traverse la salle à manger en dansant la rumba, entre dans le séjour, la main gauche sur l'épaule d'un Jimmy imaginaire, sa main droite dans la sienne, *avec* la bouteille de cabernet. Plus de rendez-vous galants. C'est terminé. Plus jamais ! Autant rester chez elle. Il lui a paru sympathique, plutôt bel homme bien que petit. « Il est gentil, constata Moony, sors avec lui. » Un gentil restaurant, une gentille conversation, un gentil baiser dans la voiture. Gentil…

Eleanor plonge son regard dans celui du Jimmy imaginaire. « Un baiser, mon chéri. » Il l'attire vers lui, ses doigts solides sur ses reins. Eleanor avale une autre gorgée de vin. Elle sent l'odeur de Jimmy, dodeline de la tête et danse près de la platine laser, dont elle augmente un peu le volume. Tito Puente, une trompette et une conga.

« Il est encore tôt ; dix heures dix », a dit l'homme sympathique. Jeff, l'ophtalmologue, au gentil sourire, à la gentille voix et au gentil costume-cravate, a proposé de rester un moment avec elle dans la voiture.

Eleanor se cogne dans l'angle de la table basse, se relève et examine les dégâts. Un pied de table abîmé. « Pas d'mal, m'dame », comme on dit à la Jamaïque. Elle était allée à la Jamaïque et elle n'avait rien d'une puritaine, là-bas. Jimmy et elle firent l'amour dehors, à Ochos Rios... Sa fille en tomberait à la renverse !

Elle monte l'escalier en dansant toujours la rumba ou peut-être la samba. Près de son lit, elle effectue un petit strip-tease, finit par perdre l'équilibre en ôtant son collant et se retrouve par terre. Adossée au lit, elle place avec précaution sa bouteille de vin sur le tapis, près de sa hanche gauche. Assis dans la voiture, Jeff et elle bavardèrent un moment. « Mon ex-femme me fait ceci et cela ; elle se montre manipulatrice, vindicative » – et des tas d'autres mots en « ive ». Se croyait-il en séance ?

« Elle me laisse à peine voir mes enfants, ajouta-t-il en roulant de gros yeux.

— C'est regrettable », s'apitoya Eleanor, en bonne psy.

Et tout à coup, il se jeta sur elle. Que lui arrivait-il ? Etait-elle censée le plaindre ? Le plaindre au point de le laisser plaquer sa main sous sa blouse ? Il parut ébahi quand elle le pria de sortir de sa voiture. Son expression fut inénarrable quand elle coinça sa main là où il l'avait glissée, car elle ne supportait pas de sentir cette main étrangère sur sa peau. De son autre main, il la poussait rudement contre le dossier de son siège, son genou entre les siens. Comment s'y était-il pris pour le glisser là, malgré le changement de vitesse ? Et pendant tout ce temps, l'impression qu'on la filmait pour une séquence de *Twenty-Twenty*. « A cinquante-trois ans, peut-on encore se faire violer à l'occasion d'un rendez-vous galant ? » demande Barbara Walters à Hugh Downs.

Eleanor dégrafe son soutien-gorge, fait glisser une bretelle sur son épaule mais ne parvient pas à atteindre l'autre. Elle se laisse tomber sur son couvre-lit et se retrouve allongée sur le côté.

Elle regarde fixement le fond de la bouteille de vin posée sur le tapis. La musique lui parvient d'en bas, et les lampes sont restées allumées ! Depuis bien longtemps, elle n'a pas bu comme ça. Oh non, elle n'a pas appelé sa fille ? Mais si, elle lui a laissé un message. C'est lâche d'appeler en pleine nuit. « Hé, je me disais que j'ai fait du mal… – C'est rien, m'man, ne t'inquiète pas, j'arrive et je m'occupe de toi… – Mais oui, je t'attends… »

Eleanor, allongée, frotte sa joue contre la laine épaisse. Elle n'a jamais su parler à Caroline. Jamais. Elles étaient toujours en désaccord. D'un avis opposé, en toutes circonstances !

« Vous êtes les mêmes, El », dit une fois Jimmy.

Elle avait hoché la tête en se demandant s'il devenait cinglé.

« Comment peux-tu dire ça ? Nous sommes comme… le jour et la nuit.

— Non, deux têtes de mule ! »

Eleanor ferme les yeux et les rouvre.

Pourtant, elle tenait la tête de Caroline, non ? Quand elle avait la grippe, quand elle était allée sur cet engin volant à la Montagne magique et sur ces horribles tasses à thé de Disneyland. Et quand elle avait mangé trop de macaronis au fromage chez Sis.

Eleanor tire sur une touffe du tapis.

Elle l'avait saupoudrée de farine de maïs quand elle s'était frottée à ce lierre empoisonné. Elle l'avait traînée dehors, déshabillée, et arrosée comme un morceau de poulet, prêt à passer à la casserole. Elle lui avait mis de la calamine quand elle avait eu la varicelle et lui avait dit de ne pas se gratter. Non, c'est Jimmy qui s'en était chargé. Il avait enveloppé ses petits doigts dans un morceau d'un vieux tee-shirt bien doux, pour l'empêcher de se gratter. Il était si tendre avec sa petite fille !

Eleanor doit se lever, car la laine picote sa joue.

Quoi encore ? Elle avait fait toutes ces petites choses que font les mères. Bien sûr, elle avait été une mère. La lessive, le pool de voitures pour la conduire et la chercher, et ces sandwichs « sans mayonnaise, m'man ». Elle avait fait tant de choses qu'elle ne pouvait pas les énumérer. Leur liste est si longue… Une larme glisse de son œil gauche sur l'arête de son nez. Elle ne cherche même pas à l'essuyer, ça n'a pas d'importance. Plier les petites chemises, nouer les lacets, remonter les fermetures éclair, glisser les boucles rebelles dans la queue de cheval – « Tu me tires les cheveux, maman ! » –, laver la frimousse sale – « Ne me fais pas ça ! » –, et la cérémonie du pot – « M'man, ça y est ! », crié d'une voix enfantine. Le martèlement des petites chaussures de tennis rouges sur le sable. Elle la surveillait de son banc en retenant son souffle ; se mordait la joue pour ne pas crier quand elle la voyait bondir dans la cage à poules ; l'aidait à faire des soustractions. Et elle fouilla dans le linge sale du Drake Hotel de New York, l'intendante à ses basques – « Mais, madame, je ne crois pas que… » –, quand une femme de chambre emporta par mégarde le précieux lapin en peluche de Caroline en même temps que les draps. A l'étage au-dessus, pendant qu'elle avait le nez dans les chaussettes et les slips, Caroline sanglotait dans les bras de Jimmy. Et puis…

Eleanor se soulève en s'appuyant d'une main sur la laine épaisse du couvre-lit. Elle ne l'a pas serrée dans ses bras… Elle cligne des yeux et se laisse retomber sur le lit. C'est vrai, elle ne l'a pas serrée comme ça dans ses bras, sauf quand elle était petite !

Elle lavait ses éraflures, retirait le gravier, chassait les « méchants grands garçons », quand elle était petite. Une gamine avec le visage sage, une écharde, une piqûre d'araignée, le nez qui coule, le hoquet, la rougeole, une dent

321

pendue à un fil sanglant. Oui, quand elle était petite. Mais qu'a-t-elle fait depuis qu'elle est adulte ?

Elle ne l'a jamais serrée dans ses bras comme Chassi.

Chassi, la fille d'une autre femme, a pleuré dans ses bras, mais pas la sienne !

Eleanor aperçoit le tas noir de son collant par terre. Son regard se promène sur le tapis de sa chambre et remonte jusqu'à la glace, sur la porte du placard. Une femme débraillée, avec un soutien-gorge qui tient par une seule bretelle ; une femme débraillée et solitaire, qui n'a pas eu assez de cœur pour prendre sa fille dans ses bras. Une femme froide, rigide, mesquine... Qui est cette créature qui n'a pas su prendre Caroline dans ses bras comme elle a pris Chassi, qui n'a pas su la serrer contre sa poitrine à la mort de Jimmy ? Et, surtout, pourquoi avait-elle laissé la brèche entre elles s'accentuer après la mort de son mari ? Caroline ne s'est pas éloignée, c'est elle qui l'a tenue à distance. La réalité qu'elle découvre lui fait l'effet d'une gifle en plein visage.

— Je me dis que je devrais changer de vie.

— Tu ne seras jamais capable de jardiner, plaisante Andrew.

— Merci quand même.

— Chass, je te rappelle que tu n'as pas la main verte. D'ailleurs, tu n'as rien de vert, sauf peut-être les yeux... Mais ils sont plutôt chartreuse.

Comme Chassi ne répond pas à son sourire, il ajoute :

— Changer de vie ? Tu ne dois pas tourner un film dans un mois ?

— Moins d'un mois. Les répétitions débutent la semaine prochaine, mais je ne sais pas.

— Tu ne sais pas quoi ?

Chassi tapote le siège de la grande chaise longue.

— Si tu t'asseyais, au lieu de rester planté là comme un arbre ?

Andrew s'assied.

— As-tu des raisons d'être fâchée contre moi ?

— Non. Je crois que je ne veux pas tourner ce film.

— Je préférerais ne pas me tenir à proximité quand tu annonceras la nouvelle à Saul.

Elle pose sa tête sur l'épaule d'Andrew.

— Je me demande comment j'en suis arrivée là.

— Là ? Tu veux parler de ce film, de cette conversation, du fait d'être actrice, ou de je ne sais quoi ?

— De tout ça.

— Si je ne me trompe... (Andrew s'interrompt et penche la tête pour observer Chassi.) Tu es sérieuse ?

— Oui.

— Il était une fois...

— Je suis sérieuse, Andrew.

Il hausse les épaules et place son menton contre le front de Chassi.

— Tu sais, il me semble que nous avons toujours suivi leurs traces. Moi, celles de Baudelio, avec ses gants de jardinier, ses bottes, ses engrais et sa tondeuse ; toi, celles de ta mère, avec ses scénarios, ses limousines et ses talons hauts. Il n'y a que le barbecue que tu ne fais pas comme elle.

— C'est bien ce que je voulais dire.

— Je suis passé à côté de quelque chose.

— Tu as *ta* vie, Andrew. Blanca et toi, vous avez une maison et bientôt un bébé. Si tu succèdes à Baudelio, tu prendras l'affaire en main. Tu suis peut-être ses traces, mais tu es une personne, tu as fait des choix, tu existes...

— Oui, c'est vrai.

— Alors que moi, j'ai peut-être passé ma vie à ne pas avoir de vie.

— Chass…

— Au fond, je n'ai jamais décidé de devenir actrice. Dans un sens, ça m'est tombé dessus. Maintenant, je me prépare à porter les costumes de ma mère, à jouer son propre rôle. Pourquoi ?

— Je croyais que tu le souhaitais.

Silence de Chassi.

— A cause de ton père ? demande Andrew.

Ils restent assis en silence, et Chassi tourne son visage vers le soleil.

— Peut-être que je ne peux plus m'occuper de lui, Andrew.

A son tour, Andrew se tait, une main posée sur le genou de Chassi.

— *Ay Dios*, murmure-t-elle en retournant sa main pour glisser ses doigts entre les siens.

Ne rien dire et garder son secret… Sa mère lui confia son secret, et voilà ce qui est arrivé… Elle ne pense qu'à ça ; et pas le moins du monde à apprendre son texte, ni aux différentes facettes de son personnage, ni à la manière de lui donner vie. Elle ne veut pas tourner ce film, et ce film est lié à tant de choses ! Si elle refuse de tourner, elle devra parler. Mais peut-on tout dire ? Elle sait ce qui arrive, dans ces cas-là. Cette idée l'obsède, parce qu'elle devra *tout* dire à Saul si elle lui annonce qu'elle ne jouera pas ce rôle.

— Je ne vois pas d'autre solution, déclare Chassi à Eleanor. Il ne croira pas que j'ai simplement changé d'avis. Je suis sûre qu'il devinera qu'il y a autre chose.

— Continuez.

— Si je lui parle, je lui fais du mal.

Silence de la psy.

— Je vais le peiner. Pourquoi le peiner, après tant d'années ?

Pas le moindre tintement de bracelets.

— J'ai même fait une liste, soupire Chassi. Je ne voulais surtout pas suivre les conseils de ma mère, et puis j'ai pensé que c'était absurde… Je ne vais tout de même pas passer ma vie à éviter tout ce qui est lié, de près ou de loin, à elle.

— Bien.

— Vous avez dit « bien » ?

— Oui.

Chassi attend, mais Eleanor ne prononce pas un mot de plus.

— Donc, j'ai dressé cette liste. Tous les avantages se trouvaient bien réunis – un film exceptionnel, un metteur en scène génial, un grand rôle –, mais mon cœur n'y était plus. Ça ne signifiait plus rien pour moi, comme si les avantages équivalaient à des inconvénients.

Chassi soupire profondément dans le silence de la pièce.

— Je n'arrête pas de soupirer. Tout est lié à ma mère, non ? Le film, ma mère ; ma mère, le film… Comme Faye Dunaway dans *Chinatown*.

Pas de réponse.

— J'essaye de comprendre et j'ai l'impression que c'est comme si… (Haussement d'épaules de Chassi.) Comme si tout était joué d'avance.

— Continuez.

— On dirait que j'ai pris la place de ma mère, que je suis devenue ma mère… Pas totalement, mais…

Chassi promène ses mains à travers les particules de poussière, dans le rayon de soleil.

— J'ai bien réfléchi, et… Est-ce que je peux me retourner ? demande-t-elle en s'asseyant.

— Oui.

Sans hésitation, la psy l'y autorise. Chassi se retourne.

— Je pense que je ne veux plus de ça.

— Continuez.

— Je ne souhaite pas jouer ce rôle, je ne sais même pas si je désire être actrice. Voilà pourquoi il faut que je parle à mon père. Il faut que je lui dise tout, parce que tout est lié. Je dois le faire, même s'il en souffre, non ?

La psy acquiesce.

— Si je veux avoir une relation authentique avec mon père, je dois lui dire... toute la vérité. Dans un sens, j'ai toujours fait semblant d'être ma mère. Je ne lui ai jamais parlé en mon nom...

Elles gardent le silence.

Chassi scrute le visage d'Eleanor.

— Vous comprenez, n'est-ce pas ?

Eleanor se penche en avant.

— En quoi consistait l'autre partie de la liste, Chassi ?

— Ce qui se passe si je lui parle. Si je ne tourne pas le film.

La psy hoche la tête.

— Vous savez, ça a l'air tout à fait mélodramatique si je le dis tout haut au lieu de l'écrire sur un papier, seule dans ma chambre.

Eleanor attend.

— Vraiment mélo ! insiste Chassi.

— Essayez de me le dire.

— Si je lui parle...

Chassi, apparemment gênée, hausse les épaules et étouffe un rire.

— Je vais vous paraître ridicule...

Regard rassurant de la psy.

— Ne vous inquiétez pas !

— Si je lui parle, je serai libre, répond Chassi en la regardant dans les yeux.

Eleanor est garée de l'autre côté de l'appartement, face à un ensemble d'anciennes maisons entre Wilshire et Olympic, au bas de Beverly Hills. Facile à trouver, bien qu'elle s'y rende pour la première fois. Jimmy y était allé.

Des jacarandas croulent sous leurs fleurs violettes, des oiseaux de paradis longent les haies bien taillées, tels des soldats orange, un jardinier souffle sur les feuilles avec un appareil bourdonnant, une petite femme à cheveux blancs promène un petit chien au poil blanc. A peine une voiture, une agitation minime, comme si tout le voisinage faisait la sieste. L'air, très doux, embaume le seringa et le jasmin. Eleanor regarde sa montre, qui indique 2 h 10. Assez tergiversé, il faut y aller ! Elle remonte les vitres et sort de sa voiture.

Le 338A se trouve en haut d'un étroit escalier aux marches de ciment blanc. Une main sur la rampe peinte, l'autre effleurant le stuc granuleux, elle monte les marches. Elle aurait dû prendre deux aspirines, car elle a mal aux genoux, à la tête, au cœur. Devant la porte, elle songe un instant à se laisser tomber en arrière dans l'escalier et à atterrir sur le crâne. Elle sonne. Un carillon. Des pas. Un visage indistinct dans l'œilleton, des yeux bruns.

— C'est toi ? s'étonne Caroline en ouvrant la porte.

— J'ai besoin de te parler.

— Pourquoi ?

— Il faut vraiment que je te parle, Caroline.

— Je t'avais demandé de ne pas venir, dit celle-ci tout en laissant la porte pivoter sur elle-même.

Cette porte qui s'ouvre, Eleanor y voit un heureux présage. Peut-être que tout n'est pas perdu… La lumière du soleil à travers les cristaux suspendus aux fenêtres. Des arcs-en-ciel dansent le long des murs couleur crème. Une courtepointe sur un canapé, un tapis de chiffons, un parquet de bois clair. La beauté, le calme, le silence... Eleanor aimerait s'effondrer sur le canapé bleu pâle et tirer la courtepointe sur sa tête.

— Qu'est-ce que tu veux, maman ?

Commencer par le commencement, et ne dire que ce qu'elle a à dire, se répète Eleanor.

— J'ai fait de nombreuses erreurs.

Caroline, figée sur place, mais les pieds ouverts et non rentrés. Un autre heureux présage ?

— Je t'ai fait du mal, dit Eleanor, la gorge serrée. (Elle n'avait pas réalisé qu'elle ne respirait pratiquement plus.) Je pourrais avoir un verre d'eau ?

Elle suit sa fille dans sa minuscule cuisine, avec une envie désespérée de tendre la main pour toucher ses cheveux.

— Je n'ai pas été bien avec toi. Je ne sais pas pourquoi. J'essaye de comprendre.

Sa fille prend sans un mot un verre sur l'égouttoir, l'emplit et le lui tend.

— J'aurai beau te dire et te répéter que je regrette, les blessures seront toujours là, dit Eleanor, dont le doigt frôle par mégarde celui de Caroline quand elle prend le verre. Mais je regrette sincèrement...

— A quoi ça sert, m'man ?

— Je regrette, Caroline.

— Tu crois que tes regrets changeront quelque chose ?

— Je ne sais pas. J'ai bien réfléchi, et si tu m'écoutais...

— Je t'ai toujours écoutée, maman. J'ai passé ma vie à t'écouter ; ce n'est pas bon pour moi.

— Parce que je n'ai jamais su t'écouter en retour.

Le joli visage de Caroline.

— Exactement.

— Pardon, Caroline.

— Tu ne m'as jamais écoutée, quand il s'agissait de mes études, de ce que je voulais, de ce que j'étais. Surtout ce que j'étais. Je n'ai jamais été comme tu voulais ; tu aurais voulu me changer de A à Z.

— Tu exagères, je t'ai toujours aimée…

— Non, tu ne m'aimais pas. Tu n'avais pas une minute à me consacrer. Papa seul comptait.

— Caroline…

— Je n'ai plus besoin de ton approbation ; j'ai appris à m'en passer.

Eleanor s'agrippe à son verre.

— Caroline, je t'aime.

— Je n'ai plus besoin de ton amour. Plus maintenant.

Tout ce travail préparatoire, ces notes, cette longue réflexion. Eleanor avait prévu ce qu'elle dirait et comment. Elle avait décidé de ne pas pleurer. Elle avait dressé la liste de ses erreurs, pour annoncer à sa fille que tout cela allait changer : elle avait fait le point, elle s'en voulait, et elle réparerait ses torts… Elle s'était promis de garder son sang-froid, de ne pas se laisser aller ; et voilà qu'elle se sentait sur le point de s'effondrer contre l'évier, en larmes.

— Non, Caroline, je ne peux pas croire ça !

— Maman, pourquoi es-tu venue ?

— Pour te demander pardon.

— Bon, c'est fait.

— Pour te demander la permission d'essayer.

— Essayer quoi ?

— On ne peut pas revenir en arrière, mais on peut prendre un nouveau départ.

— Maman…

— Je ne serai plus la même.

— Mais si.

— Je te promets que non.

— Tu te fais des illusions.

— Ça ne sera plus comme avant. C'était de ma faute.

— Papa te manque, tout simplement.

— Papa me manque, mais toi aussi. J'ai besoin de toi Caroline, et toi de moi.

— Un gaspillage d'énergie !

— Ça pourrait être positif.

Un souffle, une pause, et Eleanor reprend la parole :

— Il me semble que ça pourrait le devenir. Je n'ai pas été une très bonne mère, mais je pourrais être... autre chose.

— Quoi ?

— Une amie.

— Tu plaisantes ?

— Je pourrais essayer.

— C'est ridicule.

— Accepte au moins d'y réfléchir.

— Maman, on ne peut pas être amies.

— Je t'en prie, Caroline, réfléchis ; et faisons un essai.

La mère et la fille ne bougent plus, ne parlent plus.

— Je t'en prie, répète Eleanor.

— Mon Dieu, que tu es autoritaire ! Tu ne peux pas t'en empêcher, même quand tu t'excuses.

Malgré tout, c'est un début... Eleanor regarde le visage de sa fille et voit poindre à l'horizon une lueur d'espoir. Elle reste immobile. Le calme de la pièce, la douce lumière. Ses genoux tremblent légèrement sous sa jupe.

— Tu devrais partir, murmure Caroline.

— S'il te plaît, réfléchis.

Caroline lui reprend son verre et Eleanor effleure timidement le bras de sa fille, une seconde.

— Maman, dit alors Caroline. (Eleanor respire à peine.) D'accord, maman, je réfléchirai.

23

Les glaçons tintent contre le cristal.

— Alors là, mon cœur, nous avons un problème, dit Saul Jennings à sa fille.

Il promène ses longs doigts sur le bras clouté de sa bergère recouverte de cuir caramel et lève son verre. Après avoir avalé le liquide ambré, il se dirige vers le bar.

— Papa...

Saul esquisse un geste. Elle s'interrompt.

— Entre l'enclume et le marteau, marmonne-t-il. (Il prend la bouteille de Dewar et en verse quelques gouttes dans son verre.) Ça fait beaucoup de choses à encaisser d'un seul coup, même pour un dur à cuire comme moi, qui en a vu d'autres.

— Il n'y aura pas de problème avec le film.

— Je ne m'inquiète pas à ce sujet.

— Non ?

Saul hausse les épaules.

— Bon, tu m'as eu ! Je m'inquiète un peu.

— Le monde entier ne demandera qu'à me remplacer.

— Ce n'est pas *le monde entier* que je voulais.

— Papa...

Saul lève la main.

— Je sais, je sais. Je ruminais simplement. (Il avale une gorgée de whisky.) Je rêvais de te voir jouer le rôle de ta mère. Un simple rêve.

— Papa...

Saul retraverse la pièce.

— J'ai bien compris. Tu m'as tout expliqué.

Au lieu de se diriger vers la bergère, il vient s'installer à côté de Chassi sur le canapé. Pour la première fois de sa vie, elle voit son père s'asseoir sur le canapé ; c'est un événement, car il s'est toujours assis dans la bergère. Il lui tapote gentiment le genou.

— Ne parlons pas du film. Tu veux que je te remplace, je te remplacerai. Le film n'est pas notre problème.

Le menton baissé, il prend une inspiration et lève les yeux vers elle. Chassi ne l'a jamais vu si accessible, si ouvert, si...

— Alors, quand déménages-tu ? demande Saul, le regard éclairé d'une infime lueur. Mardi ?

Chassi sourit.

— Non, je ne déménage pas mardi.

— Bon, très bien. (Saul scrute le visage de sa fille.) Ton départ sera un grand bouleversement pour moi... Nous pourrons peut-être dîner ensemble de temps en temps.

— Papa, je ne vais pas disparaître de ta vie.

— Je dînais avec ma mère chaque vendredi soir quand j'habitais encore New York. Mais c'est une autre histoire...

Saul agite les glaçons dans son verre, hoche la tête. Après avoir haussé les épaules, il tapote à nouveau le genou de sa fille.

— Bon, j'ai quelque chose à ajouter.

— Je t'écoute.

— A la lumière de ce que tu m'as dit... (Il prend son inspiration.) J'ai l'impression que nous négocions une affaire...

— Ça ne fait rien.

— Je comprends ce que tu m'as dit.

Chassi a l'impression de n'avoir jamais été aussi proche de son père. Celui-ci fronce les sourcils.

— Tu ne veux pas jouer dans ce film... Et tout se tient... Mais « comprendre » est peut-être un bien grand mot. Pourtant, je crois comprendre...

— Très bien.

— Tu dois décider toi-même ce que tu veux faire maintenant. Je me rends compte que j'ai peut-être trop pesé sur toi.

— Papa...

— Comment être un bon père ? On fait ce qu'on peut.

Chassi pose sa main sur celle de Saul.

— Si petite ! s'attendrit Saul.

L'attitude de son père, son ouverture d'esprit bouleversent Chassi.

— Je ne sais pas très bien m'y prendre, dit-il.

— Moi non plus.

— Si je consultais le Dr Costello ?

— Tu voudrais ?

Saul avale une gorgée de whisky et sourit à Chassi.

— Je ne sais pas. Elle ressemble vraiment à Bancroft ?

Chassi esquisse à son tour un sourire.

— J'essayais de changer de sujet, dit Saul. Méfie-toi, je suis un vieux rusé.

— Papa...

— Bon, j'ai à te parler, mais je ferais peut-être mieux de me taire, étant donné la conversation que nous venons d'avoir. Je ne voudrais pas te compliquer la vie... Il me semble, malgré tout, qu'après ce qui s'est passé nous ne devrions plus avoir de secrets. Il faut tirer les choses au clair pour... l'avenir. (Les yeux de Saul, éperdus d'amour paternel, se posent sur sa fille.) C'est ça, dans l'intérêt de nos relations futures.

Chassi, perplexe, se contente d'acquiescer.

Saul vide son verre de whisky jusqu'à la dernière goutte.

— Tu m'as parlé de ta mère et de Thalosinos... (Un silence.) C'est très dur pour moi.

— Je sais, papa.

— Quoi qu'il en soit, ajoute Saul, la main de sa fille dans la sienne, ta mère ne nous aurait jamais quittés, Chassi.

Impressionnée par son intonation, Chassi renonce à répondre.

— Je ne sais pas ce qui s'est passé ce jour-là, ajoute Saul. Quelle idée lui a traversé l'esprit ? A quoi pensait-elle ? On pouvait s'attendre à tout avec ta mère. La lumière du restaurant a pu avoir son importance. (Son visage se trouble.) Et même les spaghettis. Sally était une romantique, ma chérie. Une adorable écervelée. Elle n'avait même pas besoin d'un coucher de soleil pour tomber amoureuse. Il lui arrivait de s'enticher d'un gâteau, d'une bouffée de gardénia, d'un chien quelconque.

Saul penche la tête vers Chassi.

— Tu vois ce que je veux dire ? (Il reprend son souffle un instant.) Thalosinos, et le type qui l'a précédé... Tu t'imagines que je n'étais pas au courant ? Chassi, ta mère tombait amoureuse de tous les metteurs en scène avec qui elle travaillait. (Haussement d'épaules.) Des metteurs en scène, parfois des acteurs ou de je ne sais qui... D'un preneur de son au sourire irrésistible, d'un chauffeur à moustaches... Je les connaissais. Il suffisait d'un rien pour qu'elle s'enflamme. C'était dans sa nature.

Le regard de Saul s'attarde sur Chassi et il reprend :

— J'avais fini par me faire une raison : ta mère était une

actrice et tombait amoureuse. (Il referme sa grande main sur les doigts de sa fille.) Mais elle ne nous aurait jamais quittés. Je ne sais vraiment pas ce qui a pu lui passer par la tête ce jour-là. Dieu seul sait ce qu'elle a pensé, mais tu peux te fier à ton papa : ma Sally ne nous aurait jamais quittés, j'en ai la certitude.

THE HOLLYWOOD REPORTER
SANS TAMBOUR NI TROMPETTE, ET SANS CHASSI
par C.R. Smith

LOS ANGELES – Sous haute protection et au milieu de nombreuses spéculations, la célèbre Chassi Jennings – fille de l'ancien directeur de studio Saul Jennings et de sa défunte épouse, Sally Brash, lauréate de plusieurs Oscars – a renoncé à son premier rôle dans le remake, très attendu, du plus grand succès de ses parents, *Sans tambour ni trompette*. Le tournage commence aux Philippines dans trois semaines. Aucune décision n'a été prise au sujet du remplacement de Chassi Jennings, mais la porte-parole de Jennings Films confirme que plusieurs autres actrices renommées seraient disponibles et désireuses de jouer ce rôle. Des personnes bien informées estiment que Saul Jennings prévoyait de tourner ce film en hommage à sa femme bien-aimée, et qu'il annulera sa production à grands frais, plutôt que de faire appel à une autre actrice.

Ionie soupire et laisse le magazine de cinéma sur papier glacé lui échapper des mains.

Elle a frôlé la crise de nerfs quand tout a failli échouer si près du but. Elle n'aurait pas supporté de repasser des auditions pour d'ineptes rôles à la télévision, alors qu'elle avait ce film à portée de la main. Tout va bien, maintenant. Elle apprit la nouvelle de Jones, qui la tenait de Peroni, qui la tenait lui-même de Saul. Chassi avait démissionné. Personne ne savait pourquoi, mais elle s'en fichait ; elle ne souhaitait qu'une chose : obtenir le rôle.

Elle est rousse, après tout ! Alors, pourquoi ne lui donnerait-on pas le rôle de Sally Brash, qui lui irait comme un gant ? Elle le mérite bien, car elle est une véritable comédienne qui travaille d'arrache-pied depuis des années. Il ne s'agit pas d'un vulgaire caprice. Et tant pis pour Chassi Jennings, qui renonce bêtement à un rôle absolument fabuleux ! Elle ne connaît pas ses raisons et n'éprouve aucune curiosité à cet égard, car Chassi et elle ne sont pas vraiment de grandes amies. Si Chassi refuse ce rôle, qu'attend-on pour faire appel à Ionie St John ?

Il lui faudra un peu d'astuce. Elle doit considérer la situation objectivement et réfléchir à fond. Un rôle exceptionnel, le comble de la gloire, des articles dans tous les magazines professionnels. Quelle aubaine ce serait de décrocher ce rôle à la dernière minute, deux semaines avant le début du tournage, et de sauver la mise à Saul Jennings ! Si elle joue toutes ses cartes, elle peut même remporter un Oscar...

Jones grogne dans son sommeil, remonte l'édredon, l'enroule autour de son épaule et déplace son postérieur contre la cuisse de Ionie. Il s'endort toujours après avoir fait l'amour. Elle doit le réveiller pour qu'il se lève et rentre auprès de sa femme et de ses enfants ; d'ailleurs, elle a beaucoup à faire. Elle le réveillera – elle lève la tête pour apercevoir le réveil, au-dessus de l'épaule de son amant – à six heures.

Ionie respire profondément, se détend, les yeux au plafond. Elle se sent bien, maintenant que Jones lui a dit qu'il n'était pas question d'annuler le tournage. Avant toute chose, il lui faut un plan. Elle doit se montrer rapide et convaincante, et elle y parviendra. Le moment est idéal, sa position de même : étant disponible et déjà sur place, elle peut obtenir la priorité. En outre, il l'a remarquée, ça crève les yeux. Elle a son numéro de téléphone privé et elle décrochera le rôle. Voilà, son plan est prêt.

Ionie se pelotonne contre Jones, place ses genoux derrière les siens, son bras sur son épaule, ses seins contre la chaleur de son corps. Elle l'enlace, lisse ses cheveux, respire sa peau, passe doucement ses lèvres sur son épaule. Elle doit décrocher ce rôle. Ça ne sera pas difficile, il suffira d'un peu d'adresse, et elle n'en manque pas. Elle n'est pas actrice pour rien. D'ailleurs, tout compte fait, Saul Jennings est non seulement puissant, mais fort séduisant.

— Le bruit court que j'ai besoin de repos, dit Chassi.

— Comment vous sentez-vous après ce qui vient de se passer ? demande Eleanor.

Chassi esquisse un sourire.

— Bien. (Elle se sent réellement bien…) On va sans doute prétendre que j'ai eu une autre « crise ». Au diable mes crises !

Chassi devine le rire à peine audible d'Eleanor.

— Vous riez derrière mon dos, dit-elle, allongée sur le divan.

— Oui.

— Bon. (La psy attend ; Chassi le sait.) J'essaye d'accepter ce que m'a dit mon père. Non… Disons plutôt que je ne veux pas que ses paroles me blessent. Je pourrais me sentir coincée… Je pourrais me dire que j'ai vécu d'une certaine manière, à cause de ce qui s'est passé un certain jour, dans un certain restaurant, et que ce n'était même pas nécessaire…

Craquement du siège de la psy.

— Mais peut-être que c'est la vie, et alors je pense que...

Chassi s'interrompt.

— Continuez, dit Eleanor.

— Je pense qu'il peut se tromper. C'était peut-être différent cette fois-là, et elle était vraiment sur le point de nous quitter – mais, ça ne présente pas grande importance. Il cherche peut-être à se protéger. Alors, je me remets à réfléchir et je me dis : si seulement elle ne m'avait rien dit, si seulement je n'étais pas partie en courant. Si seulement... On pourrait faire un autre de nos tee-shirts avec des *si seulement*...

Chassi croise à nouveau ses chevilles. Crissement de ses baskets contre le cuir du divan.

— Je suis sûre que vous souriez derrière mon dos.

Cliquetis des bracelets d'Eleanor.

— Si seulement je pouvais changer tout cela – c'est le plus important des *si seulement* –, mais je sais bien que ça reste impossible. Je ne peux changer qu'à partir de maintenant. (Chassi inspire profondément.) Oui, je peux changer *maintenant* ; voilà ce que j'ai compris.

Elle se retourne en souriant vers Eleanor.

— C'est juste ?

Eleanor pousse la cuillère en plastique dans son yaourt à la framboise et en avale un peu. Elle pivote sur son siège, soulève ses jambes, pose les talons de ses boots sur son bureau. Chassi, Chassi, Chassi. Elle lèche la matière rose collée sur le dos de la cuillère. Les parents en font de belles ! Les parents perturbent leurs enfants. En existe-t-il qui savent s'y prendre correctement ? Sans doute pas.

Cette Chassi s'en tirera. Elle finira probablement par rester dans le cinéma. On imagine avec peine que quelqu'un d'aussi « immergé » puisse tenter sa chance ailleurs, d'autant plus que ce milieu-là exerce une emprise incroyable et possède un pouvoir d'intoxication inouï. Eleanor sourit. Mais on ne peut jamais prévoir la réaction d'un individu. Au moment où l'on s'y attend le moins, les gens font volte-face et surprennent les autres. Un coup de chance, aurait dit Jimmy. Eleanor racle le pot en carton vide avec sa cuillère. Qui sait ?

Le téléphone sonne. Elle n'esquisse pas un geste dans sa direction et laisse le service de secrétariat répondre. Plus que quarante-cinq minutes avant l'arrivée de « Lacet de soulier » ; elle va aller faire un tour, fouiner chez Bloomingdale's. Ne pas penser à Caroline, ne songer à rien, s'acheter peut-être une nouvelle jupe. Elle lèche les traces de framboise sur le couvercle, le jette dans la corbeille avec la cuillère. Un tournant pour Chassi, un nouveau départ. Oui, elle a aimé *Le Tournant de la vie*, ce film avec Anne Bancroft et Shirley MacLaine : Anne et Shirley se disputent et se poursuivent en se tapant sur les fesses avec leur portefeuille. Si elle louait la cassette en rentrant chez elle ?

Elle retire ses pieds du bureau, se lève et fronce les sourcils : le téléphone sonne toujours. La « Dame triste » s'effondre peut-être à nouveau sous les vilenies de son méchant époux ; à moins que « Lacet de soulier » n'arrive en retard. Tiens, elle n'a toujours pas donné de surnom à Chassi ! Ça vaut mieux, car elle aurait peut-être eu à le changer. Bon Dieu, qu'attendent-ils pour répondre ?

Eleanor étouffe un grognement, lèche une traînée de yaourt sur l'un de ses doigts. Et si c'était une personne en difficulté, ayant absolument besoin de la joindre ?

Elle passe son doigt sur sa jupe et décroche.

— Le Dr Costello à l'appareil

— Bonjour.

Les doigts d'Eleanor volent à ses lèvres, où elle les appuie avec force.

— Maman, c'est moi.

Eleanor baisse la tête, incapable de parler.

— Maman ? C'est Caroline. As-tu un nouveau répondeur ? Et que fait ton service de secrétariat ? (Elle hésite.) Je me suis dit que tu finirais peut-être par décrocher... (Elle hésite encore.) Bon, j'ai réfléchi à ce que tu m'as dit...

Eleanor se représente sa fille en train de réfléchir, avec ce petit froncement fugitif autour de son sourcil droit.

— A propos de cette amitié...

L'attitude typique de Caroline, son dos bien droit, ses épaules solides.

— Je ne sais pas, maman... Ça me semble un peu ridicule...

Silence sur la ligne. Caroline reprend son inspiration.

Eleanor sait qu'elle tourne ses pieds en dedans, de cette manière attendrissante qui est la sienne depuis l'âge de deux ans. Tout à fait comme Jimmy. Le visage moite, ses doigts plaqués contre sa bouche, Eleanor croit voir sa fille.

— Mais tu sais, j'ai pensé que papa en aurait eu ras le bol... Quand nous refusions de nous parler, il détestait ça. J'imagine qu'il aurait tourné en rond...

Le sourire de Caroline, son magnifique sourire.

— Tu te rappelles comment il faisait. Alors, je suppose que je dois accepter. De mon côté, je devrais être plus ouverte. Mais pas d'excitation ! Je dis seulement que nous pourrions essayer. Nous en viendrons probablement aux mains dès la première fois. (Elle rit.) En tout cas, tu peux m'appeler. Ça ne me pose pas de problème. D'accord ?

Un déclic. Elle a raccroché.

Eperdue de joie, Eleanor sourit dans le vague, devant

son bureau. Elle raccroche et n'en finit pas de sourire, de pleurer et de dire « d'accord ».

THE HOLLYWOOD REPORTER
par C.R. Smith

Que le spectacle continue... selon l'usage du show-business. Le producteur Saul Jennings et le metteur en scène Robby Peroni ont attribué le premier rôle, fort convoité, de *Sans tambour ni trompette* – le film qui remporta jadis sept Oscars, dont celui de la meilleure actrice pour la merveilleuse Sally Brash – à Ionie St John, une quasi inconnue. Ionie St John devait, originellement, jouer le petit rôle de Razel Palevsky dans la même production. Le tournage commence aux Philippines le 20 août. Jennings et Peroni refusent toujours de commenter l'abandon de Chassi... Hourra pour Hollywood et restez à l'écoute !

REMERCIEMENTS

Je remercie en particulier Razel Ronne pour sa cuisine, son oreille, son savoir – livresque ou non ;

David Francis, qui a écouté, écouté, écouté ;

Carole Smith, mon bureau personnel de renseignements ;

Jeffrey Fiskin, qui m'a mise sur le droit chemin (et qui me croit capable de chanter) ;

Eddie Barnett, qui a réendossé son uniforme et m'a ouvert son cœur ;

Jeff Ramsey, le maître des cascades ;

mes chers docteurs : Lynne Turner, Dorothy Doyle, Mal Hoffs et Paul Silka, qui m'ont aidée à concevoir mes personnages ;

Gena Rowlands, qui a lu et vu ;

Ginger Barber, qui a cru ;

David Freeman, qui n'a jamais raccroché.

John Cassavetes,
pour l'éternité, Bob Gottlieb,
et ma très chère Eve.

Impression réalisée sur CAMERON par

BUSSIÈRE CAMEDAN IMPRIMERIES

GROUPE CPI

à Saint-Amand-Montrond (Cher)
en décembre 2001

N° d'édition : 6948. — N° d'impression : 015612/1.
Dépôt légal : décembre 2001.

Imprimé en France